悲劇の元凶となる最強外道ラスボス女王は民の為に尽くします。2

天壱

illustration 鈴ノ助

CONTENTS

ICHIJINSHA IRIS NEO

この作品はフィクションです。
実際の人物・団体・事件などには関係ありません。

悲劇の元凶となる最強外道ラスボス女王は民の為に尽くします。 2

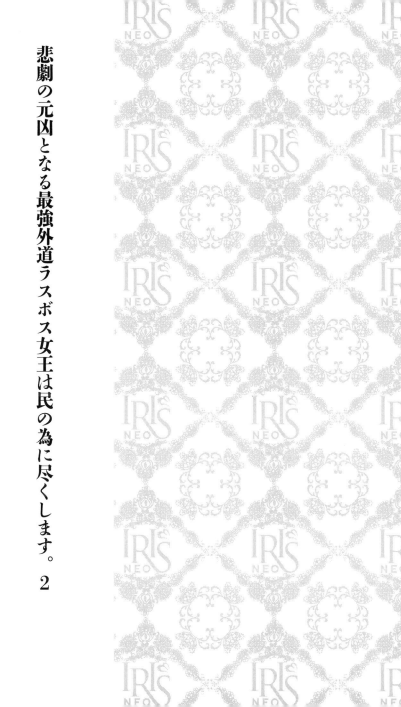

第一章　薄情王女と再会

乙女《おとめ》ゲーム〝君と一筋の光を〟という作品がある。シリーズ化もされ、ファンには「キミヒカ」とも呼ばれた大人気ゲーム。それが、十八年間の人生を地味に生きてきた私の密《ひそ》かな楽しみだった。


「もうっ……兄様ったら先に行っちゃうなんて」

私の隣で頬《ほお》を膨らましたのはこの国の第二王女、ティアラ・ロイヤル・アイビー。金色のウェーブがかった髪と瞳《ひとみ》を持つ、天使のように可愛《かわい》い女の子だ。

十一歳のティアラは、一足先に姿を消してしまった兄のいた場所へ目を向けた。さっきまではそこにいたのに、残すは十数メートルというところで消えてしまった。文字通り、一瞬で。

「仕方ないわ。だってすごい試合だったもの。きっとステイルも嬉《うれ》しくて仕方ないのよ。許してあげて」

私達も急ぎましょう、とティアラを宥《なだ》めるように手を繋《つな》ぎ、護衛と共に足を速める。ドレスを汚さないように気をつけながら、私達は騎士団演習場の門へと向かった。楽しみね、と笑いかければティアラは満面の笑みで返してくれた。

「はいっ、お姉様！」

第一王女、プライド・ロイヤル・アイビー十三歳。ウェーブがかった真っ赤な髪と紫色の目が鋭く吊《つ》り上がった私は、これでも正真正銘《しょうしんしょうめい》可愛いティアラの姉である。

「ツどうだこれで満足かよステイルッ‼」

向かう途中で、騎士団演習場の門の方から元気の良い声が聞こえてきた。アーサーだ。やっぱりステイルもいるらしい。ティアラと顔を見合わせた私は、相変わらずの様子であろう二人を想像して早くも笑ってしまう。

世界で唯一特殊能力者が産まれる国、フリージア王国。その第一王女である私は、五年前に王位継承者の証《あかし》である予知能力を覚醒《かくせい》させ、晴れて正式に第一王位継承者となった。

「アーサー！　ステイル‼」

門を出ればすぐに二人は見つかった。嬉しさのあまりか門前で仲良く手合わせ中だった二人だけど、名前を呼べば動きをピタリと止めてくれた。構えを解き、ゆっくりとこちらに振り返ってくれる。

私とティアラにとって大事な存在。第一王子のステイルと、友人のアーサーだ。

「プライド様、ティアラ」

最初に声を上げてくれたのはアーサーだ。身体《からだ》ごと向き直り、正面から私達を迎えてくれる。

アーサー・ベレスフォード。去年、騎士団入団試験に受かり新兵になった十五歳の彼は、二年ほど前から私達の友人だ。殆《ほとん》ど毎日稽古《けいこ》で手合わせを交わし合っていたステイルとは親友と言っても良い間柄でもある。長い銀髪を頭の上で一本に括《くく》り、蒼《あお》色の瞳を持つ彼は今日、記念すべき時を迎えたばかりだった。

「アーサー、騎士昇進おめでとう」

「おめでとうございます！　アーサー！」

今日行われた騎士団本隊入隊試験。アーサーは、主席で本隊入隊を確定させた。

二年前のあの日から、アーサーは父親である騎士団長とステイルと鍛錬や稽古を重ね、翌年十四歳になった年に、新兵として騎士団に一発合格で入団していた。

新兵になるには入団希望者同士で戦い、半数以上に勝ち抜いた者だけが二次試験に進むことができる。そして騎士団の一人と手合わせをし、勝敗に関わらずその戦い方で入隊を審査される。その中でアーサーは一度も負けずに二次試験へと進み、手合わせをした騎士相手に一本まで取った。

今日行われた騎士団本隊入隊試験では、百名近くいる新兵の中から本隊に入隊が確定できるのはいわゆるトーナメント戦での優勝者一名のみ。それ以外はその年の補充必要人数に応じ、上位勝ち抜き者や戦い方の優れた者から評価されて選ばれる。

その中で、アーサーは見事優勝を勝ち取ったのだから。

「今日は……わざわざ御足労頂き、ありがとうございます」

私に続きティアラにお祝いを言われたのが嬉しかったのか、アーサーは少し照れ臭そうに私達へ頭を下げてくれた。その様子にステイルも無表情ながらすごく満足げだ。

「当然よ、他《ほか》ならないアーサーの大事な日だもの」

初めて会った頃《ころ》は話し慣れていなかった敬語だけれど、今のアーサーはかなり板についていた。稽古中にステイルから教えてもらったらしい。ただ、それでも「うっす……」と言うアーサーは相変わらず私には腰が低い。まだ決勝の熱気も引いてないのか、頬も少し赤い。

「アーサー、とても素敵でした！」

「おう、……ありがとな」

跳ねたティアラがそのまま手を握れば、アーサーも柔らかく笑んで彼女の頭を撫《な》でた。まるでティアラのもう一人の兄のようだ。

ステイルとアーサーが手合わせを重ねる中で、私やティアラもアーサーと会うことが増えていた。最初は私達二人に辿々《たどたど》しい敬語だったアーサーだけれど、今ではステイルだけでなくティアラにも人前以外では敬語敬称なしで話してくれている。……ただし、私には、

「そういえば騎士団長と副団長にはお会いしたの？　きっと御喜びになったのでしょうね」

「いや、まだっす。どうせ二人共報告しねぇでも見て知ってますし、……ンな改まって言うことも別にないんで」

この通りだ。私からは何度も「人前以外なら敬語敬称不要よ」と言ったのに、どうしても私にだけは譲れないらしい。初対面の時よりは敬語が大分砕けてくれているのだけが唯一の救いだ。

ステイルとティアラも私に対してはがっつり敬語だし、次期王位継承者だからとか色々言われたけれど、私としてはすごく寂しい。

「ッここにいたのか、アーサー！」

私達の話し声で目立ったのか、背後から更に二つの人影が現れた。振り返れば、ロデリック騎士団長とクラーク副団長だ。二人とも王族三人が揃《そろ》っているのを確認すると、急ぎ挨拶《あいさつ》を済ませてくれる。

二人の登場にアーサーも無言で向き直り、低めた声を返した。

「……なんすか、騎士団長」

「なんだではないだろう、本隊入隊の手続きを終えたら騎士団長である私のところに挨拶へ来るように説明があったはずだ」

「つせぇな！　どうせ叙任式は明日だしわざわざ身内に挨拶なんざ恥ずかしくてできっかよ親父！」

「その叙任式の説明も一緒にする予定だったんだよ、アーサー」

突然始まる二人の親子喧嘩《げんか》に、騎士団長の背後から顔を覗《のぞ》かせた副団長が穏やかな声を掛けた。そのまま自分にアーサーから視線が向けられると「本隊入隊おめでとう」と嬉しそうに微笑《ほほえ》んだ。

騎士団長と仲の良い副団長もアーサーとは昔からの知り合いだ。アーサー曰《いわ》く副団長には奥さんはいるけれど、お子さんはいなくて年の離れた妹さんがいるだけらしいし、きっとアーサーのことを息子か弟のように思っているのだろう。

「ロデリック、注意より先にお前も褒めてやったらどうだ？」

一番祝いたいのはお前だろう？　と副団長が騎士団長の肩を叩《たた》く。それでも、騎士団長は動じない。

「褒める必要はない」

両手を組み、はっきりと言い放つ父親にアーサーはケッと吐き捨てた。騎士団長達が現れてから不機嫌を露《あら》わにしていたアーサーが唇まで尖《とが》らせる。……けれど

「……お前なら必ず入隊できると信じていた」

そう言ってアーサーの肩に優しく手を置く騎士団長は本当に誇らしそうだった。アーサーもそれを受けた途端「……だろ？」と少し照れ臭そうに笑みを向けた。クラーク副団長も嬉しそうだ。

すると今度はさっきまで黙していたステイルがアーサーへと手を伸ばす。騎士団長が置いた肩とは逆のアーサーの肩にポンッと叩くように置いた。

「……この一年は俺《おれ》のお陰もあるがな」

「アァ?!　ステイル！　今回は俺の実力だろォが！」

ステイル・ロイヤル・アイビー、十二歳。整えられた髪と同じ漆黒色の瞳を持つ彼は、この国の第一王子だ。元々庶民から養子になった彼は、私やティアラと血は繋がっていない。私の義弟、ティア

ラの義兄であり、大事な兄弟だ。〝瞬間移動〟の特殊能力者である彼は、女王の片腕たる摂政となる為《ため》に私の補佐として傍《そば》に付いてくれている。とても頭が良くて優秀な第一王子だ。

「騎士団長との稽古をしなくなった分、俺との稽古を増やさせたのはどこの誰だ」

「テメェも望むところだとか言ってたろォが‼」

背後から水を差してきたステイルにアーサーが噛《か》み付く。新兵として入隊した後から、アーサーは騎士団長との稽古はしなくなっていた。新兵になって自分だけが本隊入隊試験前に騎士団長である父親に稽古を付けてもらうのは気が引けたらしい。そしてその分この一年はステイルとの稽古の時間が増えていた。

「プライド様、……誠に申し訳ありません。我が愚息のせいでステイル様にまで影響を……」

「い……いえ。以前にもお伝えした通り、ステイルもとても楽しそうですし何よりちゃんと公務中は変わらずなのでご安心下さい」

頭を痛そうにしながら私に頭を下げる騎士団長にやんわり断りを入れる。このやり取りをするのももう何度目だろうか。

アーサーとステイルは稽古を重ねるようになってから、アーサーの言葉遣いがかなり改まったのに対し、ステイルはまた別の方向に言葉遣いが変わっていた。自分のことを〝俺〟と呼び、アーサーに対して〝お前〟と呼び、大分崩れた話し方もするようになった。勿論《もちろん》、公務の時は昔と変わらず敬語に〝僕〟口調だけれども。

「言っとくけど、コイツは俺と会った時から腹黒ぇぞ」

「一言余計だ馬鹿《ばか》」

自分を指さすアーサーの指をステイルが返すように指先で弾《はじ》いた。

いってぇなコノヤロウ、とアーサーが食ってかかるのを見て、騎士団長がまた肩を落とす。副団長はもう見慣れたのか、喉《のど》を鳴らして笑っていた。賑《にぎ》やかで暖かなこの光景は、今や私の日常だ。


五年前、前世の記憶を思い出し、己が罪と運命を知ったあの日から。


――プライド・ロイヤル・アイビー。ティアラの姉、ステイルの義姉、第一王位継承者である私は五年前、前世の記憶を思い出した。この世界が前世でプレイした〝キミヒカ〟の第一作目の世界で、今はゲームスタートの五年前。愛《いと》しい妹は主人公で、ステイルとアーサーは攻略対象者。

「とにかく、……とにかくだアーサー。明日の準備について説明する。くれぐれも恙《つつが》なく進められるようにしろ。……明日は、騎士にとって大事な日だ」

「……うっす」

――攻略対象者は五人。前世でキミヒカシリーズを網羅した私だけれど、大好きだったのは第三作目だけだったから、この第一作目の記憶はかなり朧気《おぼろげ》だ。最初はゲームの大筋以外殆ど思い出せなかったほどだ。すぐに思い出せたことは、自分が主人公のティアラの姉であること。そして、

「明日はよろしくお願いしますね、アーサー」

ゲームでは最低外道のラスボス女王であるということだけだ。

――攻略対象者の心に消えない傷を付け、憎まれ、最後には断罪される。その攻略対象者の心の傷を癒《いや》し、共にプライド女王へ立ち向かうのが主人公のティアラだ。

それに比べ、私は前世の記憶を思い出さなかったらステイルやアーサーにも取り返しの付かないことを犯していた。ステイルは実の母親を自分の手で殺させられていたし、アーサーは父親と多くの新兵や騎士を見殺しにされていた。

「……はい。よろしくお願いします」

そう言って、はにかむように笑ったアーサーの笑顔は本当に嬉しそうだった。

――今は、こうしてステイルもアーサーもそしてティアラも、私と親しくしてくれている。ゲームのように私に酷《ひど》い目に遭わされることもなく幸せそうにしてくれている彼らを見ると、本当に嬉しい。叶《かな》うなら、彼らの幸福がこのまま続いてくれればと心から思う。

「行くぞ、アーサー」

騎士団長と副団長が私達に頭を下げ、ゆっくりと背を向ける。そしてアーサーも私達に挨拶を終えると、片手に抱えていた団服に袖《そで》を通しながらそれに続いた。

――彼らの、攻略対象者の、民の幸せの為に。第一王女として、できる限りのことをしたい。

騎士団長達と同じ白の団服をはためかせたアーサーを見送りながら、そう思った。

叙任式。それは騎士にとって一生に一度の栄誉だ。

騎士見習いである新兵が、正式に騎士となる為行う誓いの儀式。騎士は傅《かしず》き、主《あるじ》に忠誠を誓う。

謁見の間の広々とした空間に今、騎士達が整列している。厳《おごそ》かな空気に包まれ、謁見の間全体が緊張感で張り詰めていた。
――謙虚であれ
既に騎士として認められた本隊の騎士達が左右に立ち、そして真ん中には騎士になることを認められた新兵が三名跪《ひざまず》き、控えていた。
――誠実であれ
そして、その先には第一王女たる、私が。
――礼儀を守れ
去年から母上に任された大任だ。金の装飾が施された蝋燭《ろうそく》が至るところに飾りつけられ、真っ赤な敷物が騎士達の足音を吸い込み、純白の団服と鎧《よろい》が窓から漏れる陽《ひ》の光に反射し輝いていた。
――裏切ることなく
息を静かに吸い上げる。多くの注目を浴びる中、第一王女である私が最初に任命するのは、
――欺《あざむ》くことなく
「アーサー・ベレスフォード」
――弱者には常に優しく
名を呼ぶと、他の騎士達と同じく跪いて待っていたアーサーはゆっくりと立ち上がった。
――強者には常に勇ましく
本隊の騎士達と同じく、右側に控えていた騎士団長と副団長が緊張した面持ちで彼を見守っている。
――己の品位を高め
私の背後にはステイル、王配である父上、そしてジルベール宰相も控えている。ティアラも来たい

と言ってくれていたけど、今回は年齢の関係で見送りとなってしまった。

――堂々と振る舞い
アーサーが、ゆっくりと歩み出す。

深紅《しんく》の敷物を踏みしめ、騎士団長を、副団長を横切っていく。

――民を守る盾となれ
アーサーが、私の前で跪く。窓からの光に照らされるその様子は神々しくもあった。

――主の敵を討つ矛となれ
自分の剣を鞘《さや》から抜き出し、恭しく両手で預ける。受け取った剣を私はそっと彼の肩へと置いた。

――騎士である身を忘れるな
跪いたままこうべを垂らすアーサーに、騎士への誓いの言葉を紡ぐ。

視界の隅で、騎士団長が目頭を押さえていた。

……うん、嬉しいわよね。絶対。

言葉を紡ぎながら、彼が初めて謁見の間に来た時のことを思い出す。早いものであれから二年だ。

『俺もッ‼　なれるでしょうか……⁉　親父みてぇな……立派な騎士に‼』

そう言って、強くなりたいと泣いていた彼がここにいる。まさにあの時約束したこの場所に。

でも、あの時のボロボロな姿だった彼はもういない。綺麗な鎧に身を包み、身なりを整え、勇ましくその場に跪く、誰もが認める立派な騎士だ。

『俺は必ず騎士になります！　貴方《あなた》を、貴方の大事なものを……親父もお袋も国の奴《やつ》ら全員を、この手が届く限り護《まも》ってみせる……そんな騎士に‼』

彼は、覚えていてくれているだろうか。……いや、たとえ覚えていなくても構わない。こうして、己の望む騎士になれたのだから。そしてきっと、記憶の有無に関わらず彼なら民を守ってくれる。

「汝《なんじ》、アーサー・ベレスフォードを騎士に任命す」

騎士の宣言を唱え、アーサー自身に剣を向ける。それに準じるように彼は顔を上げた。その眼《め》は力強く、そして少し潤んでいた。そのままゆっくり、ゆっくりとアーサーは自身に向けられた刃《やいば》へ口付けを落とした。これで彼は正真正銘の騎士だ。

周囲から喝采が送られる。アーサーを騎士として認め、祝う喝采だ。

「……二年間、お待たせしました」

喝采に紛れて、アーサーが傍にいる私にしか聞こえないような音量で小さく呟《つぶや》く。見れば、潤ませた目と優しい笑みが私に向けられていた。

覚えていてくれた。その笑みが、何よりの証だった。不思議だ、二年前からステイルの稽古で毎日のように会っていたはずなのに。

涙で潤ませた彼の笑みと、二年前の彼とが重なる。まるで本当に二年ぶりに再会できたような……。嬉しくて思わず私まで涙が滲《にじ》んでしまい、それを隠すように心からの笑みを彼へと返した。

「おかえりなさい……アーサー」

彼は帰ってきた、あの時と同じ……この場所に。

第二章　冷酷王女とヤメルヒト

アーサーの叙任式から一ヶ月。

今日は、我が国の上層部による法案協議会の日だった。年に一回規定の日に国の法律について改正し、新しい法律の提案・制定までを審議する場だ。

一年前からは私とステイルもそこに参加を許された。勿論《もちろん》私には提案の権利はあっても最終判断の権利はないし、今後の為《ため》に様子を学ぶというところが大きい。

「……プライド。大丈夫ですか？」

王配である父上の背中を見送る私に、心配して様子を窺《うかが》ってくれていたステイルがじっとその背中と私を見比べた。法案協議会後、私はとある人物にがっつりと捕まって父上が間に入ってくれる今の今までずっと雑談という名の説得を試みられていた。

「ええ、大丈夫よ。……ごめんなさいね、心配を掛けてしまって」

その間、ずっと私の望み通りに黙してくれていたステイルは殺気を混じえながらも傍《そば》に付いていてくれていた。……眼鏡《めがね》の黒縁を、指で押さえつけながら。

まるで、前世のゲームに出てきた攻略対象者の腹黒策士ステイルのように。

出逢《であ》ってからずっとゲームと違って裸眼だったステイルだけど、今やゲームと全く同じ黒縁の伊達《だて》眼鏡を掛けていた。

叙任式から数日経《た》った頃《ころ》、友人であるアーサーから贈られた品だ。どうしてステイルに伊達眼鏡を？　と尋ねてみたけれどアーサーからは「ステイルだから、似合うと思ったンで」の一点張りだった。確かによく似合っているし、私もティアラも素敵だと褒めた。けれど、だからってわざわざ買ってプレゼントしてくれるなんて。伊達とはいえ眼鏡なんて決して安物ではないのに。

ステイルもなんだかんだ嬉《うれ》しかったらしく、その証拠《しょうこ》にそれからというもの稽古の時以外は毎日その伊達眼鏡を愛用している。気がついた従者がステイルに伊達眼鏡が欲しいならちゃんとした専門職に仕立てさせますがと進言したけれどステイルは全《すべ》て丁寧に断っていた。

ステイル曰《いわ》く「アーサーから貰《もら》った物でなければ別段掛ける意味もありませんから」らしい。二人とも本当にゲームと違って仲が良いしとても微笑《ほほえ》ましいけれど、ゲームの未来が確実に近づいている感がすごく怖い。

「プライドが大丈夫ならば、俺《おれ》は何も」

そう言ってステイルは、父上が去っていった方向を睨《にら》みつけた。正確には、父上に引っ張られていったジルベール宰相を。

薄水色の瞳《ひとみ》と切れ長な目。そして瞳と同じ薄水色の長い髪を肩の位置で一纏《まと》めに括《くく》り垂らした、我が国の宰相だ。

王配である父上の補佐である彼のことを、ステイルはずっと前から良く思っていないらしい。私も五年ほど前からチクチクと微妙に棘《とげ》を含む発言を彼にされている。でも、その度に父上やステイルが今みたいに間に入ってくれたし、二年ほど前からは好意的に話しかけてくれることも増えた。

さっきも彼が数年前から提唱している〝特殊能力申請義務令〟の提案が可決されずに保留になった件で「プライド第一王女殿下は今や、女王陛下にも信頼の厚き御方。お力添えを頂ければきっと叶《かな》わぬことではないと思うのですが」と説得を試みられただけだ。彼の言葉はすごく巧みだし、年々その法案……というかジルベール宰相の賛同者が増えているのもわかる気がする。ただ、不賛同者にステイルや摂政のヴェスト叔父《お じ》様と父上、そして私が含まれている上、母上も前向きではなかったから今回も〝特殊能力申請義務令〟については保留が決定した。特殊能力者に自身の能力を国に申請させることを義務化させようという彼の法案は、まるで民を管理するようで人権的に私も賛同できなかった。

その結果、ついさっきまで私へ説得を試みていたジルベール宰相だけれども、最終的にはまたいつものように、鋭い眼《め》で現れた父上に後ろ首を掴《つか》まれてどこかへ回収されていった。

確か一ヶ月前に行われた叙任式の祝会でも、ジルベール宰相は父上に睨まれていたなと思い出す。私を含めて王族全員が参列した祝会には、上層部も多く招かれていた。その中でジルベール宰相一人だけが、騎士一人一人とすごく長話をしていた。その度に元々私と同じく目つきの悪い父上が、ギロリと監視するようにジルベール宰相を見ていたし、主席入隊したアーサーと彼が話し始めた時なんてステイルまですごく怖い空気を放っていた。私も少し離れた位置で途切れ途切れに二人の会話は聞こえていたけれど、そんな嫌な会話ではなかったのに。

『ちなみにアーサー殿に特殊能力などは……？』

『はい、あります。ただ、作物を育てることにしか役立ちませんし、残念ながら父のような騎士に恵まれた能力ではありませんが』

二年前までは騎士として役に立たない特殊能力だとコンプレックスに思っていた彼が、さらっとそう言い放ったことは感慨深かった。……前世のゲームでアーサーの設定を知っている私には、色々と突っ込みたいこともあったけれど。

『そうですか。ちなみに、アーサー殿は城下で他《ほか》に珍しい特殊能力者などにお会いしたり、噂《うわさ》を聞いたことはありますでしょうか』

『そう……ですね。母が小料理屋を営んでいるもので、客から具体的なものから噂話まで聞いたことがあります。街の外れに雨を降らす特殊能力者がいるとか、パン屋の娘が怪力の特殊能力者だとか、物がなくなったらそれは透明になる特殊能力者の仕業だとか、鎖を自在に扱う特殊能力者が夜な夜な人攫《さら》いをしているとか』

ところどころ周りの声で上手《うま》く聞き取れなかったけれど、アーサーが色々な噂話を知っていたのは少し意外だった。

『あとは……自分が会ったことがあるのは父を除けば水分を蒸発させるとか狙撃《そげき》とか髪を伸ばすとか、特殊能力者によくある凍らせたり火を出したり、植物関連や通信手段関連に怪我《けが》を治すとかですが。……根も葉もない噂話なら虹《にじ》を作り出すとか、鳥になるとか、病を治すとか、手を拳銃《けんじゅう》に』

アーサーが次々と特殊能力者の噂を話し、それをジルベール宰相がひたすら聞く。他の騎士達との会話と殆《ほとん》ど同じ流れだった。その後は私も上層部に話しかけられて盗み聞きする余裕もなかったけれど、少なくとも私が知る限りは平和そのものだった。……なのに。

「ジルベールにはお気をつけ下さい。今後も特にジルベールと会う時は必ず、俺を傍に」

そう言って心配してくれるステイルに、私は思わず苦笑う。

私達以外はもう誰《だれ》もいないとはいえ、とうとうジルベール宰相を呼び捨てなんて。ゲームではどちらかといえば二人協力して国を支えていたくらいなのに。……………………………あれ？

私……いま何て思った……??

は、と自分で思ったことに驚いてその場で硬まってしまう。ステイルが何か声を掛けてくれるけどそれどころじゃない。今までもジルベール宰相に既視感を覚えたことはあったけれど、ゲームでの立ち位置なんてわからなかった。なのにいま私何て思った？　ゲームではステイルと二人で協力して国を支えていた⁈　え、じゃあやっぱりジルベール宰相もゲームに出ていたの⁈

必死に記憶を辿《たど》ってみるけど、それ以上はどうしても思い出せない。

だめ、ここはちゃんと思い出さないと‼　私は肩を揺するようにして声を掛けてくれるステイルの手を強く掴む。突然掴み返されたことに驚いてステイルの揺する手が止まる。

「ステイル……今からジルベール宰相の場所に瞬間移動できる？」

私からの言葉にステイルは「えっ……」と声を漏らして目を僅《わず》かに丸くした。

ステイルはこの二年間で、自分の体重プラス大人《おとな》一人分くらいの重さまでなら瞬間移動できるようになっていた。さらに特定の人物なら、場所がわからなくても直接瞬間移動することができる。ただしその人に直接何度も会ったり、話したり、どんな人間かを掴んだりした上で具体的な感覚を持てないと無理らしい。ゲームでも主人公のティアラがピンチで悲鳴を上げた時やプライドが口笛や指を鳴らすとどこからともなく瞬間移動して現れるシーンがあった。よく考えれば悲鳴や音だけでその人の場所を確実に捉《とら》えるなんて難しい。でも特定の人の場所に瞬間移動できるというのなら頷《うなず》ける。

「できるとは思いますが……何故《なぜ》突然」

「少し確認したいことがあるの、お願い。できるだけジルベール宰相に気づかれないように」

そう言って頼み込むと、ステイルは察してくれたように頷き「扉奥の廊下に侍女や衛兵、ティアラを待たせているのですからね」とだけ言って、私の肩に手を置いてくれた。

次の瞬間、ステイルの瞬間移動で私達の視界は切り変わった。

「いい加減にしろジルベールッ!!」

視界が変わった途端、父上の怒鳴り声が飛び込んできた。瞬間移動した先は父上の部屋の扉前だ。衛兵がいないのを見ると、恐らく父上が人払いをしたのだろう。ステイルが小さな声で「中に入ることもできますが、それだと気づかれてしまうと思います」と言ってくれた。

まさか取り込み中だったなんてとは思うけれど、大事な話なら記憶を思い出すきっかけになるかもしれない。悪いとは思いつつ、そのまま音を潜めて私達は父上とジルベールとの会話に耳を澄ませた。

「ですから、何がいけないというのでしょうか。王配殿下」

「何故、執拗《しつよう》なまでにプライドに当たる⁉　昔から……ステイルと従属の契約を交わした時からそうだっただろう！」

ジルベール宰相の涼しげな声が聞こえる。それに対して父上の声は珍しく激しい。扉越しでも怒っているのがよくわかる。

「確かに……以前のプライド様に対しては否定しません。必要ならばお詫《わ》び致しましょう。……あの時は私も些《いささ》か気が立っておりましたからね」

まるで父上からの叱責《しっせき》など聞き慣れたとでもいった反応だ。そのまま「ですが、今回は本当に話に花が咲いただけですよ」と返している。……あの説得は、話に花が咲くとは言えないと思うけれど。

「あの時点で二年……私の望みは叶わないままだったというのに、愛娘《まなむすめ》のプライド様に王位継承権が……予知能力が宿ったとわかった途端ほんの数日でステイル様という立派な特殊能力者を見つけ出されていたもので、つい」

だんだんとジルベール宰相の声色が変わっていく。ドスの低い、怖い声だ。口は笑って目が笑っていない表情が容易に想像できる。

「ステイルの方は、年齢と性別以外は希少かまたは特別優れた特殊能力であることが条件だっただけだ。お前のように極限定された特殊能力者を探すのとはわけが違うと、あの時も説明したはずだ」

〝極限定された特殊能力者〟

その言葉に私とステイルは互いに顔を見合わせた。

子どもの私でもわかる。ジルベール宰相が〝特殊能力申請義務令〟を提唱し続けたのはこれが目的だったのだと。この法案さえ通れば、国は難なく望む特殊能力者を見つけ出すことができるのだから。

「ええ、ええ！　そうでしたねぇ？　貴方《あなた》達は別に私の望む特殊能力者探しに手を抜いている訳ではない！　わかっていますとも。そして感謝もしております！　王族でもない私達などの為に、国を挙げて兵を日々水面下で動かし、情報収集をし、民の税の無駄遣いをして下さっている貴方方には‼」

段々とジルベール宰相の声が荒ぶっている。いつもの姿からは想像できない声だ。

「貴方方王族は実に、実に、お優しい。ステイル様の手紙の件もそうです。私が当時二年にも渡って提唱し続けた〝特殊能力申請義務令〟は特殊能力者の人権を、今の我が国としての在《あ》り方を変えてしまうと、今と変わらぬ理由を付けて保留に押し留《とど》めたままなのに対し、プライド様に数日間何度も何度も頼み込まれたというだけで極秘に王族のしきたりを覆し、実の母親との連絡を許した貴方方は実にお優しい方々だ‼」

怒りが、憎悪が、まるで私やステイルにもぶつけられているかのように扉の外まで響き渡る。

思わず耳を塞《ふさ》ぎたくなるほどで、心配になったステイルの方を見れば何故か目が合った。「数日……何度も……？」と小さく声を漏らし、激しく何度も瞬きをしている。一体どうしたのだろう。

父上が「声が大きすぎだ！　それは極秘だと言ったはずだろう‼」と更に大きな声で怒鳴ったけれど、まさかのそれ以上の大きな声でジルベール宰相が「ええ‼　だから私は黙し続けましたとも‼」と怒鳴り返した。

「耐え続けました……‼　必ず見つけてみせると、私達が大事な友であると同時に貴方方にとって守るべき民なのだからと、貴方と……女王のその言葉を信じ、貴方方への恩に報いる為にっ……、……精一杯……宰相としてやってまいりました……！」

急に、ジルベール宰相の声が萎《しぼ》むように小さくなっていく。一音一音噛《か》みしめるような声だ。

父上はその言葉に押し黙るようにして何も言わなかった。先ほどまで声を荒げ続けていたジルベール宰相の荒い息遣いだけが扉越しに聞こえてくる。そして、暫《しばら》くしてまた父上の声が掛けられた。

「…………ジルベール、お前の辛《つら》さはよくわかる。私やローザも全力を」

「ッわかるものか！！！」

ぐわっ、と今までで一番の怒声が響き渡った。人払いしてもその先に聞こえてしまうのではないかと思うほどに。これには私とステイルも思わず耳を塞いだ。

「わかるものかッ……‼　お前に、お前に何がわかるアルバート⁉　友であったお前に、私のこの苦しみがわかるとでも⁈　私のっ……彼女の苦しみが‼」

ジルベール宰相の怒声と共に、部屋から物が落ちる音や壁にどちらかがぶつかったような音が響く。揉《も》み合っているのだろうかと考え、全身が強《こわ》ばった。…………彼女⁇

「先月、叙任式で会ったアーサー・ベレスフォード……‼　彼はその特殊能力者の噂を知っていた！

やはりいるんだ、アルバート！　この国にその特殊能力者は!!　国中を挙げて探せば、きっと……」

「落ち着けジルベール！　噂などは百年以上前から囁かれている!!　お前が誰よりもよく知っているはずだ!!」

まるで縋《すが》るように早口で捲《まく》し立てるジルベール宰相を、父上が宥《なだ》めるように声を上げる。

「ならばどうすれば良い?!　教えてくれアルバート!!　どうすれば救える?!　どうすれば見つけ出せる?!」

もう、別人のようだった。必死に、まるで自らの命乞《いのちご》いをするかのような悲痛な叫びだった。

「だから何度も私達も言っているだろう！　捜索人数も年々増やしているし、他国へ赴く時には必ず特殊能力者以外の方法もないか私もローザも探っている!!　だが、見つからないんだ!!　しかし探し続ければいつかきっと……」

「ッ七年だ……!!　あれから七年も経っているんだぞアルバート!!」

ドンッ、とまた壁に何かがぶつかる音が響く。ジルベール宰相の声から殺意のようなものまで感じられてきた。

「彼女はっ！　……マリアンヌは……っ、…………ッもう、擦り切れる……寸前だ……」

ガタンッと、今度は床が響く。たぶん、ジルベール宰相が崩れ落ちた音だ。それでも紡がれる声は力なく、そして酷《ひど》く震えていた。

「まだ……見つからないのか……?!　何故、見つからないんだ……類似した特殊能力者はこんなにも溢《あふ》れているというのにっ……」

嗚咽《おえつ》が聞こえる。震えたその声を聞くだけで私まで胸が苦しくなる。父上が気遣うように「ジルベール……」と彼に声を掛ける。でもそれには何も返されない。

「たった……一人で良いんだ……！　たった、一人……見つかればっ……」

そのまま絞り出すように最後、ジルベール宰相は悲痛な声を上げた。

「病を癒《いや》す……特殊能力者がっ……!!」

その、瞬間。また私の中の記憶が……開いた。

「……見～つけた」

誰かが、笑っている。引き攣《つ》らせたような、嫌な笑いだ。

「ッじょ……女王陛下……!? な、何故……こちらに……?!」

ジルベール宰相が目を見開き身体を硬直させている。顔色が悪く、静かに手を震わせている様子は酷く怯《おび》えているようだった。

「貴方が毎日毎日私に意味のわからない法案を提唱し続けてきたでしょう? 今日の法案協議会でも煩《わずら》わしかったし……あんなのを成立させたら色々な特殊能力者が目立って、私みたいな特別な特殊能力が目立たなくなっちゃうじゃない」

波立った自分の真っ赤な髪を手で払い、さも当然のことのように少女は言う。ニンマリと笑い、ベッドの傍らで両膝《ひざ》をついていたジルベール宰相を見下した。

「ジルベール。私の城に隠し物なんて駄目じゃない。ここは下級層の人間の物置じゃなくってよ。……ああ……今は宰相だったわね。ごめんなさい？」

……ああ……。……私だ。

「女王陛下……どうかお聞き下さい。彼女はっ……マリアンヌは、訳があり先代の女王と王配の代からこちらで保護を……」

「知っているわ。全部ステイルに調べさせたもの」

必死に許しを請うように説明するジルベール宰相を、切り捨てるように彼女は告げる。

……まだ、小さい。……彼女は……今の、私では……ない。

「彼女は、とても特異な病でして……勿論、感染などの恐れは」

「ええ、ないのでしょう？　だから父上と母上も城に置いたのでしょうし」

あどけない、幼い声で冷たく言い放つ。ジルベール宰相が「それでは っ……！」と、希望を持つように顔を上げた。………こんなジルベール宰相……見たことがない。

「でも嫌なのよねぇ。私の大事な城でこんな病原体が放置されたままだなんて」

視線の先には……女の人だ。光に反射してはっきりとは見えない。真っ白なベッド、真っ白なシーツ、真っ白な……生きているかもわからないほど真っ白な肌の、人。

病原体……⁉　と愕然《がくぜん》とするジルベール宰相に慈悲もなく彼女は畳みかける。

「治療方法もなくて原因不明の病なのでしょう？　そんなの処分が一番に決まっているじゃない」

「そんなっ……‼」

声が上擦り、自分よりもずっと小さな少女へジルベール宰相が縋りつく。彼女はそれを塵《ちり》にでも触るかのように払うと、自分の傍らにいる少年へと声を掛けた。

「ステイル。この病原体を処分し……」

「ッお待ち下さい‼」

ジルベール宰相が少女の腕を掴む。女王の冷たい眼差《まなざ》しすら耐え、必死に声を上げている。

「治療の見込みならばあります……‼」

強い、強い眼差しだ。瞬き一つせず、切れ長な目が真っ直《す》ぐに彼女を見つめている。女王が何も言わない内に、ジルベール宰相は早口で捲し立てるように訴え続ける。

「私が以前より提唱しております〝特殊能力申請義務令〟‼　その御許可を頂ければ病を癒す特殊能力者を見つけ出し、必ずや彼女の病をっ……‼　ですからどうか、法案制定の御許可と今暫くだけのご猶予を‼」

「……ぷっ」

必死に真剣な表情で訴えるジルベール宰相へ、場にそぐわない笑いを吹き出す音が響いた。

「アッハハハハハ‼　おっかしい！　病を癒す特殊能力者ですって？　そんなのただの噂に決まっているじゃない！」

彼女の笑い声が止まらない。少女らしく淑女ならぬ笑い声で、目の前の男性を笑い飛ばす。

「ッそんなことはありません‼　我が国には様々な特殊能力者がいます！　類似した、怪我を治癒《ちゆ》する特殊能力者なら何人も！　たった一人くらい必ずいるはずです……！　病を癒す特殊能力者が‼」

少女に侮辱されても尚《なお》、彼の強い眼差しは消えない。そして少女の、……私の笑い声も消えない。

アハハハハハハ‼　アハハハハハッ‼　と、残酷な笑い声が何度も響き渡った。

「ハハッ……ハハハッ！　……あぁ……面白い。……良いわ。その病原体も処分せずに、貴方の望み通りその法を制定してあげる」

少女と思えない嫌な笑い方。いっそその姿は人外とも思えるくらい不気味に見えた。対して目を輝かせ、「本当ですか……⁉」と歓喜するジルベール宰相に彼女は「ただし」と更に口端を吊《つ》り上げた。

「宰相の仕事と更に、亡き父上の仕事分二倍貴方が文句も言わず五年間見事に働いてくれたらね。そしたら五年後、その法案を正式に法案協議会で成立、制定してあげる」

あり得ない……！　王配の公務も宰相の仕事も、尋常じゃない量だというのに。そんなの、人間一人にできるはずがない。

「わかりました！　お任せください、このジルベール・バトラー。全身全霊《ぜんしんぜんれい》で務め上げさせて頂きます……‼」

祈るように指を組み、頷いた。感謝致しますと何度も何度も言っている。

………だめ。それではその人は救えない。その法案を可決させたら貴方だけじゃない、大勢の民が不幸になる。ジルベール宰相、お願いやめて。貴方が、一番後悔するのだから。

ジルベール宰相、ジルベール宰相、ジルベール宰相、ジルベー……、…………。

…………ジル。


「……プライド、大丈夫ですか？」

ステイルが私の顔を覗《のぞ》き込む。今日は顔色が優れませんが、と心配してくれる彼に、私は両手を振りながら笑って誤魔化した。

「大丈夫よ、ステイル。ちょっと今日は目寝めが悪かったみたいで……」

「どんな夢を見られたのですか？　お姉様」

悪い夢は話した方が良いのですよ、と今度はティアラまで私を覗き込んでくる。

「ありがとう。ステイル、ティアラ。……でも、残念ながら覚えていなくって。昨日あまり寝付けなかったせいかしら」

目が覚めたら何も記憶になくて、涙だけがひたすら伝っていた。昨夜はジルベール宰相と父上との会話をずっと思い返していたせいでなかなか眠れなかった。ステイルがすかさず、私の耳元で「ジルベールのことですか？」と聞いてくれる。流石《さすが》鋭い。私は正直に小さく頷いた。

昨日、ジルベール宰相と父上との会話を聞いてしまった後。私とステイルは見つかる前に瞬間移動でティアラ達のもとへ戻った。ステイルとこのことは絶対秘密にしようと約束したけれど、それからずっとあの時のジルベール宰相の悲痛な声が頭から消えることはなかった。

……前世の記憶で思い出した、ジルベール宰相の存在も。

アーサーの時と同じで、一つ思い出した途端にジルベール宰相についての膨大な情報が一気に頭の中を駆け巡ってきた。部屋に戻ってから一つひとつの記憶を整理するのが本当に大変だった。

彼が、あまりにも複雑過ぎる攻略対象者だったから。

ジルベール・バトラー。彼は〝キミヒカ〟の攻略対象者だ。

しかも、全員攻略した上でプレイ可能の隠しキャラ。国一番の頭脳を持った腹黒策士のステイルに対し、彼は凄腕《すごうで》の天才謀略家だった。宰相として優秀なだけでなく、人を欺《あざむ》き、情報を操り、思い通りに動かす天才だ。ゲームのラストでも彼のルートだと彼自身ではなく、今まで攻略したキャラクター全員が味方になり、力を合わせてプライドを倒す流れだった。彼がその全てを駆使しても思い通りに動かせなかった人間なんてゲームではラスボスのプライドくらいだ。

そして今まで攻略対象者だと気がつかなかったのも仕方がない。理由は私自身にとって記憶の薄いシリーズ第一作目だということ以外に、三つある。

一つ。隠しキャラだったということ。

二つ。彼だけはものすごく恋愛要素が薄く、印象も薄かった。攻略対象者が主人公であるティアラと少なくともキスシーンは絶対ある中、彼だけはキスなんて手の甲止まりだったし愛を説く場面すらなかった。むしろあまりのアプローチの少なさに加えて、中盤からは奥手なはずのティアラの方から「貴方が世界で一番美しいと思えた景色《けしき》へ私を連れていって」と言って彼の手を引いていたくらいだ。

隠しキャラだからか、メインストーリーも他のキャラより短かったし総じて内容が薄かった。三つ。ゲームでの彼の姿がアーサー以上に違い過ぎた。単に少し老《ふ》け込むとかいうレベルではない。彼の姿は他の攻略対象者をプレイしている間はずっと年老いた老人の姿だったのだから。たまにチラッと出てくるもう一つの姿では、主人公のティアラより年下の十三歳の謎《なぞ》の美少年だった。隠しキャラとして攻略する時も殆どがこちらの姿だ。自分のことを「ジル」と名乗る正体不明の美少年を、攻略していく中でその正体と心の闇《やみ》も明らかにするという流れだった。

恋愛要素は薄い彼だったけれど、過去だけは重かった。

ジルベール宰相は元々下級層の人間だ。この国は上層部まで出世するのに必要なのは出生よりも特殊能力。彼は自身の〝年齢操作〟という珍しい特殊能力と、尋常ではない努力と才で宰相まで上り詰めていた。全ては身分を超えてまで自分を愛してくれた、婚約者と幸せになる為に。

でも彼が宰相になって数年後、婚約者が病にかかってしまう。呼吸困難と凍えるような寒さに苛《さいな》まれ続け、最後には手足の自由すら利かなくなる進行性の病。それは我が国でしか発症例のない奇病でもあった。そして女王と王配の計らいによって城の奥深くに隠されるように保護された。一部の人間にしか知らされないその部屋で、いつか彼女の病を治す為に。

だけど、その二年後に自分達を保護してくれていた王配と女王が死に、新たに女王になったプライドに婚約者の存在を知られてしまう。そこで五年間の労働と引き換えに、婚約者の命と自身が婚約者の為に考えた特殊能力者を見つけ出す為の法案制定の約束を交わした。プライドが好き勝手に過ごす間、摂政であるステイルと王配・宰相業務を兼任したジルベール宰相が国を実質的に回し続けていた。

五年後、約束通りに法案は可決して制定されたけれどその翌日にジルベール宰相の婚約者は息を引き取ってしまう。そして彼の地獄はそれだけでは終わらない。その法案を制定してから数日後、全ての国民の特殊能力を把握したプライドは続けるように恐ろしい法を独断で制定した。これによってゲームが始まる前にフリージア王国は一度血に染まることになる。

ジルベール宰相は、自身の立てた法案による罪の意識と最愛の婚約者を失ったショックで、年老いた老人の姿か婚約者と初めて出会った十三歳の頃の姿にしか年齢操作ができなくなってしまう。

隠しキャラルートが解禁されると、最初の選択肢でティアラに〝離れの塔から逃げ出す〟という選択肢が出る。それを選ぶとティアラはシーツやカーテンを結び、ロープのようにして窓から逃げ出し、そこで謎の少年ジルと出会い、彼の助けにより城下へ逃げ出すことができる。そして彼といるうちにその心の傷を知り、癒し、エンディング後の映像では、元の姿を取り戻して大人になったジルと幸せそうに微笑み合うティアラの姿があった。

ゲームの中で己が語った「ジル」という名前は婚約者に呼ばれていた愛称だ。仮の名でもティアラにその名で呼ばせたからか、それとも第二王女でありながら気取らず心優しい彼女に身分違いで自分を愛してくれた婚約者を重ねたからか、次第にジルも主人公に惹《ひ》かれていくようになる。ゲームの中で「結局……どちらにせよ病を癒す特殊能力など見つかりませんでした」と自嘲《じちょう》じみた表情で呟《つぶや》くジルと、その服の袖を悲しげな瞳《め》で握りしめるティアラはとても絵になっていた。今思うと、エンディングも恋人同士というより兄妹や父娘のような雰囲気だった。まぁ大人の落ち着いた恋愛と言われればそうも見えたけれど。

とにかく、いま第一に心配なのはジルベール宰相の婚約者を救うまでの猶予だ。

婚約者が息を引き取るのはゲームの中で父上と母上が亡くなって五年後……つまりは今年。そして法案が制定された翌日。……それが、ジルベール宰相の婚約者が亡くなる日だ。

私は改めて現状を理解し、静かに喉を鳴らした。法案協議会に参加して二年目。私は今までの知識を総動員させて頭の中で状況を整理する。法案が協議会で成立しても、そこから制定までの期間は法律によって異なる。国民へ事前に周知させ、様々な準備を済ませる為の充分な期間の後に初めて法は制定される。我が国では長くて成立から一ヶ月、早ければ一週間くらいだろうか。

法案協議会は昨日行った。ゲームの中では昨日きっと〝特殊能力申請義務令〟が可決したのだろう。なら、猶予は長くても一ヶ月しかない。昨日ジルベール宰相は婚約者がもう限界のような言い方をしていた。なら最悪今日から一週間後に亡くなってしまう可能性だってある。そう考えていると、

「…………？　なんでしょう。何か先ほどから城内が騒がしいような……」

ティアラの声ではっとする。確かに意識してみると城内が妙に騒がしい。ばたばたと侍女や従者など使用人や衛兵が駆け回る音や誰かを呼んでいる声まで聞こえる。城内が、特に私達の生活圏内である王居がここまで騒がしくなるのは珍しい。

「‼　プライド！　ステイル、ティアラ！」

突然名前を叫ばれ振り返ると、そこには父上がいた。珍しく息を切らし、私達の方へ駆けてくる。

「父上。一体この騒ぎはどうなさったのですか」

一緒に護衛や従者を連れている。私達に会いに来る時は一人で来ることが多いのに珍しい。父上は私達の前まで来ると息を整え、ゆっくりと顔を上げた。

「……ジルベール……。……ジルベール宰相には会わなかったか？」

ジルベール宰相⁇　昨日の今日で一体どうしたのだろう。私は勿論だけど、ステイルとティアラも

会っていない。それを三人で伝えると父上は大きく息を吐いた。

「そうか……。……三人とも、今すぐ部屋に戻りなさい」

護衛をしっかり付けておくように、と命じられ、私達三人は首を捻《ひね》る。

「父上、どうかされたのですか。ステイルが父上に尋ねる。ジルベール宰相が、何か？」

今度はステイルが父上に尋ねる。ジルベール宰相、と呼ぶ時だけ若干その目が鋭い。

「ああ……。実はジルベール宰相が今朝から姿を消していてな。城のどこにもいない。今、城の人間が総出で探してはいるが……」

なるほど。つまり誘拐や何者かの侵入など異常事態の可能性があるということか。状況を理解した私は、言葉に出さないまま父上の言葉に静かに頷いた。

「勿論、自分から無断で出ていっている可能性もあるがっ……とにかく、少なくとも事態がわかるか、ジルベール宰相が戻るまでの間、お前達は部屋にいなさい」

そう言うと父上は近くの衛兵に声を掛け、私達を部屋まで誘導、護衛するように命じた。

「父上！」

衛兵に囲まれながら私は声を上げる。

「ステイルやティアラも、三人で私の部屋にいてもよろしいですか?!」

父上は少し驚いたような顔をしたけれど、すかさずステイルとティアラが「姉君が心配です」「私もお姉様と兄様といた方が心強いです」と賛同の声を上げてくれたお陰で何とか了承を得られた。

「……二人とも、ありがとう」

父上が従者や衛兵と一緒に去っていった後、私は二人に小さく耳打ちで感謝した。

第一王女である私の部屋。今、そこではいつもより更に厳重な警備がされていた。王族三人が一箇所に詰めているのだから当然だ。

部屋の窓の下には衛兵が十人、部屋の扉の外にはステイルとティアラ、そして私に付くことの多い衛兵が殆ど全員。そして部屋の中には私達が「三人だけにして欲しい」と訴えた結果、私によく付いてくれている衛兵のジャックだけが部屋の中から扉の前を守ってくれている。あとは私に付いてくれることの多い侍女のマリーとロッテだけ。他の侍女は衛兵と一緒に廊下に控えてもらっている。窓も完全に重たいカーテンを閉め切っているから気持ち的に少し息苦しい。その中で私とステイル、ティアラは絨毯《じゅうたん》の上にテーブル代わりの分厚い本を置き、その上に紙とペンで筆談を始めた。

『兄様、特殊能力でジルベール宰相の場所に行けることは父上に話さなくて良かったの？』

最初にティアラが可愛らしい字で綴《つづ》れば、ステイルが無表情で素早く返答を書き記していく。

『ああ、約束を守ってくれてありがとうティアラ。プライド、ありがとうございます』

その文字に私とティアラはお互いに顔を上げ、ステイルに向かって頷き、笑顔で返した。

これは、私達三人とアーサー四人だけでの約束だった。自分が特定の人のところへ瞬間移動できることは秘密にしておきたい、とステイル本人からの希望だ。「何かあった時、奥の手は秘めておきたいので」とそう言っていた。

『それで、どうしましょうかプライド』

ステイルが私に聞いてくる。それはつまり、必要ならば特殊能力を使ってジルベールを見つけ出す、という意味だ。私は少し考え、それからペンを走らせる。

『取り敢《あ》えずは様子を見ましょう』

もし本当に誘拐だった場合、子どもの私達よりも普通に衛兵に任せる方が良いだろうし、深刻であれば騎士団だって要請される。単に自分から城を抜け出したというならば、何かしろ事情があるのだろう。私達が介入して悪化したらそれこそ大惨事だ。

私の文字にステイルもティアラも頷き、了承してくれた。

『ジルベール宰相……ご無事だと良いな』

ティアラが弱々しい字でそう書く。表情も憂鬱《ゆううつ》そうだ。けれどそこですかさずステイルが続けてカリカリとペンを走らせた。

『そうだな。……俺はよからぬことをしていないかも心配だが』

流石ステイル、容赦ない。

でも、確かに昨日のジルベール宰相の様子を考えればそう懸念してしまうのも無理はないと思う。

何も知らないティアラは、ステイルの字を読んで「え？」と声を漏らした。するとステイルは顔を上げて目だけで私に尋ねてくる。ティアラに話して良いかの確認だろう。ティアラは第二王女だし、こんなことになった以上は説明しておいても良いと思う。私が頷くとステイルは静かにティアラへ向けてペンを走らせた。事細かく昨日の状況を文字に起こして説明してくれている。ティアラは無言のままそれを書かれていく内容を目で追い始めた。

本当に、ステイルもティアラも優しい。毎回こうして何かあるごとに必ず私に意見を聞いたり確認を取ったりしてくれる。さっきの部屋に三人で集まりたいと言った時も話を合わせてくれたし、今もこうして私に選択を委《ゆだ》ねてくれた。きっと二人のどちらが王位に立っても国民の意思をちゃんと聞いてくれるのだろうなと思う。それに比べてゲームのプライドときたら、周りの意見も聞かず税上げに処刑に人事に戦争に同盟に処罰に法律にとなんでもかんでも他人のことなど御構いなしに自分一人で全部決めていたのだから。せめて摂政のステイルやジルベール宰相、上層部の意見くらいー……。

……………あれ？

ふと、自分で思ったことに違和感を感じる。すごく、ものすごく嫌な予感がして、考えが纏まる前に手がカタカタと震えた。

なんでもかんでも自分一人で決めていた……？

今まで前提として考えていたはずのことが覆えり、嫌な汗が染みてきた。

ジルベール宰相の婚約者が死んだのは〝特殊能力申請義務令〟が制定された翌日。そしてジルベール宰相がプライドと約束したのは五年前の法案協議会の日。なら……。

ああああああああああああああああああああああああああああああ！！！

顔を上げ、口を両手で押さえてその場に硬まってしまう。私の異変に気がついたステイルとティアラが、どうしましたかと声を掛けてくれるけれどもうそれどころじゃない。

そうだ‼　極悪非道自己中心ラスボス女王のプライドが他人の意見など、民の迷惑や困惑など気にする訳ないじゃない‼　その日に処刑と決めたら当日処刑！　その日に同盟解消を決めたら当日解消！　その日に戦を仕掛けると決めたら当日に戦準備‼　あの女は！　私は‼　そういう女王だったのに‼

そんな一ヶ月どころか一週間も待っている訳がない！　その日に法案協議会で決めたらその日に制定させるに決まっている‼　大体その後にジルベール宰相を追い詰めたあの法律なんて法案協議会を

通さずに決めたら早速即日実行していたじゃない‼　ということは……。

ジルベール宰相の婚約者が亡くなるのは、今日だ。


「……ここが城下……」

私は首だけを動かして辺りを見回した。今までも馬車の中から眺めたことはあったけれど、直接目にするのは初めてだ。建物の上だからか風が吹き、深紅《しんく》の団服を揺らした。

「……の、裏通りです。建物の上なので、ここから見下ろせば幾分か安全且《か》つ確実だと思いまして。……もっと身を屈《かが》めて下さい」

そう言いながらステイルが私の手を引く。私の格好が目立つから余計に気を払ってくれている。正体を隠す為に口元を布で覆ってはいるけれど、ステイルの漆黒の団服と見比べても改めて自分のは派手だなと実感する。言われた通りに身体《からだ》を屈め、口元を隠す布で顔もしっかり隠した。

あの後、私は心配してくれた二人に謝り、簡単に〝予知〟という形で事情を話した。ジルベール宰相がマリアンヌという婚約者を救いたがっていること。そして今日彼女が亡くなってしまうことを。

ステイルの瞬間移動で居場所を特定した私は動きやすい格好にとロッテとマリーに着替えを手伝ってもらった。ステイルも誰もいない稽古場へ瞬間移動して着替えを済ましてから、練習用の真剣を二本持ってきてくれた。

私達は、ロッテとマリーそしてジャックに、ジルベール宰相を連れ戻す為にこの部屋を抜け出すことを見逃《みのが》して欲しいと頼んだ。ステイルが特定の人の場所に瞬間移動できることは隠さないといけなかったから、「理由は言えない」と正直とても無理のある頼み方になってしまった。最初、衛兵のジャックは首を縦に振ってくれなかった。だけど、ティアラはちゃんとこの部屋で待つし、ステイルがいるから絶対何があっても時間までには部屋に戻ってこられると、王族三人で頭を下げて頼み込み、なんとか時間限定で部屋を出ることを許してくれた。……もし気づかれたり、大ごとになってしまったら三人とも酷い罰を受けるかもしれないのに。それを私よりも本人達がよくわかっているはずなのに。本当に感謝してもし足りない。ジルベール宰相のことが収束したら、三人には何か御礼をしないと。

ジャックは私の着替えが終わるまで扉の方を向いて誰も来ないように見張ってくれたし、ロッテとマリーもすごく心配してくれたけれど「プライド様の御言葉ならば信じます」と言って、急ぎ私の服を着替えさせてくれた。

マリーとロッテお手製の戦闘服に。

叙任式から一週間ほど経った頃、ティアラがマリーとロッテにお願いして私達に贈ってくれたものだ。タイツの上から穿《は》く短パンと下まで覆い隠す深紅の団服。ステイルとは色違いで両方とも本隊騎士の団服に似せてあって、初めて見せた時にはアーサーもすごく驚いていた。

最後、準備を終えた私は出発する直前にロッテ、マリー、ジャックの三人とティアラに、もし万が一にも帰ってくる前に抜け出したことを気づかれてしまったら私が我儘《わがまま》を言って脅してきたと口裏を合わせるようにとだけ約束してもらった。私達もまた、必ずすぐに戻ることを固く約束して。

「……見えますか？　プライド」

声を潜め、物陰からそっと指し示すステイルの指の先を見下ろす。ジルベール宰相だ。周りには明らかに違法な匂《にお》いのする男達がずらりと並んでいる。私が頷くとステイルは「最初に瞬間移動した時はジルベール一人だったのですが……」と呟いた。つまりステイルがジルベール宰相を発見してから私達が準備を終えるまでの数分で集まってきたということだ。この人数の前では説得も難しい。

「で？　そのお目当ての特殊能力者を見つけ出してくれれば褒美はいくらでももってことか」

男の一人が笑いながら声を上げた。上半身筋肉剥《む》き出しのマッチョだ。他の男達も似たような風貌《ふうぼう》が多い。ゴロツキ……といったところだろうか。ジルベール宰相はローブで頭からすっぽり姿を隠し、私達と同じように口元を布で覆っている。ローブの隙間《すきま》から薄水色の髪が少し垂れていた。

「ええ、私の払えるものであれば何でも」

ローブの男が返事をする。やっぱり、この声はどう聞いてもジルベール宰相だ。

他の男が金はあるのかと尋ねると、ジルベール宰相は手の平大以上の小袋を取り出した。中を開き、彼らに中身を見せる。誰もが「おおおぉぉぉお」と声を上げていた。たぶんあれだけの量なら、生きていくだけなら一生困らないだろう。

「この男の払いだけは毎回確実だ、俺が保証するぜ。何せ、城のお偉いさんだ」

別の男が笑いながらそう言った。今度は両腕に刺青《いれずみ》をした男だ。前世で言えば違法なカジノとかにいそうな風貌だった。葉巻をふかしながら「だが、今回はやけに大金だな」と付け足した。

「こちらは私の望む特殊能力者を最初に連れてきた者に。褒賞はまた別に要求して下さっても構いません」

そう言いながらジルベール宰相はまた服の中に小袋を仕舞った。

「方法手段はお任せします。人身売買の情報でも、その情報が確かでさえあれば今の代金はお支払い致しましょう」

……なるほど。つまり街のゴロツキに探させようということか。確かに手段としては悪くない。こういう裏ルートに詳しい人達の方が噂や情報に詳しいかもしれないし、色々な手段も心得ている。ただ、手段方法を選ばないとか人身売買とかすごく物騒な言葉が気になるけれど。

………でも。

ぐっ、と私は拳《こぶし》に力を込める。視線の先では男達が「それで」と、求める特殊能力者の詳細をジルベール宰相に詰め寄った。

「病を癒す特殊能力者。……その者を見つけてきた者に望むだけの褒賞を」

と、ジルベール宰相が言えたのはそこまでだった。

その瞬間、どっと笑いが起きたからだ。

ぶわっはっはっはっ!! ぎゃはははははっ！ と。殆どの男達が腹を抱えて爆笑している。

何がおかしい?! とジルベール宰相が怒鳴るけど、笑いは止まらない。

「病を癒す特殊能力だァ?! ハハッ!! どこの絵本の話だそりゃあ!!」

「ここまで勿体《もったい》振りやがっといてお偉いさんは妖精《ようせい》が見たいらしい!!」

「傷を癒す特殊能力者と間違えちゃいないかお偉いさんよぉ?! それとも城のお偉いさんってことは噂の我儘姫様のおつかいか何かか??」

誰もがまともに話に取り合おうとはしない。ジルベール宰相の手が怒りで震えている。だけど、彼らの反応も当然だ。傷を癒す特殊能力者なら我が国に何人もいる。治す速度は違えど、我が国では珍しくない特殊能力だ。けど、病を癒す特殊能力は違う。過去に確かな文献がある訳でもないし、そういう能力者を題材にした物語や噂は聞くけど、誰も本物を見たことがなかった。前世で言えば超能力者や霊能力者ではなく、魔法使いを探してこいと言われたようなものだ。

「探す気すらないのか……?!」

ジルベール宰相は怒りのあまり、今度はとうとう声まで震わせた。

さっきの刺青の男が「まさか今までずっと探していた能力者ってのはそれのことだったのか?」と驚いている。筋肉剥き出しの男達はまだ笑っているけれど、一部には既にその場を去る人や、時間を無駄にされたことを怒っている人達もいる。

「ッ探す気がないならば用はない!! 他を当たらせてもらう!」

そう言ってジルベール宰相が踵《きびす》を返し、立ち去ろうとした時だった。

「待てよ」

筋肉剥き出しの男が引き止める。

「折角ここまで俺達を呼び出したんだ。その小袋は置いていけ」

ニヤニヤと嫌な笑みを満面に浮かべている。それを見て刺青の男は首をやれやれと横に振ると、何も言わずにその場から去っていった。

「ふざけるな、この金は褒賞だ。役立たずに払う金などない」

ギリッ、と歯を鳴らす音が聞こえた。同時にジルベール宰相から凄《すさ》まじい殺気が溢れ、隠れていた私とステイルにまで届いた。

やっちまえ、という言葉が先か、筋肉剥き出しの男が拳を振り上げたのが先か。大柄な男の拳がジルベール宰相へと当たる。

……寸前に。男は宙を一回転することになった。

突き出された拳を身体ごと横に捻りながら避《よ》け、そのまま拳を横から取ったジルベール宰相が勢いのままに男を投げ飛ばした。ズドンッという重い音と振動がここまで響く。比較的細身のジルベール宰相が、その三倍はある体格の男を投げ飛ばしたことに周囲は唖然《あぜん》としていた。

けど、当然だ。ジルベール宰相の特殊能力は年齢操作のみ。王配の傍に、そして補佐を許された彼が学問だけでなく身を守る術《すべ》に長《た》けていない訳がない。彼は特殊能力者という条件以外は、その身の努力だけで宰相まで成り上がった人なのだから。

投げ飛ばした男を一瞥《いちべつ》もせず、ジルベール宰相はそのまま去ろうと背中を向けたまま歩みを進めた。

「こっの……!!」

もう一人の男が今度はナイフを出してきた。懐に握りしめ、ジルベール宰相に向かって飛び出す。けど、やはり振り向き様にジルベール宰相は手刀で男のナイフを落とすと、今度は彼の鳩尾《みぞおち》に膝《ひざ》をめり込ませた。ぐは、と息を吐き切った男は、そのまま気を失ったらしく無抵抗に倒れ込んだ。

「私は先を急いでおります、逐一歩みを止めるのは面倒です。……用があるならば纏めてかかってこいッ……!!」

後半の口調からはかなりのすごみが感じられた。

男達が少し竦《すく》み上がり、それから負けじと大声を上げてかかっていく。それに対し、ジルベール宰相はまるで自身の怒りをそのままぶつけるかのように男達を投げ飛ばし、急所へ的確に膝を埋め、すれ違いざまに男達の首へ手刀を叩き込んでいった。

すごい。たぶんあの男の人達は二年前に私が倒した崖《がけ》の奇襲者よりも強いだろうに。

そして早々に残りあと二人となったその時だった。

「このッ……クソがァアア!!」

最初にジルベール宰相が投げ飛ばした男が目を覚ましたのか、仰向けに倒れたままジルベール宰相の足を掴み取った。ジルベール宰相が気がついた時には、既に両足を握られてしまっていた。急ぎとどめを刺そうと手刀を男の首へ振り下ろせば、残りの二人が一斉にナイフを握り突進してきた。

私達が見ていられたのはそこまでだった。

「ステイル!!」

私がステイルの手を強く握った瞬間、返事よりも先に私とステイルは男達の真上に瞬間移動していた。落下と同時に二人で片方ずつ男の頭を蹴《け》り飛ばす。そのまま体勢を崩し、勢いよくジルベール宰相の前で転がった男達のうち一人は私が腕を捻り上げ、もう一人はステイルが剣を喉元に当てて動きを封じた。

「貴方方はっ……!!」

既に自分の足の自由を奪った男を気絶させたジルベール宰相は、驚いたように声を上げた。

「貴方を探しに来ました。何をしていたか……は聞くまでもありませんが」

冷ややかに語ったステイルは、捕らえた男の首に一撃を与えて気絶させた。そして流れるように今度は私の捻り上げていた男に後ろから絞め技で意識を奪う。

「その格好は……?!　何故、ここがっ……！」

「姉君が予知をし、俺が裏通りをくまなく瞬間移動して探し出しました」

服の埃《ほこり》を払いながら、ジルベール宰相の言葉に息をするように嘘《うそ》をつく。そのまま眼鏡の位置を指で直すと、ギロリと彼を睨みつけた。

「姉君が貴方に伝えたいことがあるとのことでしたので、お連れしました」

その目に静かな怒りと侮蔑《ぶべつ》を宿したステイルの言葉に、ジルベール宰相は口元を隠していた布を下ろしながら顔を青くさせた。

「お待ち下さい‼　城を勝手に抜け、良からぬ者と通じていたことならばお詫び致します‼　必要であれば罰も受けます！　ですがどうか、どうかもう暫《しば》しのお時間をっ……私には時間が……‼」

ステイルの瞬間移動からは逃げられないと悟っているのだろう。一歩背後に後ずさりながらも必死に弁明している。

「ジルベール宰相、落ち着いて聞いて下さい」

私はなるべくジルベール宰相の耳に届くように、ゆっくりと声を張り上げる。

「予知をしました。貴方の婚約者……マリアンヌさんはこのままでは今日亡くなります」

そう告げた瞬間、彼は言葉を失った。顔から血色がなくなり、次の瞬間には「そんなっ……‼」と言って私に早足で詰め寄ってくる。

「そして〝特殊能力申請義務令〟が叶ったとしても……あのような裏稼業の人間をいくら動かしても、病を癒す特殊能力者は見つかりません。絶対に」

残酷な事実だし、言う必要はないかもしれない。だけど、彼の今回の行動を咎《とが》める為にも言わずにはいられなかった。現に前世のゲームでは〝特殊能力申請義務令〟で病を癒す特殊能力者が見つかることは最後までなかったのだから。

「何故っ……!!」

「予知しました。私にはわかります」

そう言い切ると、ジルベール宰相が私の両肩を掴もうと手を伸ばす。けれど、届く前にステイルがジルベール宰相の喉元へ横から剣を突きつけた。

「姉君に触れるな、無礼者が」

刃《やいば》のように鋭い声で言い放ち、剣を突きつけたまま素早く私とジルベール宰相の間に入ってくれる。

「……っ、…………マリア……」

がくん、と。その場でただ茫然《ぼうぜん》と膝を落としたジルベール宰相に、私はゆっくりと語りかけるべく口を開く。

「ジルベール宰相、落ち着いて聞いてくだ」

「ステイル様!! どうか、私を城へ瞬間移動を!! 早く、早く彼女のもとへ行かねばっ……」

私の言葉がまるで耳に入っていないかのように、今度は自分に剣を突きつけているステイルへ縋るように声を荒らげた。……その姿は尋常ではなかった。ステイルはジルベール宰相を目だけで見下ろすと、静かに唇を歪《ゆが》めた。

「貴方は、自分本位の理由で国の法を変えようとし、更には無断で父上の補佐を放棄し、城を出て良からぬ輩《やから》と通じ、手段方法問わず……それどころか我が国で禁じられているはずの人身売買にまで手を出そうとしていましたね」

ステイルの言葉が、氷のように冷たい。全くジルベール宰相に同情の余地がないとでも言いたげな表情だ。その言葉と侮蔑に染まったステイルの表情にジルベール宰相も言葉が出ない。

「それに、先ほどの男達への口振り。もし病を癒す特殊能力者と引き換えに我が国の機密情報や母上や父上、俺やティアラ……何より姉君の命を望まれてもお前は躊躇《ちゅうちょ》なく支払うつもりではなかったのか、ジルベール」

ステイルの目が段々と殺意に染まっている。多分ずっと堪《こら》えてきたことがここにきて溢れ始めたのだろう。なんとか私から「ステイル」と声を掛けるけど、珍しく耳に届いていない。どう言おうか悩んでいる間にも、ステイルの口からの刃は止まらない。

「他にもお前に言いたいことはある。だが……今はこれだけを尋ねよう。城に戻りたいと言ったな？　それは罪を全て認めて罪人としてか。ならば今すぐ俺が特殊能力で地下牢《ろう》へ瞬間移動してやる。それとも罪は認めず父上からのお咎め程度で許されるか？　罪人でないならば俺が連れ去る必要はない。このまま歩いて帰れば良い。どちらにせよ、婚約者はお前の諸悪の根源としてこの俺が」

「ステイル!!」

今度こそ力を込めて私は声を張り上げる。

その途端、はっとしたようにステイルが肩を震わせた。暫くしてから眼鏡の縁を押さえたステイルが、私の方へ振り返る。今まで見たことのないような表情だった。憎しみと怒りで顔を歪ませながら、その目は今にも泣き出しそうだった。

ジルベール宰相が俯《うつむ》き、その場で拳を握りしめて硬まっている。掠《かす》れるような声で震えながらマリアンヌさんの名を呼んでいる。

「何故です……？　プライド……こんな、こんな男にっ……何故慈悲を!!」

剣を突きつけた手が、震えている。少しでも刺激したらこのままジルベール宰相を刺し殺してしまいそうだった。私は黙したまま、剣を下ろさせようとその手に触れる。

どうしよう、この目を、表情を……私は前世のゲームで知っている。ティアラの誕生祭の前日に、プライドの命令で母親を殺させられた時の表情にそっくりだ。

「何故っ……!!　この男はプライドでも……誰であろうと犠牲《ぎせい》にしようとした!!　民や国を傾けることだって平気でしたでしょう!!」

今すぐこの場で殺すべきだ、とそう言っているように聞こえる。きっと、本人も冷静な判断ができていない。

「ごめんなさい、ステイル。それでもジルベール宰相は……」

「この男は!!　プライドの信じるような男ではありません!!　今日まで貴方を蹴落とすか利用することしか考えてこなかった大人です!!　今までだって……今まで、……っ……」

そこまで言うとステイルは歯を食い縛りながら目に涙を滲《にじ》ませた。

その姿が辛《つら》くて、今はジルベール宰相のことを優先しないといけないとわかっていながら、私は目の前のステイルを抱きしめてしまう。泣き出しそうなステイルの顔を包むように両腕で抱え、そのままそっと頭を撫でる。

「ごめんなさい、ステイル。それでもまだ彼は私の愛する国民だから」

そう言うと、ステイルは私の身体を両腕で締め返してきた。カランッとジルベール宰相に突き付けていた剣が地に落ちる音がする。

「っ……あの男は……傷つけたんです……!!　昔からっ……貴方の名を、……貴方はっ……何度も、何度も何度も知らないところで……ずっと……」

こんな男のせいで、と。そう続けて涙を堪えようとするステイルを抱きしめながら、私は何となく理解した。

彼はきっと、私の為に憎んでくれている。

「ありがとう、ステイル。私の知らないところできっとずっと守ってくれてたのね」

感謝し、何度も何度も彼の頭を撫でる。繰り返す内に段々と私を抱きしめる彼の腕が緩んでくる。最後にはまるで毒が抜けたかのようにゆっくりと両腕を私から離したステイルは、涙で曇《くも》った眼鏡を取り、服の袖で目を擦《こす》りながら小さく「すみませんでした」と言ってくれた。

……良かった、いつものステイルだ。

ジルベール宰相の方を振り向けば、完全にその場から崩れて動けない様子だった。膝をつき、マリアンヌさんの名を変わらず呟き続けている。

「ジルベール宰相、今からステイルの特殊能力で貴方を」

「プライド様」

がしっ、と今度こそ私の腕が掴まれた。後ろでステイルが動く気配がして、首を振って断った。その間もジルベール宰相は懇願そのものの声で私に訴え続ける。

「私はどんな罰でも受ける覚悟はあります。ですからどうか、彼女のことは」

その名を汚さないで欲しいと、そう言いたいのが続きを聞かなくてもわかる。今にも泣きそうに顔を歪めながら、必死に縋るジルベール宰相に思わず私まで顔が歪む。いつもの優雅な姿が嘘のようだ。

彼はきっと既に、正気じゃない。

正気だったらあんなに頭の良いジルベール宰相が、諸悪の根源という理由でただの病人を裁けるはずがないことぐらい、ステイルの怒りから出た虚言だとわかるはずだ。

さっきから何度も何度も言いかけた言葉を、私は思い切って彼に言う。

「よく聞きなさい、ジルベール・バトラー」

彼の顔を両手で挟み、私の目を見るようにして固める。彼の透き通った薄水色の瞳を真っ直ぐに見つめ、捉える。まるで今から死刑を言い渡されるような表情だ。

だから私ははっきりと告げる。自分の犯した罪に、死の罰すら受け入れるであろう彼に。

「貴方も、貴方の婚約者も許します」

「……⁉　……なっ……」

ジルベール宰相の表情が、信じられないといったまま動かなくなる。わなわなと手を震わせ、口を僅かに開いたまま動かさない。

「ただし、条件があります。私達を貴方の婚約者のところまで案内してください。だから今は私の指示通りに」

その言葉に、彼は何度も何度も頷いた。本当に縋るように私の方から切れ長な目を離さない。

「ステイル。まずジルベール宰相を城に瞬間移動させて。その後、貴方は私と一緒に部屋へ戻ります。ジルベール宰相は無事を城の人間に報告後、私の部屋まですぐに来て下さい」

ジルベール宰相は強い瞳で、畏《かしこ》まりましたと答えてくれた。

ステイルが眉間《みけん》に皺《しわ》を寄せながら彼に触れ、一瞬でジルベール宰相の姿を消した。不快そうに触れた手の平を服に擦りつけ、それから優しく私の手を取ってくれる。「先ほどは本当に申し訳ありませんでした」と言いながら小さく目を伏せる彼の頬《ほお》に、私はそっと左手を添えた。

「怒ってくれてありがとう」

感謝を込め、心から笑ってみせる。するとステイルは一度大きく目を見開き、直後に少しだけ目を背けた後、最後には小さくはにかんでくれた。

ステイルの怒る理由は、全部じゃないけれど私にもわかる。きっと王族としてはステイルが正しい。でも、私は前世の記憶で知ってしまった。ジルベール宰相の未来も、過去も。だから私はどうしても彼を憎めない。

彼は既に充分過ぎるほど苦しんできたのだから。

取ってくれた手をゆっくりと握りしめると、すぐにステイルは握り返してくれた。次の瞬間には、私の視界は裏通りから見慣れた我が部屋へと切り変わった。

「プライド様!!」

「お姉様!　兄様!!」

視界が変わった途端、侍女のロッテ、マリー、衛兵のジャック、そしてティアラの声が響いた。

「心配掛けてごめんなさい。ちゃんと無事に戻ってきたわよ」

ティアラを抱きしめ、ロッテ達に笑いかける。四人とも安心したように笑ってくれた。

「ジルベール宰相はいかがでしたか？」

ティアラが私に抱きしめられたまま顔を上げて尋ねてくる。けれど、それに答えようとするより先に部屋の外がドタドタと騒がしくなり出した。

宰相殿、一体どこに、お待ち下さい殿下がお探しにと様々な声が響く中、大きな足音が私の部屋まで響いた。急いで私も駆け出し、ジャックに扉を開けてもらって廊下へ出ると、丁度ジルベール宰相が息を切らせて私の部屋の前へ来たところだった。部屋の前に控えていた衛兵達が目を丸くしながらもジルベール宰相を止め、侍女達が口を覆ってその場から引いていた。

「プライド様!!」

私の姿を確認したジルベール宰相が叫ぶ。私は頷き、ステイルへと合図する。

「ジルベール宰相は無事戻ったのですね！　ならば父上からの御許可通り、私達はこの部屋から出ます!!」

そうはっきりと衛兵達に聞こえるように叫び、半ば強引に私とステイルは部屋を飛び出した。衛兵に引き止められたジルベール宰相の手を取り、そのまま連れ去っていく。

「ステイル！　私を瞬間移動させて欲しいの！　その間に貴方はジルベール宰相と一緒にマリアンヌさんのところに!!　マリアンヌさんの部屋に着いたら私を迎えに来て！」

「わかりました。ですがプライドはどこに……?!」

ステイルの言葉に私は瞬間移動して欲しい場所をはっきりと伝える。とにかく今は時間がない。ゲームでは日没とともに彼女の命も沈んだとジルが言っていた。もう窓の外は暗くなりかけている。

「?!　何故、そこに……!?」

私の言葉にステイルは戸惑いを露《あら》わにした。けれどジルベール宰相はそれどころじゃない。「ステイル様、こちらです！」と先導して走り出す。ステイルはそれに小さく舌打ちすると、私の方へ手を伸ばした。私も走りながら彼の手を掴む。

「ごめんなさいステイルいつも貴方にばかり頼ってしまって……」

さっきまで殺意を露わにしていたステイルに、本人が嫌うジルベール宰相との行動を任せるなんて普通はあり得ないことだとわかっている。でも今はこれしかない。

するとステイルは何故か少し驚いたように瞼《まぶた》を上げた後、すぐに笑顔で返してくれた。「何を言うのですか」と呟き、そのまま私の手を強く握りしめる。

「むしろまだまだ足りません、もっと頼って下さい。貴方は俺の全てなのですから」

息を飲み、思わず目を見開いてステイルを見返す。驚きや感謝が込み上げて何かを言いたくて口を開こうとした瞬間、それを待たずに私の視界は一瞬で切り変わった。

まるで月光のように優しい、ステイルの笑顔に見送られて。


「騎士団長！　副団長‼」

騎士団演習場。そこに瞬間移動された私はすぐに彼らへ声を上げた。目の前に並ぶ二人が瞼を無くして「プライド様⁉」とこちらに振り返る。

さっきまでは誰もいなかったはずの場所に第一王女が現れたのだから驚いて当然だ。殆ど同時に叫ぶ騎士団長と副団長に私は「演習中にごめんなさい」と謝りながら、彼らが監督している騎士達に目を向ける。

「プ……プライド様、その格好は一体……」

騎士団長が珍しく戸惑った声で私の格好を確認する。深紅の団服なんて騎士団には存在しないのだから色々と指摘したいこともあるのだろう。でも今は説明するどころではない。

「事情はまた今度お話しします！　それよりも騎士団長、副団長……」

騎士達に目をやったけど、遠過ぎて誰が誰だかわからない。二人ならきっとどこにいるか知っているはずだし、何よりちゃんと彼らに許可も得ないと。

「アーサーは!!　大事な緊急の用事があります!!　どうか今すぐに彼を」

「アーサー・ベレスフォード！！！！」

私が言い切るより前に、騎士団長の叫び声が演習場中に響き渡った。完全にドラゴンとか大魔神でも召喚しそうな気迫の声だ。

久々な騎士団長の大声に、私も傍にいた副団長も耳を押さえる。素手で格闘演習中だった騎士達も皆、手を止めてこちらに注目した。すると、その中から「はい！」という声と共にアーサーが束ねた銀色の長い髪を振り乱して駆け込んできた。

騎士団長が腕を組んだまま、「どうぞ」とだけ言うと、譲るように副団長と一緒に後ろへ下がる。

アーサーは私の姿に気がつくと、「プライド様……?!　なんでっ……」と足を止めそうになりながら声を上げた。私は問答無用《もんどうむよう》でアーサーの手を取り、騎士団長達に「暫くアーサーをお借りします!!」とだけ叫ぶと、人気《ひとけ》のない方へアーサーを引っ張り駆け出した。

「ぷっ……プライド様……手っ……!!」

何やらアーサーが戸惑いの声を上げているけれど、ステイルが来る前に早く物陰かどこかへ移動しないと。

なんとか人影のない武器倉庫の裏まで行き、やっと足を止める。走り過ぎて息が辛い。アーサーの方を見ると同じく息が苦しいのか顔が真っ赤だった。

「あの……プライド様、それで……俺に何か御用でしょうか……？」

話しながら、何故かその目は一点を見つめている。見れば、未《いま》だアーサーの手を握ったままだった。

ごめんなさいと謝り、私は急いで力を込めていた手を緩め、放す。

「アーサー、貴方にお願いがあるの」

改まった私は、ぎゅっと自分の拳を作る手に力を込めながら彼を見上げる。

「助けたい人がいるの。でも、その為には貴方を……貴方の人生を大きく変えなければいけない。良くなるか悪くなるか私にもわからないの……！」

わかっている。良くなるならまだしも、悪くなるかもわからない賭《か》けに他人の人生を巻き込んでしまうなんて我儘でしかない。それでも……、

「それでも、どうか……アーサー・ベレスフォード、どうか私に力を貸してください……!!」

私の訴えにアーサーは限界まで蒼《あお》い目を見開く。そして私と同じように自分の拳を強く握りしめた。

「……なに、言ってんすか」

ぽつり、と彼の言葉はすぐに返ってきた。やはり、だめだろうか。

それも当然だ。彼は最近やっと望む騎士になれたばかりなのに。そこで私がいきなり人生を変えるなんてことを言えば困惑するに決まって……、

「俺の人生なら、とっくの昔に貴方が変えてくれてる」

そう言ってアーサーは無雑作に跪《ひざまず》き、私の目を真っ直ぐに見上げてくれた。

「俺は貴方の騎士だ、何でも仰《おっしゃ》って下さい。貴方の為ならこの命だって捧《ささ》げます」

アーサーの真っ直ぐな眼差しに、泣きそうになる。なんとか堪え、感謝の気持ちを込めて彼の大きな手を両手で握る。

……許してくれた、私のこんな訳のわからない願いを。

ありがとう、と伝え、彼の顔を私からもしっかりと真正面から見つめ返す。

「……アーサー、貴方の」

「プライド!!」

聞き慣れない声がして振り向けば、丁度ステイルが瞬間移動で地面に足をつけたところだった。わかっていた登場だけれど、予想外の彼の姿に私の思考が止まる。

「すっ、ステイル?! な、何故そんな……」

思わず声がひっくり返った。ステイルの身体が大きく……いや、ゲームの開始時と同じ十七歳くらいの姿になっていた。伸縮性のある服が少し窮屈《きゅうくつ》そうだ。私を呼んだ声もゲームの時のように低く、一瞬変なバグでも発生したのかと本気で思ってしまった。

「話は後です!! それよりも、もうっ……」

今のアーサーより背が伸びたステイルが慌てた様子で声を荒らげる。彼の背中越しに空を見れば、もう日が沈みかけていた。

早く、アーサーに伝えないと!!

そう思った瞬間、私が握っていた手を今度はアーサーの方から強く握り返してきた。ぐっ、と強い力を与えられ、思わず彼の方を見上げる。

「ステイルッ!!」

アーサーが、ステイルの方へ手を伸ばす。

「連れてけ!!」

まだ、何も言っていないのに。

彼は、躊躇なく私と共に行くことを決めてくれた。そしてステイルが彼の手を掴んだ瞬間、アーサーと手を繋《つな》いでいた私ごとその場から視界が切り替わった。……マリアンヌさんの、眠る部屋へ。

「……っ、……マリア……駄目だ、駄目だ……っ、……お願いだ……」

視界が変わった瞬間、目に移ったのは真っ白なベッドで眠る綺麗《きれい》な女性と、その手を握りしめ泣きじゃくるジルベール宰相の姿だった。泣き腫らした目は既に赤くなり、握りしめた彼女の手を自分の胸へ押し当て背中を丸め、肩を酷く震わせていた。ベッドの端には看病担当の侍女だろうか。三人の女性が並び、辛そうに顔を背けている。

ベッドで眠る女性を、まるで悼《いた》むかのように。

とても、綺麗な人だった。薄桃色の髪を流し、開いたままぼんやり宙を泳ぐ瞳は透き通った髪と同じ色をしている。

ただ、その姿はあまりにも酷い。

手足が力なく垂れているのに反し、息をする胸や肺部分だけが苦しそうに細かく上下している。肌が白いけれど、美しさ以上に血色の悪さが感じられた。既に酸欠を起こしているのかもしれない。唇が何か言おうと動いているけれど、もう話すことすらも難しいようだった。

「プライド様……これは」

アーサーが茫然として口を動かしたままマリアンヌさんとジルベール宰相を見つめている。

「ジルベールとその婚約者だ」

背後から声がしたと思えばステイルだ。私達を瞬間移動してくれた後、追うように自身も瞬間移動したのだろう。

アーサーは状況が掴めないといった表情で狼狽《うろた》えている。本当はここに来る前に伝えたかったけれどもう時間がない。

「アーサー、マリアンヌさんに……あの人に触れてあげて」

握ったままアーサーの手を引き、訴える。アーサーは目を丸くして「え……？」と声を漏らした。

「アーサー、貴方の特殊能力は作物に限りません。貴方の本当の特殊能力は……」

ジルベール宰相が初めて、彼女の手を取ったままこちらを振り返った。見開いた目から涙を止めどなく流しながら、一縷《いちる》の希望を宿して。


「万物の病を癒す力です‼」


その瞬間。アーサーは私から手を放し、マリアンヌさんのもとへと駆け出した。

飛び込むようにジルベール宰相が握りしめた手の上から、そしてその腕を掴むように反対の手で彼女のか細い腕を握り取る。

……陽が、沈む。

「…………………っ、……‼　……ぁ……ッはぁっ、……あっ……！」

突如、力を失っていたはずの彼女の身体が大きくしなった。

まるで、やっと深海から顔を出したかのようにゆっくり、そして大きく息を始める。さっきの細やかな呼吸じゃない、しっかりと空気を、酸素を取り込み吐きだす動きだ。

ジルベール宰相が彼女の名を何度も呼ぶ。彼女はそれに呼応するかのように強く、ジルベール宰相の手をもう片方の手で掴み、握った。

最後には手足の自由すら利かなくなる病で、指一本すら動かないはずの彼女が。

傍にいた侍女達が驚きのあまり声を上げた。まさか、そんな、奇跡が、と口々に涙を滲ませながら彼女の様子を窺っている。

少しずつ、彼女の肢体が動きを見せる。久しぶりの動きだからか少しぎこちない。それでも、動く。時間で言えば数分程度だろうか。彼女の呼吸とともに、その顔色にも血色が戻っていった。激しい呼吸音が段々と静まり、最後に彼女は静かに長く息を吐ききった。

「………マリア……？」

ジルベール宰相が握りしめられた手を胸に、震える声で彼女の名を再び呼んだ。望み、そして期待の込められた声だ。

「…………………ジル」

ジルベール宰相の方を小さく向き、彼女は柔らかく微笑んだ。先ほどまで言葉を発することすら叶わなかったその唇で。

「ちゃん……と……、……私は、幸せよ」

その、瞬間。

ジルベール宰相は彼女を強く抱きしめた。

握りしめられた手で優しく引き寄せ、細い背中に震えの止まらない自らの腕を回し、その胸に彼女をしっかりと収めて。直後にはジルベール宰相の方が言葉を発せられなくなった。あれほど流暢《りゅうちょう》だった口からは、ひたすら叫ぶような嗚咽だけが漏れ出した。

「あ、あああぁぁっ……‼」

まるで、幼子のような泣き声だと思った。

涙が止めどなく溢れ、彼女を濡《ぬ》らす。まるで、自分自身が長年の苦痛から解放されたかのような声は、泣き声というよりも叫びに近かった。……いや、まるでじゃない。きっとそうなのだろう。

全身を喜びに打ち震わせ膝から崩れ落ちたまま、それでもひたすらマリアンヌさんを抱きしめ泣きじゃくり続けるジルベール宰相の姿は、彼自身が誰よりも苦しみ続けていたことを物語っていた。嗚咽の中から時折「マリア」「良かった」「すまない」という言葉が混じりながら何度も何度も繰り返し聞こえてきた。

そして彼女も、ジルベール宰相の胸に顔を埋めながら大粒の涙を零《こぼ》していた。まだ少し茫然として、目の前のことが信じきれないようにも見える。ぼんやりと涙で潤んだ瞳を揺らしながら、まだ力が上手く入らないであろうその片手は小さくジルベール宰相の裾《すそ》を摘《つま》み、握っていた。

その二人の誰よりも近くにいたアーサーもまた、指先一つ動かせずに茫然としていた。彼女の手を握りしめたまま、自身が誰よりも目の前のことが信じられないかのように硬まっている。

……初めて、自分の本当の特殊能力を目の当たりにして。

アーサー・ベレスフォード。万物の病を癒す、特殊能力者。

ゲームでプライドから崖崩落の真実を聞いて打ち拉《ひし》がれ、雨に濡れる彼に歩み寄った主人公ティアラは翌日風邪《かぜ》を引いてしまう。酷い高熱で寝込むティアラのところへアーサーは訪れ、前日には触れるなと拒絶したはずのティアラへ、その額にそっと自ら触れた。すると嘘のように熱が引き、目を覚

ましたティアラとアーサーはその時初めて彼の本当の特殊能力を知ることになる。

彼の特殊能力は凄まじく希少価値が高い。きっと王族の予知能力よりも、ずっと。人間だけでない、動物もそして植物の病すら触れるだけで癒してしまう神の手だ。

そしてその真実を知るのは、彼が人間的にも成長した今から五年後のはずだった。

私はそれを捻《ね》じ曲げた。でも、後悔はない。全て覚悟の上で私は決断したのだから。

暫くして、気がついたようにマリアンヌさんが次第に顔を上げ、自分の手を握り続けるアーサーの方へと向き直った。そっと無理がないようにジルベール宰相が細い背中を支える中、彼女は静かにアーサーと、その手に握られた自分の手を交互に見比べた。

小さな声で、貴方が……？　と呟くと、アーサーは目を逸《そ》らしながらもそれに小さく頷いた。

するとマリアンヌさんは、ゆっくりとジルベール宰相に支えられながら身体を起こす。そして自分の手を握るアーサーの手を握り返し、もう片方の手で包んだ。

「…………ありがとうっ……‼」

痩《や》せ細った手でアーサーの手を握りしめ、わっと泣きだした。言葉にならないかのように唇を震わせ、泣きじゃくる。ジルベール宰相へ涙を流した時とは違う、まるで少女のような泣き顔だった。

「もう一度ジルにっ……、……ジルを、私を助けてくれて……ありがとう……‼」

その後も何度も何度も彼女はアーサーにお礼を言い続けた。その横でジルベール宰相も泣きながらアーサーに頭を下げ続けた。その様子にアーサーはぽかんと口を開けながら、二人の言葉を受け取め続けた。

本人自身もその目から、一筋の涙を零して。

「……プライド」

三人の様子を見守っていた私に落ち着いた声が掛けられる。

大きくなったステイルだ。私より遥《はる》かに高い身長で優しく私を見下ろしてくれている。

「ステイル。……本当にありがとう」

大きくなった彼の手を取る。「何を言うのですか」と笑いながら、彼は私の手を握り返してくれた。

「全ては貴方の御心のままに。……ただその結果です」

間近で見ると本当にステイルは綺麗な顔をしている。まるで美術品や絵画を見ているかのような気分だ。そう思っているとステイルは長い脚をゆっくりと折り、私に跪いてみせてくれた。

「俺は……貴方のお役に、望みを叶えることはできましたか……？」

私よりずっと年上の姿になっているステイルが、その眼差しだけは十二歳の面影を残したまま私を見つめていた。

「当たり前じゃない」

まるでステイルの妹にでもなったかのように私はその胸に飛び込んだ。すっぽりと身体が彼の胸に収まれば、そのまま首に両腕を回し思い切り抱きしめる。まるで父上や兄に甘えているような気持ちになる。

「この身体も……悪くありませんね」

強く締め過ぎたのか、ステイルの顔が至近距離だと少し熱い。ふと距離を空けて覗き込んでみると、何でもないと笑って返してくれた。

「それでステイル……その身体は一体……？」

やっと私は疑問を口にする。そのまま腕を緩め、ステイルから離れた。

私のせいでずれた眼鏡の位置を直すと、ステイルはまた少し不機嫌そうな声で「ジルベールに」と答えてくれた。話によると、マリアンヌさんの部屋まで向かうのに全力疾走のジルベール宰相に十二歳の彼ではついていけなかった為、特殊能力で身体の年齢を操作されたらしい。お陰で速く走れましたが、と言いながらもまだ少し不服そうだ。

「他人の身体まで年齢操作できるなんてすごいわね」

そういえば、ジルルートで早々に城を抜け出したティアラが誰にも見つからずに城下で暫く過ごせたのは、ジルベール宰相が特殊能力でティアラを十三歳の姿に変えたからだ。

「まぁ、他人の場合は姿だけで本人自身のように寿命までは操作できないそうですが」

そう言いながらステイルは改めて自分の手を眺めた。十二歳のステイルよりも大きくて、身体つきもしっかりとしている。

「……元には戻るのよね？」

「ええ、ジルベールの手によれば」

つまりはジルベール宰相の意思がなければずっとこのままということだろうか。よくよく考えるとジルベール宰相の特殊能力もかなり神がかっている。

………だから、だろうか。

ふと、過《よ》ぎった疑問に小さく胸が締め付けられた。

彼は自分自身が極めて珍しい特殊能力だからこそ、普通の人が空想としか思えないような特殊能力者の存在を信じ続けて、諦《あきら》められなかったのかもしれない。

今もまだひたすらに涙を流し続けているジルベール宰相を見てそう思う。

彼はきっと、恐ろしく純粋な人だ。若くして彼女を幸せにする為だけに宰相まで上り詰め、そして彼女が病になれば自分がそれまで築き上げてきた全ての手段や権利をもって彼女を救おうとし続けたのだから。

たとえ、彼女以外の全ての人間を引き換えにしてでも。

ゲームの中のジルベール宰相は、プライドと五年後の約束をしていたからこんな暴走はしなかったのだろう。あと少し、あと少しで彼女を救えると思いながら、最後に絶望へ突き落とされてしまった。

今思えば、それも全てプライドの手の平の上だったのかもしれない。五年前、マリアンヌさんが死ぬ時を予知していたからこそ、彼に五年という期間を与えたのだとしたら。

残酷な彼女らしい、えげつない楽しみ方だ。

ゲームでステイルやアーサーにやったことと同じだ。絶望に落とされた人間を見るのが好きな彼女だからこそ、……私だからこその考えだ。こうしてプライド本人である私自身が思いつき、理解できたことが何よりの根拠だと思う。

きっと、今回のジルベール宰相は正常な判断がとっくに尽きてしまっていたのだろう。

いつから彼がここまで変わり果ててしまったのかはわからない。でも、愛する人を救う手立てが何も掴めず、ただひたすら衰弱して苦しむ彼女を眺めることしかできなかった時間が七年も続けば、彼自身の心が病んでしまってもおかしくはない。

勿論、それでも今回彼が犯そうとしたことは肯定できることではない。共感はできない、でも理解はできる。

七年間も出口の見えない場所で必死に藻掻《もが》き続けてきた彼のことを。

前世のゲームでは、国中で起こる大量虐殺の引き金を引いてしまったことに心から嘆き、後悔し、苦しみ、必死に償おうとした彼のことを。

プライドが約束通りに制定したジルベール宰相発案の特殊能力申請義務令。それによって、早々に国中の特殊能力者の能力が暴かれた。そして全ての優れた、または希少な特殊能力者はプライドへの隷属か死の二択を迫られることになる。自分以外に珍しい特殊能力、優れた特殊能力者の存在が許せないという、女王プライドの子どもじみた我儘のせいで。

従うならば隷属の契約を。それ以外には死を。

その結果、プライドに反抗を示した特殊能力者達は大量虐殺され、罪の意識に苛まれたジルベール宰相は自らを老人か十三歳の姿にしか維持できなくなってしまった。奇《く》しくも婚約者の最期の願いである「私の分まで生きて」という言葉が呪《のろ》いとなった彼は、愛する人を失った痛みに生きて耐え続けなければいけなくなった。彼女を失って数日間絶望に打ち拉がれた彼はプライドの悪魔の法律制定からは懺悔《ざんげ》の為だけに生きるようになる。

自分の罪を贖《あがな》う為に、婚約者という生きる希望を失っても宰相として変わらず国の為に働き続けた。せめて今を生きる国民の為に、自分が宰相としてできる全てで償いをと。

ティアラとの恋愛でジルベール宰相の生活を垣間《かいま》見た時、彼は自分の財産を必要最低限以外全て貧しい民達に捧げていた。女王から隠れるように生きる希少な特殊能力を持つ民も、彼自身の手腕で匿《かくま》っていた。だからこそ彼は陰で多くの民に好かれ、民もまた、城から逃げたティアラを匿うのに協力してくれた。

城下に出て、必要最低限の暮らしをする十三歳の姿をしたジルはまるで世捨人のようだった。ティアラがジルに触れようとすると彼は拒み、「こんな血に汚れた手で貴方には触れられません」と語った。自分を罪人と、汚らわしいと自虐しながらも常に国民の為に身を粉《こ》にしていた。

ゲームで「きっと私は死んでも彼女のいる天へは昇れないでしょう」とそう語るジルベール宰相は本当に悲しそうだった。

だから、私はどうしても彼を憎めない。

前世のゲームの中であんなにも辛いことばかりだった彼だから。ティアラが自分に恋するルートにいかないと老人の姿のままで、最後は自分を処刑して欲しいと求め、それでも許されると老人の姿のままでありながら国を支え続けるとティアラ達に言ってくれたジルベール宰相だから。

せめて私のいるこの世界では、彼が最初に愛した人と幸せになって欲しかった。

この国……いや、世界で唯一の病を癒す特殊能力者であるアーサーは、ずっと自分の特殊能力を勘違いしていたから自己申告であるプライドの法案にも引っかからなかった。主人公であるティアラがアーサーのルートに入らないと彼自身もずっと自分の特殊能力を知らないまま。そしてどちらにせよアーサーが知るのは、ジルベール宰相の婚約者であるマリアンヌさんが亡くなってから五年後の話だ。

「プライド様……‼」

不意に掛けられた声に顔を上げる。見れば、ジルベール宰相がフラフラと私の方へ歩み寄ってきていた。十七歳のステイルが私の前へ出ようとしたけれど、袖を引いて引き留める。

「この度は本当にっ……本当に……ありがとうございました……‼」

そう言ってジルベール宰相は私とステイルの前に平伏した。

「貴方がいなければっ……私は……マリアンヌはっ……‼」

また、声が震えている。やっぱり彼はマリアンヌさん同様に擦り切れる寸前……いや、とっくに心が擦り切れてしまっていたのだろう。

「顔を上げて下さい、ジルベール宰相。マリアンヌさんを救ったのは私ではありません」

そう、私はただアーサーに本当の特殊能力を教えただけだ。私一人では絶対に彼女を救えなかった。

なのにジルベール宰相は、綺麗な顔を床にぴったりとつけたまま顔を上げようとはしなかった。それどころか、繰り返される感謝の言葉がいつの間にか「申し訳ありません」という懺悔の言葉に変わっていた。まだ気持ちの整理がつかないのだろうか。そう思って私から膝を折り、彼の顔を上げさせようとその肩にそっと触れた。申し訳ありません、申し訳ありませんと繰り返す彼の肩は、声以上に酷く震えていた。

「ジルベール宰相、私は何も」

していません、と。彼を落ち着かせる為に低めの声で語りかけようとした時だった。

「ッ私は‼」

突然の大声に思わず彼の肩に触れた手を引っ込めてしまう。息を止め、彼の言葉の続きを待てばその顔は険しく歪められていった。

「……私はっ……貴方に許されぬことをいくつも……いくつも犯しました……‼」

目で見るだけでもわかるほど彼の身体が震えている。拳だけを強く握り込むその姿は、怯えか、怒りか、悲しみか、それすら私にはわからない。ただそう言ってから次々と彼が懺悔し始めた言葉からははっきりと後悔の色が感じられた。

五年前から遡《さかのぼ》る懺悔。

私の悪い噂を城内外に撒《ま》き、それをきっかけに私だけでなく王族の印象までも陥れて自分の味方を法案協議会決議の為に増やそうとしたこと。そして元々八歳まで悪評が多かった私への悪評は今の今までずっと彼が城内外に広め続け、逆に良い噂は揉み消し続けていたらしい。

また、裏稼業の人間との繋がり。宰相として裁判に関わっていた彼は、我が城で裁かれた罪人と敢《あ》えて繋がりを持ち、そこから裏稼業の人間と金で情報の買取を続けていた。この国の特殊能力者の情報を集められるだけ、限りなくずっと。そしてその流れで人身売買の情報を知っても、敢えて表面上は知らぬふりをし情報を探り続けた。特殊能力者が売られていた場合、品物情報にはっきりとその人間の特殊能力が記載されて探しやすくなるからだったという。

最後に、私とステイルに見つかったあの時、もし本当に病を癒す特殊能力者の手がかりさえ手に入るならば城の守備情報でも私達王族の身柄でも何でも渡す覚悟だったという。

正直、それは私に言ってはまずいだろうと思う内容が大量に含まれていた。私の悪評なんてどうでも良い。むしろゲームの強制ではなく、ちゃんと人間による故意の結果だとわかって少しほっとしたくらいだ。

でも、問題はその後だ。ステイルも察してジルベール宰相を問い詰めたし、私自身もジルベール宰相と彼らとのやり取りで察しはついていたけれど、本人の口から改めて聞くと凄まじさが全然違う。彼が宰相という立場でありながらということを抜いても、刑罰で言えば確実に処刑一択だ。罪状の数だけで言えば、私が以前裁いた王国騎士団奇襲事件で捕らえられたヴァルよりも遥かに多い。

「ッ覚悟はできております……!! 私自身ならばどのような罰でも受ける覚悟が……!!」

そう声を上げたジルベール宰相は、それから一向に顔を上げようとしなかった。ステイルの方を小さく向くと、彼は目を瞑《つむ》って私の方へ頭を下げた。私に全て任せる、という意味なのだろう。マリアンヌさんの方を向くと、アーサーに起こした身体を支えられて目を潤ませながらも、言葉を飲み込むように私とジルベール宰相の方を見つめている。彼女もまた、彼に下される言葉を覚悟しているのだとわかった。

「……それは、私に貴方の罪の裁きを委ねるという意味で間違いありませんか？」

そっと、彼に語りかける。すると間髪入れず「はい……‼」と強く言葉で返された。

「私は……貴方方を咎めるつもりはありませんでした」

私は今、とても残酷なことを彼に言おうとしている。

私の〝でした〟という言葉にもジルベール宰相は身動《みじろ》ぎ一つしない。私に全てを告白した時点で本当に全てを覚悟しているのだろう。

「ですが、貴方の行いをその口から全て聞いてしまった以上、許すわけにはいきません」

「当然です……‼」

続ける私の言葉に彼が応じる。きっと今、私にこの場で死ねと言われたら彼は躊躇《ためら》いなくそうするのだろう。

「ジルベール・バトラー」

彼の名を呼び、今度こそその肩に触れて力を込め、顔を上げさせる。

昔のアーサーを思い出す、涙でボロボロの顔だった。そしてそれ以上に綺麗な顔を酷く歪めて唇を引き絞る表情は、何かを許せない、といった表情だった。……悔いているのだと、そう思いたい。

「父上や母上に……全てを〝打ち明けない〟覚悟はありますか」

私の言葉に、ジルベール宰相の目が大きく見開く。何を……？　と口が小さく動いた。

「辛いですよ。罪の意識に苛まれながら、それでも貴方は今までの罪を誰にも裁いてもらえないのですから」

ゲームの中のステイルだって、隷属の契約のせいで母親を殺してしまったことをずっと隠し通し続けなければならず苦しんでいた。それを今、私はジルベール宰相に命じようとしているのだから。

彼に言い渡してから私は背筋を伸ばし、今度は周りを見回しながら声を張る。

「マリアンヌさんも、侍女にも命じます。今ここで聞き、見たもの全てを忘れなさい」

突然の命令にマリアンヌさんや侍女達は互いに顔を覗き合い、言葉が出ないようだった。

「まさか……許すとでも、……仰るの、ですか……？　私のような大罪人を」

「許しませんよ」

ジルベール宰相の言葉を容赦なく切り捨てる。

私は別に処刑に抵抗がある訳でもない。騎士団奇襲の罪人を裁いてからも数回、簡単な裁きを母上に任されたし、その中には処刑を命じた相手もいた。

「ジルベール宰相、貴方に悔いる気持ちがあると言うのなら……いえ、たとえなくとも私に貴方の裁きを任すと言うのならば、この場にて誓いなさい。私に、この場にいる者達に、そして貴方が全てを捨ててでも愛した彼女に。未来永劫《えいごう》、王に望まれる限りこの国の民の為に働き、我が国の宰相として在り続けると」

彼は年齢操作ができる不老人間だ。きっと、これから先も生き続けるだろう。百年後も千年後も、病や怪我さえしなければ永久に。

父上や母上が亡くなっても、私が死んでも、……最愛の人、マリアンヌさんが自らの寿命で亡くなっても、この誓いを貫くというのなら、彼はその後も生き続けなければならない。

ゲームの最後と、同じように。

ジルルートで、彼は最後にティアラへ誓っていた。きっとこの身は己が罪で地獄へ落ちる。ならば天の裁きが下るまで、貴方の愛したこの国の民を守り続けると約束しましょうと。

本当は、もう宰相として彼を縛るものはない。彼の幸せを考えるのなら、このままマリアンヌさんと共に自由にしてあげれば良い。宰相としてではなく一人の民として生き、マリアンヌさんと共に過ごす。それが彼にとって一番の幸せなはずなのだから。

でも、彼はもう間違いを沢山犯してしまった。一つ彼が掛け間違えれば、きっと酷い事態や被害で嘆く人が現れていただろう。そしてその罪を贖うことを彼自身が望むと言うのならば。

「宰相として不法な取引から身を引き、今まで知り得た人身売買の情報を元にその者達を捕らえ、裁き、そして貴方自身が利用し裏切ろうとしていたこの国の為に尽くし続けなさい。今の貴方ならばそれができるはずです」

顔を挟むようにしてそっと両手で捕らえれば、彼の切れ長な目に再び光が宿った。涙を止めどなく零しながら、その瞳が次第に透き通っていく。

数秒置いてから「……畏まりました……‼」と彼は力強く声を張った。自分の顔を捕らえる私の両手へ静かに手を添わせ、重ねる。

「心の臓が止まるその時まで、貴方の愛するこの国の民を守り続けると。今、ここに誓いましょう……!!」

そのままゆっくりと下ろさせた私の両手を合わせ、強く握りしめた。一瞬も私から逸らさず揺らがず合わせ続けたジルベール宰相の目は、今まで見た中で一番強い光を宿していた。

きっと、彼ならできる。

婚約者を亡くして、更には罪のない人を死に追いやって、それでも婚約者の願いだけを支えに死へ逃げることもなく残された民の為に尽くし続けてくれた彼なら。

最愛の人の前で声高に上げたこの誓いを、きっと守ってくれる。

彼から両手が解放された私は一度立ち上がり、目の前の彼の顔へもう一度手を伸ばした。目にはクマがまだはっきりと残っている。頬に手をやり、そのまま首筋へ添わせるように下ろすと薄水色の髪に隠れた首はガリガリだった。頬も触れた時に肉の感触が殆どなくこけた印象だった。きっと今日まで彼はずっと苦しみ続けてきたのだろう。日に日に衰弱する彼女の為に自分はなにができるのか考えに考え続けたに違いない。

彼の婚約者が……マリアンヌさんが病に臥《ふ》したのは私が六歳の頃だ。今まで毎日ではないけれど何年も顔を合わせてきたのに……気づいてあげられなかった。

こんなに痩せこけ、やつれるまでずっと。

もし、前世のゲームの記憶を思い出せなくても、彼の変化に気づいてあげられたらもっと早く彼やマリアンヌさんを助けられたかもしれない。

もっと早くアーサーに本当の特殊能力について教えていたら、ジルベール宰相の心が病む前にマリアンヌさんを救えていたかもしれない。そうしたら、彼は今日のような凶行にも及ばず、宰相も辞めて今頃マリアンヌさんと幸せに過ごしていたかもしれない。私がもっと早く気づいてあげられたら、私の決断がもっと早かったら。……考えれば考えるほど辛くなる。

胸が細く何度も軋《きし》む間、ジルベール宰相は首に添わしたまま手を離そうとしない私を少し不思議そうに見ていた。

「こんなになるまで……気づいてあげられなくてごめんなさい」

私からの懺悔に、彼が息を飲むのが首からの振動ではっきりわかった。何か言いたそうに喉を震わせ、ゴクリと皮膚と骨だけのような喉がまた動いた。

ジルベール宰相は……本当にボロボロだった。

服の下はもしかしたらもっと酷いのかもしれない。その身体も、……心も擦り切れた状態で、それでもずっと婚約者の為に己へ鞭《むち》を打ち続けてきたのだろう。

「こんな形でしか……宰相に縛り付けることでしか貴方を裁けなくてごめんなさい」

そう続けると、ジルベール宰相はまた大きく目を見開き……仄《ほの》かに、笑った。そして首筋へ添わせた私の手を優しく取り、
その甲に口づけを、落とした。

「えっ……?!」

思わず喉から変な声が出る。驚きのあまり硬まるとジルベール宰相は丁寧に私から手を離し、そのまま流れるように私の右足に手を添わせてきた。なにをするつもりかわかってしまい、逆に反射的に足を引っ込められなくなる。前世の地味に生きてきた記憶が呼び覚まされ、思わず顔が熱くなった。

わかっている、これはそういうアレじゃなくって……。

ジルベール宰相からの、誓いだ。

唇をぎゅっと結び、抵抗しないようにだけ細心の注意を払い、そのままジルベール宰相のされるがままになってしまう。

優しく靴を脱がし、少し浮かすようにして私の足をジルベール宰相は手に取った。そして爪先《つまさき》。

足の甲。

そしてそのまま脛《すね》へ、流れるようにその唇を押し当ててくる。

なんとも言えない柔らかな感触に顔も頭も熱くなり、身体がガチガチに硬まってしまう。父上に近い年とはいえ、攻略対象者でしかも隠しキャラ。その綺麗な顔が私の足元にあるという事実だけでも頭が沸騰《ふっとう》しそうなのに！

マリアンヌさんが怒っていないか心配になり、人形のようにガチ、ガチと顔を上げると、当の本人は綺麗に微笑んでいた。当然だ、大人にとってはなんてことないものなのだろうし、絶対ジルベール宰相はマリアンヌさんへもっと凄いところに口付けしているはずだもの。でもそのマリアンヌさんの横にいるアーサーは呆気《あっけ》に取られたように口を開け、顔を真っ赤に茹《ゆ》で上げていた。お願いだから見ないで欲しい。一番恥ずかしいのは私なのだから‼

わかっている、頭ではちゃんと。ジルベール宰相の口付けの本意を。以前、教師から座学で教わったこともあるし、手の甲に至っては初めてでもないのだから。

手の甲は〝敬愛〟

爪先は〝崇拝《すうはい》〟

足の甲は〝隷属〟

脛は〝服従〟をそれぞれ意味している。

〝敬愛〟を意味する手の甲は、この年にもなれば貴族との挨拶《あいさつ》で交わされることも珍しくない。でもあまりにも突然だったし、しかも何より足が！　足が！　足が!!

こんなことならやっぱりちゃんとドレスを着てくるんだった。ズボンやタイツのような格好で口付けされる王族なんて私くらいだ。もうこの格好で口付けされたこと自体が死ぬほど恥ずかしい！

ゲームで主人公のティアラだって口付けは手の甲止まりだったのに何故?!

もう訳がわからなくなってきて、叫び出さないようにだけ口元を両手で押さえていると、誓いを終えたジルベール宰相はそのまま何事もなかったかのように私の足に靴を履き直させてくれた。

「私は騎士でも……ましてや貴方と従属の契約も結べません。だからこそ、この場で身をもって誓わせて頂きます」

優雅に跪き、下から覗き込み、両手を祈るように組み合わせて私を見上げてくる。

「我が国の第一王女、プライド・ロイヤル・アイビー殿下。現女王陛下の娘でもなく、我がお仕えする王配殿下の娘でもなく、第一王位継承者としてでもなく貴方という存在に。私は、心からの忠誠を今ここで誓います」

そう言って深々と頭を下げてくれる。今までのボロボロだった姿が嘘のように。

「私のような大罪人に、今一度国に身を捧げる機会を下さったこと、心より感謝致します。マリアンヌのことも含め、この御恩は一生忘れません」

そう言って初めて柔らかく微笑むジルベール宰相は、いつもの私達が知る彼だった。……いや、それよりももっとずっと、優しい笑顔だ。

私が「約束ですよ」と微笑むと、また笑顔で返してくれる。にっこりと、初めて見る気がする混じり気のない笑みで。


「ジルベール‼　ジルベール！　いるのか?!」


突然、聞き慣れた大声が聞こえてきた。父上だ。もしかしてジルベール宰相が戻ったと城の誰かから聞いてここにいると踏んだのかもしれない。

どうしよう、途中で見つかる覚悟はしていたけれどこの状況をどうやって説明すれば。

「プライド」

ステイルの声で振り返ると同時に視界が切り変わる。気がつけばまた見慣れた私の部屋だった。

「お姉様っ‼」

ティアラが私の胸へ飛び込んでくると同時に、今度は私の隣にアーサーとステイルが出現した。

「……マジで置いてく気だと思った」

アーサーは目を丸くしながら、瞬間移動したことを理解するとどこか脱力した様子でそう呟いた。

「お望みなら今すぐ瞬間移動でもう一度あの部屋に放《ほう》り込んでやる」

「詫びっからやめろ」

その場に座り込み、大きなため息をつくアーサー。ティアラは私の腕の中から嬉しそうに彼へ手を振った後、ステイルを見上げた。

「兄様は……兄様なの⁉」

上目遣いでスティルを見るティアラが可愛《かわい》い。まぁ疑問に思うのも仕方がないだろう。ステイルの姿は未だに十七歳サイズのままなのだから。面影がばっちりあるからわかるけど、別人にも見えてしまう。その証拠に私の部屋で待っていてくれた侍女のロッテ、マリーや衛兵のジャックは最初かなりステイルの姿を警戒していた。

「そうだ、テメェその背丈どうした」

アーサーが座り込んだままステイルを見上げる。ただでさえ今のアーサーより背が高いのに座り込んだアーサーと佇《たたず》んだままのステイルだと余計にその差が激しい。

「ジルベールの特殊能力だ」

黒縁眼鏡を人差し指で押さえながら、ステイルは「お前をこうして見下ろすのは気分が良いよ」とアーサーに笑いかけた。……密《ひそ》かに身長差を気にしていたのだろうか。それにアーサーがなんだとコノヤロウと悪態をついた直後、はっと今気がついたかのように周囲を見回した。

「だ、ちょ、ちょっと待て⁈　こ……ここってどこだ⁈」

そういえばアーサーが私の部屋……というか私達の生活区域である宮殿に来たのは初めてだ。

「ここはお姉様のお部屋ですよ」

ねー？　と私の腕の中から笑いかけながらティアラが答える。その瞬間、アーサーは顔を真っ赤にしてその場から立ち上がった。

「なっ……す、すみませんプライド様、俺訓練中だったので服とか靴とか汚れっ……」

確かにアーサーはかなり汚れている。そういえば連れ出してしまった時は素手での格闘演習中だった気がする。ロッテ達が後で掃除してくれるし別に構わないのだけれど。

それでもアーサーは急に萎縮《いしゅく》したように立つとそのまま動かなくなってしまった。私が気にせず寛《くつろ》いで良いと言ってもその場から姿勢を崩そうとしない。横でステイルが顔を背けたまま肩を震わせて笑っていた。

「そういえば……マリアンヌさんはあのまま離れて大丈夫だったの？」

ふと、マリアンヌさんの身体が気になる。ずっとアーサーが手を握ってあげていたけれど、癒しの特殊能力者であるアーサーが離れても大丈夫だったのだろうか。

「あ……多分、大丈夫です。何となく、……〝治った〟って、感じがしたので……」

そう言いながらアーサーは自分の手を見つめる。きっと本人でも説明がつかない特殊能力ならではの感覚なのだろう。アーサーの言葉にほっと胸を撫で下ろすと、ティアラが「私にも教えて下さい！」と私の団服を小さく握りながらせがんでくる。

私がどこまで説明しようか悩みアーサーに目をやると、本人から「ティアラには……話しても大丈夫です」と言ってくれた。ただ、〝ティアラには〟ということはまだ侍女のロッテ、マリーや衛兵のジャックなど全員には知られたくないということだろう。ティアラも察したらしく「後でちゃんと詳しく教えて下さいね」と笑ってくれた。本当に良い子だ。

「んじゃ……俺はそろそろ失礼します。まだ訓練も残ってると思うンで」

そう言ってアーサーは私に頭を下げると、次にステイルへと目をやった。

「ステイル、わりぃが送ってくれ」

「騎士団演習場で良いか？」

おう、と返しながら頭を掻《か》くアーサーはティアラにも頭を下げ、侍女のロッテ、マリーや衛兵のジャックにも挨拶をした。

「あのっ……アーサー！」

改めてお礼とお詫びを言わないと。そう思って声を掛けると、丁度ステイルがアーサーに触れようと手を伸ばした時だった。私の声にアーサーが振り返る。そして「プライド様」と私の名を呼んだ。

私は急いで彼に続きを伝えるべく口を動かす。

「今日は……本当にありが」

「ありがとうございました。……感謝しています」

……上塗った声は私ではない、アーサーからだった。静かに、そして嬉しそうに微笑んだアーサーは次の瞬間にステイルの手により姿を消した。

「何故……アーサーが……？」

御礼を言うのは私の方なのに。そう呟くと、今度はステイルが私を見て微笑んだ。

「……嬉しかったからだと思いますよ」

そう返してくれるステイルを見ると、大人びた顔が優しく緩んでいた。ゲームでは妹のティアラにしか向けられなかった笑顔だ。今はそれが姉である私や友人であるアーサーに向けられているのがなんだかすごく嬉しい。

「……あ」

小さく、ステイルの声が漏れた。見れば段々と身体が小さくなっていっている。恐らくジルベール宰相が年齢操作を解いたのだろう。まるで映像を早戻ししているようにみるみる内にステイルの背が縮み、もとの十二歳の姿になった。

「……遠隔からでも解けるならさっさと解けば良いものを」

ちょっぴり悪態をつきながら言うステイルは少し残念そうだった。声もまた子どもらしい高い声に戻っている。

「良かったわ、元に戻れたのね」

私がそう言うとティアラも「元の兄様だわ」と喜んでいた。ステイル本人だけはまだ複雑そうだったけれど。でも、腕の中にいたティアラと一緒にステイルへ両手を広げてみせれば、その途端に照れたように笑ってくれた。私達の方へ駆け寄ってくれたステイルをティアラと一緒に引っ張り、私達のところへと飛び込ませる。ティアラの横に倒れ込んだステイルを私は二人一緒に抱きしめた。それに応《こた》えるようにティアラも私とステイルを小さな両腕で抱きしめてくれる。

大勢の大人達の中からずっと私やティアラを守ってくれたステイル。子どもの姿に戻った彼が、早く大人になりたい、このままの姿でいたかったと複雑に思う気持ちがあっても仕方がないと思う。

でも、急ぐことなんてない。ジルベール宰相と違って私達は嫌でも年を重ねていくのだから。たとえどんなに抵抗しても時の流れには逆らえない。……愛しい愛しい、私の弟妹。

「三人で一緒に年をとっていきましょうね」

どうせ逆らえないなら、せめて今のこの瞬間を大事にしておかないと。

頷いてくれる二人を胸に、ふと私はジルベール宰相のことを想った。

永久の時間を生きる人。

ならどうかせめて今この時を、これからの彼にとってほんの僅かかもしれないひと時を、愛する彼女と一緒に幸せであれますように。

「……いると思ったぜ」

騎士団長の父上と副団長のクラークと話を終えた俺は、自分の部屋で俺より先に寛いでいた男を前に息を吐く。

「元の年齢に戻れたのか、ステイル」

「ああ、あの後すぐに」

騎士団演習場内にある騎士館。本隊に上がれた騎士にだけ支給される自分の部室で、当然のように椅子《いす》にもたれて寛いでいるのはこの国の第一王子だ。大分前からステイルは、プライド様にも内緒で瞬間移動を使って時々こうして俺の部屋を訪ねてくる。

「っつーか、家主よか先に寛ぐなっつったろぉが」

「お前が遅いのが悪い」

父上ンとこに話に言ってたンだよと返しながら、俺は荷物を下ろす。

「騎士団長に……話したのか、能力のことを」

「ああ、あとクラークにもな」

部屋に唯一ある椅子をステイルが使っているから、仕方なく俺はベッドに腰を下ろした。

「驚いていたか？」

そりゃァな。と返す。正直、驚くだろうと期待していなかったと言えば嘘になる。そして実際、予想を遥かに上回る驚きようだった。一応隠すことにはしてくれたけど、父上は額を打ち付けるし、クラークは顔を引き攣らせていた。

二人の反応を思い返して、長い溜息《ためいき》を吐き出した。その途端ステイルに「騎士団長に似てきたな」

と言われる。うるせぇ、と返して睨み付けると今度は意外な言葉が返ってきた。

「良いんだな、……騎士のままで」

そう言うステイルは何やら俺の様子を伺《うかが》っているようにも見えた。

「お前の特殊能力は、本当に凄まじい価値がある。その能力を上手く利用すれば莫大《ばくだい》な財産を得ることも、王族の一員になることも……騎士で成果を挙げなくとも国中の……いや、世界中の英雄にも、神のように崇《あが》められることもできる。それに医者として名を挙げれば、騎士になるよりももっと大勢の人間を救うこともできるだろう」

そうやって言われると少し大袈裟《おおげさ》な気もする。ただ、ステイルの言葉を聞いてやっと父上やクラークがあんなに驚いていた理由もわかった気がした。

金や地位はどうでも良い。それより俺は騎士でありたいと思うから。けど、……ステイルの言う通り、この力を使えば今日のマリアンヌさんのような病で苦しむ人を大勢救うこともできるだろう。

特殊能力は神の啓示という人間もいる。

だから俺は、作物にしか役立たないと思ったこの特殊能力が嫌だった。騎士に役立たないと思った、この能力が。

でもプライド様に出会って、それでも俺は騎士になる道を選んだ。特殊能力も神の啓示も関係ない、自分の意思でこの道を選んだ。

なら、……特殊能力の本当の力を知っても俺は、この道を変えたくはない。

この特殊能力が俺の力である以上、俺の生きたい道で力を活《い》かし、大勢の人を守り、救いたい。

最後まで俺は、プライド様の騎士でありたい。

「……騎士のままで良い、じゃねぇ。俺は騎士が良いンだよ」

そう答えると、ステイルは「そうか」と言いながら何か安心したように笑った。コイツはコイツなりに俺のことを心配してくれていたのかもしれない。

改めて自分の手を見る。この手で、今日確かに俺は人の命を救えた。

「……ずっりぃよなぁ……プライド様……」

今日一日のことを思い出したら、思わず声が漏れた。

プライド様の役にやっと立てると思ったのに、結局また俺が救われた気分だったから。

座った状態からベッドに両手を広げ、倒れ込む。硬めのマットが俺の身体を沈めず跳ね返した。

「諦めろ、姉君は昔からそういう人だ」

ステイルに一言で切り捨てられ、暫くその場で唸《うな》る。

「……………………………知ってら」

そうだ、知ってる。そういう人だから俺はあの人に全て捧げると決めたんだから。

「……ンで？　……テメェは平気だったのかよ」

俺のことなんざどうでも良い。それよかステイルだ。

言葉を投げかけ、首だけステイルの方を向けて見る。何がだ、とここまできて知らばっくれるステイルに鼻で笑う代わりに溜息をついてやる。

「テメェ……あんまあのジルベール宰相のこと、よく思ってなかったろ」

ジルベール宰相……最初の印象は胡散《うさん》臭くて薄気味悪い男だと思っていた。叙任式で会った時なんかは、話し方や笑い方、仕草一つすら胡散臭さが滲み出ていた。

ステイルはジルベール宰相について良く思っていないみてぇなことも俺に話していたのに、その上であの告白だ。プライド様の悪評を広げていたって話を聞いた時点で、もう俺はいつかあの男をぶん殴ると決めた。

けど、ステイルの怒りは俺の比じゃなかったはずだ。コイツが昔からプライド様の為にどんだけやってきたか俺はそれなりに知っている。あの男がやったことは、コイツとプライド様の努力を踏み躙《にじ》る行為だ。王族全員への裏切り行為だ。許せるわけがない。

「……まぁ、そうだな」

アーサーの言葉を軽く肯定した俺は、視線を遠ざけながら眼鏡の縁に指で触れた。

「正直許せなかったし、途中……大分危うい時もあった。…………まぁ、……姉君がいたからな」

昨日今日のことに想いを馳《は》せて息を吐く。するとアーサーが返すように鼻で笑った。

「なら、もう腹立ってねぇのか？」

そう言いながら頭だけベッドから起こし、こちらに目を向けてくる。間髪入れずに軽く核心をつかれ少し驚いたが、もしかしたらコイツはコイツなりに心配してくれていたのかもしれないと思う。

「……………………まぁな」

そう言って目を閉じ、アーサーにもわかるように笑ってみせ……、……た、途端。顔面に枕《まくら》を投げつけられた。

おぶっ、と間抜けな声が漏れ、顔にめり込んだ枕を両手で掴み、押さえる。

「だァから俺にその嘘笑いは効かねぇっつってんだろォがふざけンな‼」

……そうだった。コイツには取り繕った笑顔は効かないんだった。

アーサーの荒らげた声を聞きながら、最近はこれで怒鳴られることはなかったんだがなと思う。二年前から人前や公的な場以外で反射的にでも笑顔で取り繕おうとすると毎回アーサーに怒鳴られた。そして毎回続けてこう言ってくる。

「言いたいことあるンなら言いやがれッ‼」

……これだ。コイツのこういうところは時折ジルベールより厄介だ。

枕のせいでずれてしまった眼鏡を一度服の中に仕舞い、それからアーサーを睨む。当然俺の睨み程度では全く臆《おく》さないアーサーは構わず畳みかけてきた。

「腹ァ立ってンだろォが‼　プライド様やテメェの努力踏み躙ってきたあの野郎が‼」

その言葉を皮切りに、また感情がぶり返す。プライドに抱きしめられ、撫でられたことで落ち着いたはずの胸の内側にまたムカムカと苛立《いらだ》ちが戻ってくる。

「ッああ、ムカ……ッつくよ‼」

思い切りアーサーの顔面へ枕を投げ返す。だが鍛え抜かれた瞬発力で軽々と俺の攻撃は受け止められてしまった。この野郎。

「ッ大体なんだあの男‼　昔からネチネチネチネチと姉君に嫌味を吐いては涼しい顔しやがって‼　俺が言い返しても毎回毎回簡単に受け流すし宰相として仕事は優秀でその上俺より強いなんざふざけるなッ‼」

思わず言葉が乱れ、アーサーに当たらなかったのが悔しくて手近にあった彼の着替えを手当たり次第に投げつける。こんな姿、プライドやティアラには絶対に見せられない。

アーサーは「おい！　それ俺の」とか喚《わめ》いたが、結局投げつけられた服や枕をまた俺に投げ返してきた。

「アァ?!　強いのかよあの切れ長野郎は!!」

「強いさ!!　あの切れ長野郎は!!」

バンッ、バサッ、ドンッと盛大に音が立つ。角部屋且つ隣が空き部屋でなかったら今頃確実に誰かに怒鳴り込《こ》まれていただろう。

「宰相として必要な頭脳も技能も全て持ち合わせているんだ！　ッ俺と……違って!!」

最後はアーサーの足元へ叩きつけるように枕を放る。俺が投げるのをやめて肩で息を繰り返すと、アーサーも投げるのをやめた。

「……っ、…………っっ……。…………………れなかったかも、しれない……」

下を俯きながら、言葉が漏れた。

アーサーがアァ？　と聞き返してくるから歯をギリリと鳴らし、勢いに任せて顔を上げる。

「ッ……姉君を……守れなかったかもしれない……!!」

病を癒す特殊能力者は存在した。あの時、もし裏稼業の連中がアーサーの特殊能力を知っていて、その情報を姉君と引き換えにされていたら。

そう思うと、怖くて怖くて堪《たま》らない。

「っ、……アイツは……強かった……。……裏稼業の連中を纏めて……倒し……剣すら、使わずにっ……」

今の俺一人では絶対、あの連中全員には勝てなかった。

最後にジルベールを助けた時だってプライドと一緒で、しかも不意をつけたからだ。そうでなければ勝てなかった。なのにジルベールはその連中を一人で制していた。

「あの時っ……ジルベールが、……姉君に直接牙《きば》を向けていたらっ……」

きっと、俺はなす術もなくプライドを奪われていた。

プライドの前でも堪えたのに、言葉にした途端意思とは関係なく涙が溢れてきた。アーサーが何も言わず、様子を窺うようにじっと俺を見る。泣いてる姿を見られるのが悔しくて服の袖《そで》で拭《ぬぐ》うが、拭っても拭っても涙が溢れてきてしまう。

「結局、俺はっ……あの男には……敵《かな》わなかった……今まであれほどやってきたのにっ……今までも、……今日もっ……姉君を守り切れなか」

バフッ、と。

また、俺の顔面に枕が直撃した。アーサーがほぼ無動作で枕を俺へ蹴り上げてきたからだ。

涙のせいで若干湿った枕を頭から落ちる瞬間に掴み、涙の引っ込んだ目でもう一度アーサーを睨む。

「ぶわぁあああか!!　なァにが守りきれなかっただ!?」

アーサーは俺が睨むよりもずっと前から真っ直ぐと俺を見据えていた。

「テメェは守ってたろォが!!　俺よりずっと前からプライド様のことを!!」

罵声《ばせい》に似た話し方で全く逆のことを言われ、思わず目を見張る。

「俺がガキの頃、プライド様の良くねぇ噂を聞いた時は街中でも同じような噂が溢れ返ってた。けど、今は母上ンとこ帰っても街に降りてもプライド様の悪い噂なんざ殆ど聞かねぇ。…………テメェが抑えてたんだろ」

あまりのことに言葉を失った。

「言ってみろ。誰だ？　王族や上層部の奴《やつ》らしかいられないような場所で、あの切れ長野郎がプライド様に近づく度にそれを阻んでたのは。誰だ？　アイツが近づかねぇようにずっと誰よりもプライド様の傍にいたのは。誰だ？　本当のプライド様の噂や評判を広め続けたのは。誰だ？　誰もがプライド様にケチつけられねぇようにずっとプライド様のことを支え続けたのは」

ベッドからゆらりと立ち上がり、じわじわと俺の方へ近づいてくる。気がつけば俺よりもずっとその目には怒りが滾《たぎ》っていた。

「全部テメェだろォが！」

見下ろされ、怒鳴られ、また目に涙が滲みそうになる。

「戦ってもプライド様を守れなかったかもしれねぇだァ?!　当ッたり前だろォが！　何でもかんでもテメェ一人であの人を守りきれてたまっかよ!!」

アーサーのその言葉に絶句する。今まで共に剣を、腕を磨いてきた彼にそんな風に否定されるとは思わなかった。足がよろめき、バランスを保てなくなりそうになりながらも必死に床にしがみつく。

その言葉は何よりもっともで、誰に言われるより悔しかった。友でもあるアーサーからの言葉に言い返すこともできず唇を噛み、それでも息を止めて何とか堪えた。……が、次の言葉で今度こそ俺は動揺を隠せなくなった。

「その為の俺だろォが!!」

そう叫び、アーサーは拳を自分の胸に叩きつけた。ドン、という低い音が自分の鼓動のように芯《しん》まで響いた。

「言ったよな？　騎士の本隊入りが決まった時、テメェに一番に」

『ッどうだこれで満足かよステイルッ!!』

本隊入隊試験に優勝した時。会いに行った俺に、アーサーが最初に放った言葉だ。

あの時の言葉の意味は確認せずとも理解していた。

「テメェが二年前に言ったンだろォが。早く騎士になれって。あの時聞いたよな？　何故ンな事を俺に言うんだってよ」

まさか忘れたなんざ言わせねぇぞとすごむアーサーは、そのまま俺に詰め寄るように「何故だ」と問いかけた。もし答えられなかったらこのまま殺されそうな威圧感だ。

勿論、覚えている。

アーサーには早く騎士になって欲しかった。だからアーサーが新兵になった時も、本隊入りを果たした時も俺は心から嬉しかったし、満足だった。何故なら……、

『僕は姉君を権力や形ない物から守る為の〝盾〟に。そしてアーサー、君には力を行使する何者からも姉君を守り、斬《き》り伏せる〝剣〟になって欲しい』

そうだ。俺は、確かにそう言った。だからアーサーには早く騎士になってもらい、プライドを守って欲しかった。

目を見開いた俺を見て、アーサーは舌打ちをしながら一歩引く。

「うだうだ喚いてンじゃねぇよ。テメェはプライド様の〝盾〟としての役割をきっちりこなしてただろォが」

役割を、こなしていた。

何故だかその言葉に酷く救われてしまっている自分がいる。あまりの衝撃に唖然としていると、アーサーが俺の目の前に手を差し出してきた。

「約束しろ」

短くそう言うと、アーサーは眉間に皺を少し寄せながら言葉を続けた。

「次からはプライド様が動く時は何があっても、必ず俺を呼べ。絶対にだ」

こんなことはプライド様の傍にいるテメェにしか頼めねぇ。そう言いながら強い眼差しを俺に向けてくる。そして俺がアーサーの手を掴んだ途端、彼ははっきりとした口調で言い放った。

「俺が、プライド様もお前もティアラも皆纏めて守ってやる」

宣言し、何度も握り返された手は力強く温かかった。悔しいことにアーサーに言われると安堵してしまう自分がいる。

そして、感謝した。アーサーが二年前の言葉をちゃんと心に留めていてくれたことを。

あの時、アーサーに出会えて本当に良かった。心の底からそう思う。

手を緩め、俺が礼の言葉を言おうと口を開くと、今度は突然両手で頭を左右から鷲掴《わしづか》まれた。

「大ッ……体！　テメェは贅沢過《ぜいたく》ぎんだよ!!　頭も回って剣の腕も充分ある分際で!!　まだ十二歳のガキが裏稼業の野郎複数人に勝てたら俺の立場がねぇだろォが!!」

ぐぐぐぐ、と頭を押さえつけられて思わず悶絶《もんぜつ》する。意外に痛い。

「言っとくがテメェもプライド様も充分強ぇからな?!　まるでテメェは弱ぇみたいなこと言いやがって取り敢えず手合わせでテメェに毎回手こずらされてる俺と俺が試験で勝ち抜いてきた新兵の方々に百回詫びろ!!」

ぐりぐりぐりぐりと、今度は拳をこめかみに当てられる。あまりに痛過ぎて「やめろ馬鹿《ばか》!!」と怒鳴りながら思い切って手を払うと、今度は舌打ちが返ってきた。そのまま満足したのかアーサーは部屋の中に散乱した衣服や枕を一つひとつ片付け始めた。

もともと整理整頓された部屋だったことを知っているだけに、かなり散らかしたなと少し反省をする。そのまま俺も手元にあるアーサーの衣服を拾い、畳み始めた。

「……城の侍女に洗濯させ直すか？」

「王族の為の労力を俺なんざに使って良いわけねぇだろぉが」

大して汚れてないから良い、と断るアーサーに返事をしながらまた一枚服を畳む。本当にそういうところがコイツらしい。

「……お前は大人だな」

アーサーを見て、本気でそう思う。

俺より三つ年上のアーサーは、俺よりも背丈が遥かに高く身体つきもしっかりしている。騎士になってからは特にだ。その上、こうして自分のことで精一杯な俺に気づいて助けてくれる。俺もあと三年経てばそうなれるだろうかと思いながら、それが悔しくてアーサー本人へは口を閉ざす。

「三年前の俺と比べりゃア、テメェの方が遥かに大人だ」

予想外の返答が返ってきたことに思わず「謙遜《けんそん》か？」と返してしまう。するとアーサーからはまた長い溜息が返された。

「…………テメェ、俺が今のお前より一つ年上の時、情けなくぎゃあぎゃあ泣き喚いてたの知ってンだろぉが」

恥ずかしいこと言わせんじゃねぇよ、と言いながらアーサーは少し赤らんだ顔を隠すように衣服の皺を伸ばした。

「泣かなかったら大人なのか？」

そんな彼が少し面白く、敢えて面倒そうな質問で返してみる。いやそうじゃねぇが……と言いながら頭を掻くアーサーを見て、ふとジルベールに年齢操作された時のことを思い出す。確か、ジルベールは五年ほど引き上げたと言っていただろうか。今のアーサーよりも遥かにしっかりとした身体つきで、今のプライドを胸の中にすっぽりと収められ、そして大人のジルベールと背も殆ど変わらなかった。

あれくらいになれば、大人と言えるのだろうか。

「…………決めた」

未だに返答を考えてくれているアーサーをよそに、俺は一人呟いた。アーサーが「何をだ」と怪訝《けげん》そうに眉《まゆ》を吊《つ》り上げる。

「もう、俺は絶対に泣かない」

プライドやアーサーに慰められるのではなく、手を差し伸べられるような人になる為に。

「泣かねぇ、って……ずっとか？」

俺の言葉にアーサーは少し驚いた様子だった。

「取り敢えず、今日ジルベールに変えられた姿になるまでは泣かない」

そのまま、確か五年くらいだったはずだと言って椅子から立ち上がる。ぐぐっと背筋を伸ばしていると、アーサーから予想外の言葉が返された。

「……ンじゃ、俺も付き合う」

「…………は？」

まさかの返答に間抜けな声が漏れた。

「五年だろ？　テメェ一人にやらせっかよ。それにケジメにゃ丁度良い」

俺も本隊入りしたばっかだしな、と言いながらアーサーは畳み終えた衣服を仕舞い始めた。

「待てアーサー、これは俺が決めたことだ。お前は関係ない。……大体、何のけじめだ」

服の中から眼鏡を取り出し、再び掛けながらアーサーに目を向ける。腕を組みながら俺に向き直るアーサーの顔は、断固として譲らない時の表情だった。

「二年前からプライド様やテメェには特に情けねぇ姿ばっか見られてるからな。……俺ももう、そういうのは見せたくねぇ」

そのまま、テメェがやらないっつっても俺はやる、と言い張るアーサーに俺は頭を抱えた。やはりアーサーが大人だと思ったのは気のせいかもしれない。恐らく、半分は本当に本人なりのけじめ。もう半分は……俺の為だ。

「強くなンだろ。俺と、お前で」

そうはっきりと言い切られ、やはり敵わないなと実感してしまう。

アーサーは俺よりずっと強い。剣も、……心も。

「……そうだな」

自分の口元が緩むのを感じながら、俺は投げつけられた枕をもう一度手に取り……、
アーサーの頭上に、瞬間移動させた。

不意をつかれたアーサーが頭上を見上げるのと、枕が顔面に落下するのは殆ど一緒だった。

ぶはっ、という間抜けな声がアーサーから上がる。

「だが今日は俺の勝ちだ。……それじゃあ、また明日」

待てコノヤロウとアーサーが叫びだすのと同時に俺は瞬間移動で自室に戻った。自分の部屋のベッドに腰を下ろし、最後のアーサーのまぬけ顔を思い出したら自然と笑いが込み上げてくる。アーサーの部屋に訪れるまで胸の底にへばりついていた靄《もや》が全て嘘のように消えていた。

大丈夫だ、俺のやることはこれからも変わらない。

誰よりも狡猾《こうかつ》に、計算高く、多くの信頼と良き外面を。そして守るべきプライドと、大事な妹、そして口の悪い無二の友を。

それさえ手放さず携え続けていれば、何があろうと大丈夫だ。

五年後にはきっと胸を張ってプライドの隣に立っていられる。

俺は、そう信じている。

ジルベール・バトラー
最愛の人が愛してくれた、私の名だ。

マリアンヌ・エドワーズ。それが私の最愛の人だ。伯爵家の三女。名のある血筋を継ぐ彼女と出会ったのは私が齢《よわい》十三の頃だった。

下級層の住民だった父も母も、その六年前にはこの世にいなかった。母は病で薬も買えず亡くなり、父は母を失ってから自暴自棄《じぼうじき》となり、追うようにして自ら命を絶った。

三年間は野良犬のような生活をし、更にそれから三年は物乞《ものご》いも色事も盗みも何でもやってきた。

見るからに見窄《みすぼ》らしい、同情を引く姿と表情で相手さえ的確に狙《ねら》えば、確実におこぼれに預かれた。見るからに気品や色香の感じられそうな衣服に身を包み、相手の望む言葉や好む態度で接し、笑顔でそれを囁けば一晩でも懐は大いに潤った。そうしてその日生きていく為の財産を手に、深夜私がまた下級層へと戻ろうとした時だった。ふと見上げると、大きな屋敷の裏の高い窓から何か布のようなものが長々と垂れ下がり、それを頼りに少女が脱走を試みていたのだ。一瞬盗みの同業者かとも思ったが、その少女は何も持たず着の身着のままだった。そのまま手慣れた様子で木を伝い、塀《へい》の外まで出てきた少女は、あまりのことに目を離せないでいた私に気づき自ら声を掛けてきたのだ。

「こんばんは」と。

それが、私とマリアンヌとの出会いだった。私より二つ年下の彼女は、使用人の格好に扮《ふん》した見ず知らずの私に微笑みかけてきた。お暇ならばお時間をよろしいでしょうかと尋ねられ、その場を離れようと手を引かれた。……彼女をどう利用すれば小金が稼げるか考えを巡らせていた、私の手を。

私が一つ一つ確かめるように尋ねた問いに、歩きながら彼女は躊躇いなく答え続けた。

彼女が先ほど抜け出してきた伯爵家の屋敷の三女であること。彼女は優秀な姉二人と違い、二年前まで身体が弱かった為、隅に押しやられるようにして育ち、家族から除《の》け者扱いにされていること。外からの警備すらぬるい部屋に押し込められ、夜に人目を忍んでこうして頻繁に外出していること。そして最後には「でも、人に会えたのは貴方が初めてです」と彼女は笑った。

身の危険は感じなかったのか、私がもしこのまま貴方に危害を加えるつもりならばどうするつもりなのかと問うと、彼女は不思議そうに目を見開いた。

「危害を受けたら何か問題があるのでしょうか？」

そう、心から不思議そうに私に問うのだ。自分を心配する人はいない。将来家に人脈を作る為に結婚させられる、それだけの存在だと彼女は答えた。

貴方がもし、身体に傷をつけられるなどの目に遭えば、それが家の恥と言われたり結婚の相手が見つからない可能性にもなる。私は彼女をそう窘《たしな》めた。私と違い、全てに恵まれているはずの彼女が失う物がないように宣《のたま》うことに気づけば苛立ちを感じていた。

だが、彼女は既に自分は家の恥だと。どうせ結婚相手は自分自身ではなく、自分の家の名しか求めない人間だから平気だと。やはり笑顔で答えるのだ。

「伯爵家と婚姻関係を結ぶ方ですもの。きっと、私の代わりに素敵な側室の方を愛されます」

彼女の言葉を聞くうちに、何故か地位も金も家族も家もある彼女が、自分よりも遥かに不自由だと感じられた。私が彼女の言葉とこれからの身の振り方について考えていると、おもむろに彼女は私の顔を覗き込んできた。

「貴方は、私に危害を加えたいとお思いですか？」

あまりの単刀直入《たんとうちょくにゅう》な物言いに驚く私に、彼女は続けた。

「……構いませんよ。私の命を奪っても、何をしても。……貴方が私の分それで幸せになって下さるのなら」

まるで自分自身を粗雑な物のように扱う彼女は、そのまま「代わりに」と言って私の手を取った。

「貴方が世界で一番美しいと思えた景色へ私を連れていってください」

……今まで、何人もの人間に甘い言葉を囁き、そして囁かれてもきた。だが何故か私はその今までの誰よりも、彼女の言葉に強く心を揺さぶられてしまったのだ。それが今日を人生最後の日と思っているかのような口振りだったからか、その儚《はかな》さ故かはわからない。揺れる薄桃色の髪も、瞳も、哀愁すら滲ませた柔らかな笑みも、全てが逆光のように眩《まばゆ》く感じられてしまった。

そして気がつけば、下手《へた》をすれば拐《かどわ》かしの罪に問われるかもしれない伯爵令嬢の手を、私は自ら握り返していた。

王族の住む城と城下を一望できる丘。私が幼い頃に一度だけ両親に連れられてきた場所だった。月明かりに照らされる城も、星空のように小さく灯《ひ》を灯《とも》す城下も、彼女は目を輝かせて喜んでいた。

「こんなに美しいもの、初めて見ました」

そう言い、私へ笑顔を向ける彼女の笑みは忘れられない。夜が明ける時間になるまで彼女はひたすらその景色を目に焼き付けていた。そして、そろそろ帰らねばならぬ時間になった私は彼女へ問いかけた。

よろしければ三日後にまたここへお連れしましょうか、と。その時に彼女は初めて、笑み以外の表情を私に見せた。

「……本当ですか……？」

驚いたように目を見開き、衝撃のまま顔の筋肉が硬まっていた。彼女の反応に逆に驚かされながらも私は「貴方のお望みとあらば」と答えてみせた。すると、彼女は突然その整った顔を歪め、涙を流して私に抱きついてきた。

着古し、汚れた服を彼女の涙が濡らした。泣きつく彼女の髪を撫でながら、私は静かに気がついていた。彼女の幸福を願ってしまった、自分に。

「約束ですよ」と彼女は家へ戻る直前にそう言い、再び私の手を握ってきた。

それから私とマリアンヌは三日ごとの夜に必ず会うようになった。気がつけば、彼女は私を「ジル」と呼び、私も彼女のことを「マリア」と呼ぶようになった。……途方もなく、幸福な時間だった。

彼女と言葉を交わす内に、私は己の出自もこれまでの生き方や犯した所業すらも明らかにするようになっていた。伯爵令嬢の彼女にとっては汚らわしく忌まわしいものでしかないはずなのに、彼女はその笑みを歪ませることなく「頑張って生きてきたのですね」と私の髪を撫でてくれた。

その言葉に、どれほど救われたことだろう。

私より二つも年下な彼女は酷く大人びており、それが余計に彼女の儚さを際立たせていた。

彼女の儚さか、清廉《せいれん》さ故か。私は彼女と関わる上で今の生き方を恥じるようになった。もともと人に取り入り、時には扮する中でマナーや言葉遣いなどの教養は身につけていた。その為、中流階級の正式な使用人になることも、やってみればそこまで難しいことではなかった。

微《かす》かな稼ぎではあるが人に言える仕事を手にし、三日ごとに彼女と言葉を交わすことだけを生き甲斐《がい》に一年間、私は働き続けた。

「ジル、私ね……婚約相手が決まったの」

彼女がそれを口にしたのは本当に唐突だった。聞けば、隣国の同じく伯爵家の次男だと言う。私には勿体ない相手だわ、と彼女は笑っていた。

「本当は十六歳になってから決めるものなのに。でも、私はもっと早くに決めないと貰い手が見つからないかもしれないからって」

彼女がいくら笑んでも、祝福する気にはなれなかった。

既に私は、彼女を愛してしまっていたからだ。

彼女が隣国へ行ってしまうことも、他の男のものになってしまうことも、二度と会えない日が来ることも、私には耐えられなかった。彼女に気持ちを伝えようと思い、口を開いたが言葉が出てこなかった。

私のような下級層の、底辺の人間が上級層の彼女を愛してしまったことなど迷惑でしかない。既に以前まで犯してきていた所業も行いも全て話してしまった。このような汚らしい人間が、彼女のような人とこうして語り合うことすら、本当ならば許されないというのに。

「でも、十六歳になるまではきっと大丈夫。お相手に会うのもそれからだから、まだ会えるわ。……でも、いつ私の部屋の警備が厳しくなって、貴方とこうして会えなくなるかもわからないから」

いつが今生《こんじょう》の別れになるかもわからない。

絶望的な彼女との断絶の未来に、私は表情を取り繕うのも忘れた。

「だからね、今のうちに貴方に伝えておこうと思ったの」

何故、私は上級層に生まれなかったのか。何故、彼女はこのような手の届かない階級の生まれになってしまったのか。そんな行き場のない悔しさだけが私を支配する中、彼女は優しく私の頬に触れた。その細い指が私の目元を撫でた時、初めて己が涙を零していることに気がついた。彼女に優しく「ジル」と呼ばれ、私はただ彼女の薄桃色の瞳を見つめることしか叶わない。

「貴方を……愛しています。ずっと、……ずっと昔から」

耳を疑ったのも束の間に、彼女がその唇を私へと重ねてきた。考えることも忘れ、彼女を離すまいと私からも唇を重ね合わせ、互いに愛を確かめ合った。

共に逃げよう、と言いたかった。

彼女の為ならば何でもできると思えた。だが、その日暮らしがやっとの私に伯爵家から逃げ出す彼女を幸せにできる自信も、根拠もなかった。

唇をゆっくりと離し、私は彼女の柔らかな身体を強く抱きしめた。

「あと、四年……。……逢えなくなるまで、どうか……これからも逢いに来て」

弱く、祈るように囁く彼女に私は泣きながら何度も頷いた。

彼女を、幸せにしたい。

彼女の体温を感じながら、祈るように途方もなく……そう願った。


〝特殊能力〟


それを覚醒《かくせい》させたのは、マリアとの約束からたった数週間後のことだった。

中流階級の家の使用人になった私は、寝泊まりの部屋として与えられた物置部屋の蔵書で自分の身に起きた特殊能力について調べ上げた。そこには年齢操作という特殊能力者が過去に一人だけ存在したこと。不老人間……己が寿命すら操作できてしまう、極めて稀《まれ》な特殊能力者がいたこと。そして国の上層部になる為には、家柄ではなく希少且つ優れた特殊能力を持つことが重視されていることが記されていた。……私にとって、神からの授かりものだった。マリアを救う為に天から手を差し伸べられたに違いないと心から思った。

——全てを、貪《むさぼ》れ。

「これから暫く逢えない」と。私はそうマリアに打ち明けた。彼女は酷く狼狽《ろうばい》し、もう時間がないのだと涙を流した。しかし私は彼女の両手を握り、その目を見つめて誓った。

「必ず迎えに行く……！　君が十六歳になる前に、必ず」

——時間はない。彼女に残された時を無駄にしてなるものか。

「この特殊能力で、必ず城の上層部になってみせる。……そして、マリア。君を迎えに行く」

だから、会えない。一日でも……一分一秒でも長くそして多く、知識も技術も身につけなければならないのだから。

マリアは頷いてくれた。目に大粒の涙を溜《た》めながら「待ってる」と何度も私に言ってくれた。

——裏切るものか。必ずや私は彼女との時を取り戻す。

彼女と一時的な別れと約束を交わした私はその日から勉学に没頭した。知識も、格闘術や護身術も座学から埋めていった。本当は仕事も辞めて勉学に励みたかったが、使用人を辞めては今の部屋の蔵書で学ぶことも新しい書物を買うこともできない。使用人を続けながら、私は寝る間も惜しんで勉学に打ち込み続けた。

──彼女を幸せにする。その為ならば何も惜しくはない。

「ジルベール・バトラーと申します。特殊能力はこの通り〝年齢操作〟。悠久の時を与えられしこの身を尊き国へ捧げるべく、こうして参じさせて頂きました」

──可能性を捨てるな。いくら分不相応であろうとも全ての機会に醜く齧《かじ》り付け。

「ジルベール、貴殿は確かに素晴らしい。現段階でどの候補者達をも遥かに凌駕《りょうが》している。しかし、これほどの頭脳を持つ貴殿は城で働くまで一体何を？」

──嘘も方便も慣れている。全てを欺き敵に回してでも、彼女一人を取り戻す。

「名乗るのが遅れたな。私はアルバート。直にロイヤル・アイビーとなる。……ジルベール・バトラー、お前は王配となる私の補佐を望むか？」

──彼女の為に。その為ならばこの身も全てを捧げよう。

「ッ望みます……!!　君を、ッいや、貴方を生涯《しょうがい》にわたり全力で支え、お仕え致します！　ですからどうか、どうか、私に宰相となる機会を……！」

「ローザ・ロイヤル・アイビーの名の下にここで宣言します。ジルベール・バトラー、貴方を我が国の宰相として認めましょう」


コンコンッ。

馬車を待たせ、ノックを鳴らす。

屋敷の衛兵が見守る中、使用人に案内された私はその主《あるじ》に迎えられた。以前、式典で知り合った彼に私は「是非いつでもいらっしゃって下さい」と誘われていた。社交辞令と、そして裏心のある彼の言葉に私はすぐ乗ることにした。

一目で上等だとわかる客間に通された私は彼と談笑し、軽く釣り糸を垂らして見せた。既に成人として認められた年を過ぎた私だが、当然ながら決まった女性などいなかった。

「⁉　さ……三女……？　もしやマリアンヌのことでしょうか。いえ、確かにおりますが宰相殿がお気に召すか……」

私が愛した女性など、生涯たった一人しか居はしないのだから。

今からでもと望む私に、慌てて彼は部屋を飛び出した。数拍だけ待ち、それからゆっくりと逸《はや》る気持ちを抑えて彼を追う。案内されずとも部屋の場所などわかっている。彼女はずっと、あの部屋で私を待ち続けてくれているはずなのだから。

歩み、階段を下り、既に騒がしくなっているそこへと向かう。使用人達が慌てふためき、ドレスや化粧道具を持ち出す背中を眺めながら、胸を高鳴らす。

構いません、彼女はたとえ着の身着のままでも美しい。そう心からの言葉を彼らに謳《うた》いながら、私は待ち望んだ彼女へと前に出る。

「お初にお目に掛かります、マリアンヌ・エドワーズ殿。私はこの国の宰相を務めさせて頂いておりますジルベール・バトラーと申します。……どうぞ、ジルとお呼び下さい」

――君に、逢いたかった。

込み上げる感情を抑え、彼女に微笑みかける。

今の私は下級層の人間などではない、宰相だ。君を迎えるに相応《ふさわ》しい……きっと、君を幸せにできる人間だとそう示す。目を丸くして私を見返す彼女は、最初声も出ないようだった。ただ揺れ動くその瞳が、私を忘れないでいてくれたことの何よりの証だった。

「突然で申し訳ありません。ですが、もしよろしければ是非とも私と婚約を。……必ず貴方を幸せにしてみせます」

焦がれ続け、乞い求め続けた彼女へと手を伸ばす。あの時はただ願うばかりで、自信も何もなかったこの手を躊躇いなく。大粒の涙を零し始めた彼女は胸の前で細い両手を握り、唇を震わせ小さくしゃくり上げた喉で私に笑みを返してくれた。

「……マリアンヌ・エドワーズと……申します……っ。……マリアと……お呼び下さい。……っ、……喜んでっ……お受け……致しますっ……。………………ジル……」

涙で掠れた声も、震える白い手も、紅潮した肌も、薄桃色に流れる髪もその全てが愛おしい。

――迎えに来たよ。

私の手を取ってくれた彼女の手を壊れないようにそっと包む。ずっと望み続けた彼女との時を今度こそ掴めたのだと思った瞬間、初めてこの世界を心から愛することができた。

そして、こうも思えた。

私は、彼女と出会う為だけに生まれてきたのだと。

マリアンヌと共に住み始めてから数年の時が経った。

これ以上ない、幸せな日々だった。宰相の公務は、もともとマリアとの生活を得る為だけだったが、既に私にとっての生き甲斐でもあった。人を騙《だま》し、欺《うそぶ》き、嘯き、唆《そそのか》して生きてきた私がこうして国民の為にできることがあるというのが誇らしかった。しかも、現女王のローザ様により発案された法案協議会では、宰相である私にも法案を出す権利が与えられた。庶民の、しかも下級層出身の私だからこその法案を出し、それが今の下級層の人間の救いになり飢えや貧困で死ぬ者を減らせる。これ以上やり甲斐のある仕事などありはしなかった。マリアと共に住む家も買い、城で王配であるアルバートの公務の補佐を行い、そして我が家へ帰りマリアが迎えてくれる。充分以上に満たされた日々だった。

彼女が病に倒れる、その時までは。

原因不明の病。呼吸困難と常に纏《まと》わりつく寒気。国中の医者を呼んでも彼女の病を解明できる者はいなかった。王配であり、共に国を支える内に主従以上の仲となった唯一の友アルバートと、そしてマリアと友人と呼べる仲になった女王ローザ様。二人の計らいにより、秘密裏に城へと彼女を滞在させてもらえるようになった。

彼女の病は、原因不明だ。我が家にいて使用人に看病を任せることも可能だが、万が一にも彼女の病が露見しそれが広まれば、伝染病などの誤解を招き、周囲の不安を煽《あお》るどころか宰相である私の立場と何より彼女の身まで危ぶまれる。感染の恐れがないことは私や彼女の傍についていた侍女達から明らかだ。だが、噂が広まればどうなるかは想像に難くはなかった。王族である彼らのお陰で、私は城で宰相としての業務をこなしながらマリアを看《み》ることができるようになった。

最初の一年には様々な治療法を試みた。だが、どのような治療法も効果はなく、残る手立ては噂にしか聞いたことのない病を癒す特殊能力者を探すというものだけだった。私自身、希少な特殊能力者だ。この広い王国の中に一人くらい病を癒す特殊能力者がいてもおかしくはない。

女王の名の下、秘密裏に特殊能力者を探すべく兵が城下に放たれた。本来ならば病を癒す特殊能力者を公に求めれば良いのだが、それでは王族か上層部に重病人がいると言っているようなものだ。彼女の安全と王族の体裁の為にもそれは不可能だった。ならばせめて国中の特殊能力者を把握する法を、と、その年の法案協議会で〝特殊能力申請義務令〟を提案した。だが、国の今までの在り方に、そして特殊能力者の人権に関わるとアルバートやローザ様にもこれは頷かれなかった。

二年目も、病を癒す特殊能力者は見つからなかった。だが、二つの騒動が起こった。

一つ目は第一王女のプライド様が第一王位継承者の証である予知能力の特殊能力に目覚めたこと。

二つ目はアルバートの乗った馬車の車輪に二箇所も不備が見つかったことだった。

私が宰相として原因を探ったところ、原因は複数人の使用人による不備だった。馬車の日常点検の怠慢や車輪の傷の位置の指定間違い、そして傷を確認しないまま、意味のない車輪交換のみを行った結果だった。

当時ローザ様が急遽《きゅうきょ》城下に降り、更に立て続けにアルバートが馬車を急ぎ出させた為に現場は混乱していた。誰か一人でも確認を怠らなければ、または現場が混乱していなければ避けられた事態だった。だが、結果としてアルバートを乗せる馬車は出す直前までいき、それを引き止めたのが八歳のプライド様だった。彼女が止めなければ確実にあの馬車は崩壊の一途を辿っていただろう。不備を行った者は全員に罰と解雇を命じたが、完全に偶発的な事故だった。しかし、城の人間の一部にはそうは考えない者もいた。

王配暗殺、と裏で囁く者がいた。当時、アルバートをよく思わない者は上層部に少なからずいた。当然、彼の人間性が問題ではない。もともとこの国の人間ではない近隣国の第二王子だった彼は、我が国至上主義の人間にはよく思われていなかったのだ。彼の王配としての仕事ぶりや振る舞いを見れば下らぬことと思ったが、この時既に私の内側には魔が差しかかっていた。

アルバート反対派の人間を味方につけ、法案協議会で特殊能力申請義務令を押し込めないかと。最終的に決定権を持つのは女王だ。しかし多くの上層部の人間が賛成すればローザ様も無下にはできないのではないかと。

下らない思い付きだ、大事な友を裏切ろうなどと。大体、アルバートに反感を持つ人間は上層部のごく一部だ。彼の高潔さは私も、城の人間の誰もが知っている。たとえ悪い噂を流そうとも、そう大人数を味方につけられるとは思えない。私は心の内側に潜んだそれを静かに押し留めた。

だが、それだけでは終わらなかった。

プライド様の特殊能力開花によって、事実上彼女は王位継承者となった。そして、彼女のこれまでの傍若無人《ぼうじゃくぶじん》ぶりを知っている城の人間の誰もがそれを良しとは思わなかった。あの我儘姫様が次世代の女王など、と多くの声が私の耳に届いた。それはもう、彼女への反感をきっかけに上層部の人間を大幅に味方につけることが可能だと思えるほどに。

更に、第一王位継承者補佐……彼女の義弟となるべき人間の捜索が行われた。そしてアルバートが命じてすぐ、希少な特殊能力且つ八歳以下の男子が見つかった。……マリアの病を癒す為の特殊能力者を秘密裏に探して既に二年。しかし公に兵を城下に降ろし、義弟となるべき人間を見つけ出すのには二日も掛からなかった。

わかっている、特定の特殊能力者を探すのは困難だ。むしろ、秘密裏に二年前から様々な特殊能力者を衛兵の足で捜索・把握していたからこそ、ここまで早く義弟の条件に該当《がいとう》する特殊能力者を見つけ出すことができたとも言える。……そう、マリアの為に行った捜索のお陰で。

気づけば私は、今まで殆ど直接会ったことのなかったプライド様に憎しみにも似た感情を抱くようになっていた。単に都合の良い条件の人間を当て嵌《は》めるだけの理由が欲しかっただけなのか、それとも傍若無人に振る舞いながら求める物全て簡単に与えられる彼女を妬《ねた》んだのか。……いや、きっとその両方だろう。

だが、それでも私は未だ悩んでいた。彼女を槍玉《やりだま》に挙げる行為は友であるアルバートの娘の名を汚す、裏切り行為だ。公になれば侮辱罪や不敬罪などにも値するであろう大罪だ。私の地位どころか、私を宰相に、任じてくれたローザ様、アルバートの顔にも泥を塗ることになる。やはり、このようなことは――……、

「ジル……」

マリアの声に振り返る。気がつくと大分時間が経っていたらしい。折角、宰相の業務を早めに終わらせて彼女の様子を見に来たというのに。

「……どうしたんだいマリア」

すぐに繕い、彼女に笑顔を向ける。病床の彼女には微塵《みじん》も不安を与えたくなかった。

弱々しく、その白く細い手を彼女は私へと伸ばす。寝込み続けていたせいか、最近は手足も重く感じると言う。私が彼女の手を両手で包むと、マリアは頭だけを私の方へ向け、苦しそうに息を乱しながら語りかけてきた。

「……私の為に……もう、……無理はしないで……」

悲しそうに語る彼女に、酷く驚かされた。既に私が何かを企《くわだ》てようとしていることに気がついてい

るようだった。

「……ジル、……一つお願い……あるの。……必ず、約束して」

目を潤ませ、私に懇願する彼女に迷いなく頷いた。彼女の願いならば何でも叶えたいと本気で思った。彼女は私の返事に「ありがとう」と微笑むと、ゆっくりとその口を開いた。

「……もし……私が死んだら、……貴方は私の分……ちゃんと、生きて……。……絶対に……」

何かが、崩れる音がした。

死を語る彼女に。彼女が今、死の淵《ふち》に立たされていることを改めて理解した。何より、彼女自身が既に覚悟をしていたことを思い知る。

「約束よ」と微笑まれ、私は動揺を隠しきれずに頷くことしかできなかった。

「ジル……、……私は、もう……充分過ぎるほどに……しあわ」

「その言葉は聞きたくないっ……」

思わず、彼女の言葉を遮った。歯を食い縛り耐えるが、それでも涙が溢れてきた。

「私はまだ、君を幸せにはできていない」

そう断言し、涙を拭い彼女の額に口づけをする。彼女が悲しそうに涙を滲ませながらその唇で「違う」と呟くが、敢えて聞かないふりをした。

「その言葉は、君の病が治ってから聞かせて欲しい。……その時までは聞きたくない」

それだけを伝え、私は逃げるように侍女に任せてその場を離れた。

彼女が、死ぬ。……例えの話だ。彼女の病は治す手立てが殆どなく、こうして毎日苦しみ続けているのだから。気が弱くなっても仕方がない。……だが、私にはそれがどうしても享受できなかった。

私は彼女を幸せにできてなどいない。彼女を迎えに行ったあの時、確かに私は約束したというのに。ただ、幸福にしてもらうばかりの日々だった。

彼女がいたから私はあの泥土の日々から立ち上がり、ここまで登り詰められたというのに。彼女がいなければ、私は今も人を欺き、甘言を囁き、騙し、利用するだけの人間だった。

「そう……彼女がいなければ、私は」

隠された扉を抜け、城の廊下を歩みながら考えていたことが声に漏れた。

そう、彼女が存在したからこそ私はここまで来れた。ならば、彼女を生かす為に私が再び昔のように手腕を行使したところで何がおかしい？

救ってみせる。彼女を必ず、どのような手を使っても。

今の宰相の地位も権利も存分に利用すれば良い。

彼女が与えてくれた、この力を。……使える人間は全て騙し、欺き、利用すれば良い。

彼女がいなければ堕《お》ちていた、生き方を。……私の持てる力と手段全てを行使し、彼女の為に。

彼女を迎えに行く為、幸せにする為に泥土から宰相まで登り詰めた。ならば今度は彼女を救う為、地獄へも堕ちよう。幸福も、人らしい生き方も、誇りある仕事も、大事な友も、全ては彼女が与えてくれたものだ。ならば、彼女を救う為に私はその全てをかなぐり捨てよう。

——小さな要因でも、複数合わされば大きな事態を招く。

最初は容易《たやす》かった。アルバート……いや、王配に反感を持つ彼らとの交流を図り、言葉巧みに操り取り入った。裁判を取り仕切る中で裏稼業の人間に会う機会が多かった私は、秘密裏に彼等とも取引を交わし、金を餌《えさ》に多くの特殊能力者の情報を探させた。

――複数の要因を抱え、そのまま無理に走り出した馬車は、車輪のヒビが亀裂を生み、建て付けの悪い車輪は絶えきれずに外れ……。

王配の敵は多くないが、突然王位継承権を得た我儘と有名なプライド第一王女……彼女のことをよく思わずに疑問視する人間や国の行方《ゆくえ》を憂う人間は多かった。彼女の悪評をいくら流したところで疑問に思う者もおらず、彼女が悪であればあるほど反王族派を増やし、私の方へ上層部を取り込みやすくなった。

順調に、順調に年々と味方を増やし、取り込み、気がつけば五年が経った。法案協議会でも可決のあと一歩手前のところまで来た。あとは王族さえ頷けば可決させられる。あと少し、あと少しでマリアを。

「ジルベール様、マリアンヌ様のご容態がっ……‼」

――そして最後は崩壊の一途を辿るのだ。

彼女が病に侵されて、七年。時間など残されている訳もなかった。マリアは言葉すら発せなくなり、息を荒らげても酸素が満足に身体へ行き渡らず、目に見えて限界が近づいていた。

急ぎ最後の手段をと裏家業の人間達と接触したが、嘲笑《ちょうしょう》されて終わった。それどころか取引の現場をプライド様とステイル様に目撃され、言い逃れの術も絶たれた。更には彼女の死の予知まで受け、今朝の彼女を思い出せば血が凍った。

憎んでいたはずのプライド様に促されるままに釣り糸へ縋り、連れ戻された私が彼女の元へ戻った時には既に惨状だった。

言葉が出ないどころか、十分に息をすることも叶わない。なんとか彼女に息を注げないかと手を尽くすがすぐに彼女はまた苦しそうに息を乱した。いま医者を呼びにと言われても全く救いにならない。このままでは間に合わないことくらい医者でない私でもわかった。

彼女は私の姿をその瞳に捉えると、仄かに笑んだ。私が彼女の名をもう一度叫べば、息をするので精一杯なはずのその唇で何か言おうと必死に藻掻いた。だが、切れ切れの口元は震え、何を言おうとしているのか読み取ることは叶わなかった。

「頼む……！　まだ、まだ逝《い》かないでくれっ……君を、まだ私は幸せにはっ……!!　……誓ったのに……誓ったのにっ……!!」

無力な己自身へ怒りをぶつけるように叫び、力なく垂れ下がる彼女の手を掴む。冷たく冷えきったその手が少しでも熱を帯びるようにと強く握りしめる。だが、どれほど熱を込めようとも彼女の手に本来の温かさは戻らない。

プライド様の予知がなくとも、わかる。彼女にはもう、終わりが近づいているのだと。

祈るように彼女の手をひたすら握りしめ、声を掛け続ける。だが、彼女からの答えも、その症状が和らぐ訳でもない。涙で既に視界はぼやけ、彼女の美しい顔すら見えなくなる。まるで、少しずつ息を引き取るかのように彼女の呼吸が更に浅く、少なく、顔色からも血の気がますます引いていく。それでも彼女は何度も何度もその唇で何かを伝えようとするかのように震わせ続けていた。

「……っ、……マリア……駄目だ、駄目だ……っ、……お願いだ……」

最後にはもう神に祈ることしかできない。

何年も裏で悪業を働いた、この私が。彼女をどうか連れていかないでくれと、ひたすらに。まるで世界に私と彼女しかいなくなったかのように音が消えた。耳が、彼女の息遣いしか拾うことができなくなる。

嫌だ、彼女を……彼女を失うのだけはっ……！　すまない、マリア……すまない……。

見つけ、られなかった……!!　あれほど全てを尽くしたというのに、叶わなかった……治療法も、特殊能力者も……何も。

「アーサー、貴方の特殊能力は作物に限りません。貴方の本当の特殊能力は……」

突如、無音だった私の世界に少女の声が響く。

振り返り、いつの間にか現れたその影に私は目を見張る。凛然《りんぜん》とした、その声は。作物に限らぬと語られた、彼のその能力は。

『私達を貴方の婚約者のところまで案内してください』

『ただ、作物を育てることにしか役立ちませんし……』

彼女の、彼の言葉を思い出し、急激に思考が高速で動き出す。まさか、まさか……そんな、そんな、奇跡など。


「万物の病を癒す力です!!」

彼女の言葉と同時に、今年騎士になったばかりの青年が私達の元へ駆け出した。

アーサー・ベレスフォード。

何度も、何度も望み、願い、探し求めた。彼女を救う手立てを、その能力を。その存在が、今目の前に……!!

手を伸ばし、温かな彼の手が彼女の手を握る私の手の上から、そして彼女の腕を掴み取る。

救世主が、突如として私達の前に現れた。

「…………………………っ、……!! ……ぁ……ッはぁっ、……あっ……！」

彼女が、息をする。もう事切れる寸前だった彼女が息を求める。

「マリアッ……マリア、聞こえるか？　マリアッ……」

目の前の奇跡に理解が及ぶより先に彼女の名を呼び続ける。現実だと確かめるようにその手を握る。

どうか、答えてくれ私のこの声に。どうか、もう一度この手をっ――。

……掴、まれた。

彼女の細やかな手に掴まれた途端、心臓が大きく高鳴った。もう、握り返されることなどないかもしれないと今まで何度恐れただろうか。その手が、彼女の意思で私の手を掴む。同時に握りしめた手も確かに握り返されていた。

瞬きも忘れ、彼女の一挙一動に眼を見張る。次第に呼吸も血色も本来あるべき状態へ戻っていく。

もう一度、祈りを込めて彼女の名を呼ぶ。

「………マリア……？」

私の声に、天を仰いでいた彼女の視線がゆっくりと向けられる。ジルと呼ばれ、それだけで全てが込み上げ声が出なかった。

何度、その笑みを向けられることを想い、願い、夢に見続けただろう。

愛しい彼女が、苦痛から解放されるその時を。

「ちゃん……と……、……私は幸せよ」

感情の波が、溢れる。堪らず彼女のその身を抱きしめる。何度も、何度も触れたいと思いながら耐え続けた愛しい彼女の身体だ。呼吸をすることも辛い彼女に少しの負担すら与えることを恐れ、触れることすら躊躇われた彼女の身体だ。私は痩せ細った彼女を身体ごと抱きしめ、縋り、泣き続けた。何度この時を望んだだろう。何を犠牲にしても、彼女を救いたかった。彼女を幸せにしたかった。ついさっきまで死を覚悟したであろう彼女が私に伝えようとした言葉を今ようやく理解し、息ができなくなった。

幸せ、だと。

そう言ってくれた。私が何よりも望んだ言葉だ。彼女の病が治るまで絶対に聞かないと決めた言葉だ。彼女のその一言で、今まで呪いのように絡みついていた全てから解放される。歓喜と解放、安堵と幸福が激情となり止めどなく溢れ、言葉にならない。

マリアがアーサー・ベレスフォードに話す時も声が出ず、本当ならばいくら感謝の言葉を連ねても足りないほどだったというのに頭を下げることしかできなかった。ありがとう、と口にはしたが嗚咽ばかりで言語にすらならなかった。

彼がいなければ、確実に私はマリアを失っていた。何もできなかった己に打ちひしがれ、嘆くことしかできなかっただろう。彼には生涯をかけても感謝しかない。彼がこの場にいなければ、私は、マリアは……。

……!?　この場に、いなければ……？

突然、頭の靄が晴れたかのように思考が恐ろしく潤滑に巡り、回っていく。まるでたった今目が覚めたかのような感覚に襲われる。

彼は、アーサー・ベレスフォードは何故ここにいる？　当然ながらステイル様が瞬間移動を使われたのだろう。ならば何故彼をここに連れてきた？　当然、彼が病を癒す特殊能力者と知ってのことだ。だから彼をここに連れ、連れ、連れて……。

全身の血が引き、戦慄《せんりつ》する。

プライド・ロイヤル・アイビー殿下。彼女は、プライド様はマリアを救う為だけに私を探し、自ら病を癒す特殊能力者をここまで導いて下さったのだ。私を探す最中で私の裏切りも罪も知り、それでも私をここまで連れ、マリアを救って下さった。彼女の助けが、慈悲がなければ私は、マリアは……。

私はこのような御方に今まで、何を。

利用する為に数年間にも渡り悪評を広め、名を陥れ続けた。彼女が成長とともに女王の器になりつつあることを理解しながらそれでも偽りの噂を流し、事実を捻じ曲げ、名を汚し続けた。たった齢八だった幼い少女に対して五年間も。更には公的な場ですら何度も不敬な言葉を浴びせてきた。

女王に認められ始めれば手の平を返し、彼女の名を汚したこの口で取り入ろうとし続けた。今日など病を癒す特殊能力者を得る為ならば王族……プライド様の命すら代償にされても構わないと思っていた。

七年間、ずっと彼女を利用することしか考えていなかった。私をこの地獄から、そして何よりマリアを救い出して下さった大恩人に私は今まで何を犯し続けてきた？　よくもこの口で、私の罪を知ったプライド様へ縋りつき乞い願えたものだと、己に対し殺意が湧《わ》く。後悔と自責の念が押し寄せ死にたくなる。あの時、ステイル様に放たれた言葉全てを私の口から私の言葉であの時の私に浴びせてやりたくて堪らない。

「なんてことだ……」

言葉がとうとう漏れ出した。今更になって、今まで己が犯してきた大罪に震えが止まらなくなる。

許されない、私の罪は。

このような御方を裏切り、冒涜《ぼうとく》し、陥れ続けた私が何故この場で愛する人と喜んでいられるというのか。

「プライド様……!!」

立ち上がり、プライド様とステイル様の前へ平伏した。彼女に対しての恩と罪と後悔が溢れ、どうすれば良いかもわからなくなる。いっそこの場で首を刎《は》ねられてしまいたい。

感謝を伝え、「貴方がいなければ、私はマリアンヌは」と口にした途端、また恐怖に襲われた。彼女がいなければマリアは助からなかった。今頃私の手の中で冷たくなっていたかもしれない。

プライド様から御言葉を頂いても、喉の奥から溢れ絞り出されるのは感謝とそしてそれ以上の懺悔だけだった。このような大恩人へ五年にも渡り不敬を犯してきたという事実が耐えられなかった。

肩に触れられ、この御方に膝を折らせてしまったことすら畏《おそ》れ多く、震えが止まらない。私の名を呼ばれ、自分は何もしていないと繰り返そうとするプライド様へ声を張り上げる。

許されぬことをいくつも犯してきたと。

許せない、誰でもない私自身が。この御方を利用し冒涜し続けたことだけではない。友であったアルバートを、私達に慈悲を与えて下さったローザ様を、王族を、民を欺き裏切り続け、あまつさえ犠牲にしても構わないと思っていた私自身が。己が利己と自己満足で特殊能力を持つ民や人身売買で苦しむ者すら蔑《ないがし》ろにしその上で国の法を、在り方を捻じ曲げようとしていた私自身に、殺意にも似た憤りが抑えられない。そして怒りと後悔の次に込み上げてきたのは……、恥だった。

今まで、私は何を考えていた……?! 法を犯し、友の愛娘でもある幼い子どもを利用し陥れ民を蔑ろにし、私達に特別な処置をしてくれた友すら裏切り……それをまるで正当な権利かのように五年間振る舞ってきた。このようなことをして救われたところでマリアが喜ぶ訳がない。己自身のせいで犠牲になった者がいたことに心を痛め嘆くかもしれない。いや、確実にそうだろう。正当な方法以外で彼女を救ったところで彼女の心は救われない。むしろ余計に苦しめることになる。

国の宰相という誇り高く責任ある立場を任されておきながらこの体たらく。利己にまみれ、血迷うなど。

なのに、なのに私は!!

噂も、裏稼業の人間との繋がりも、人身売買の黙認も、裏切りの意思も全てをマリアや侍女達の前で彼女へ吐露していく間も、込み上げる怒りと後悔と恥じる気持ちが止まらなかった。そして、その一番の被害者は目の前にいるプライド様だ。

覚悟はできていると、はっきり明言する。

彼女にならば……我が友の愛娘であり、私とマリアの恩人、そして私の暴走の被害者である彼女に願わくば裁かれたいと心から願った。許されたいとは思わない、裁いて欲しい。愚かで非道なこの私を叶うのならばこの薄汚い命をもって。

「……それは、私に貴方の罪の裁きを委ねるという意味で間違いありませんか?」

間髪入れず応じれば、彼女の言葉は続いた。私達を咎めるつもりはなかったと。その言葉さえ正直耳を疑った。本当に彼女はあの時、私を許すつもりだったのかと。身を硬くし、最後の一言までプライド様の裁きを待ち続ける。

彼女は続ける。私の悪業を知った以上許す訳にはいかないと。当然だと、心の底から同意する。今の今まで生かされたことすら彼女の慈悲だと思えてならない。

「ジルベール・バトラー」

彼女の手が、私の肩に触れ、顔を上げさせられる。彼女の姿を改めて目にするだけで、後悔の念に押し潰《つぶ》されそうになる。再び懺悔の言葉を連ねたくなる気持ちを必死に堪えた。

私はこの人を、この方々を裏切り続け、切り捨てようとしたのだ。何の理由もなく私に慈悲を与え、己の利もなく私達を救ってくれたこの御方を。

「父上や母上に……全てを〝打ち明けない〟覚悟はありますか」

彼女の言葉に再び耳を疑った。打ち明けない……？　そのような選択肢があり得るのだろうか。

私は大罪人だ。拷問《ごうもん》を受け、首を刎ねられ、晒《さら》され石を投げられて当然の人間だというのに。戸惑いのあまり「許すとでも」と尋ねる私に、プライド様は許さないと仰られた。ならば余計に秘匿《ひとく》する意味がわからない。

プライド様は真っ直ぐに私の目を見据え、言葉を放つ。それはまるで神の啓示かのようだった。

未来永劫、王に望まれる限りこの国の民の為に働き、我が国の宰相として在り続けよと。

宰相の任を降りることすら許されない。私が愛し、誇り、そして汚した宰相としての生き方で償えと。永劫にそう在り続けよと。……光を、当てられたかのようだった。

「宰相として不法な取引から身を引き、今まで知り得た人身売買の情報を元にその者達を捕らえ、裁き、そして貴方自身が利用し裏切ろうとしていたこの国の為に尽くし続けなさい。今の貴方ならばそれができるはずです」

宰相としての、償いを。それを許されることが私にとってどれほどの重罰で、そして救いだろうか。宰相として私の手で私が犯してきた罪を、少しでも拭い生きていけるというのならば。他ならぬこの御方がそれを望んで下さるというのならば。それを私ならばできると信じて下さるというのならば
「……畏まりました……‼」

答えなど、一つしかないではないか。

この御方の大恩に報い、そしてこれまでの贖罪《しょくざい》が為に今度こそ国へ、民へこの身を捧げてみせよう。

「心の臓が止まるその時まで、貴方の愛するこの国の民を守り続けると。今ここに誓いましょう……‼」

その為ならば我が命も人生すら惜しみなく捧げてみせる。この御方との誓いの為ならば。

次期女王となるべき御方の手を握りしめ、宣誓する。プライド様はそんな私の言葉に微笑み、音もなく立ち上がった。そして先ほども触れていたはずの私の顔から首へゆっくりとその手を添え下ろす。すると次第にその整った表情が歪められ、一体どうしたのかと不思議に思ったその時だった。

「こんなになるまで……気づいてあげられなくてごめんなさい」

この御方は、どれほどまでに清いのか。

思わず息を飲んだ。私は今まで、これほどの広い御心の方を陥れてきたのかと己の愚かさを思い知る。何度でも、この御方に懺悔をしたくなる。

この御方からの謝罪に対し、その言葉を否定しようと喉が震えた。貴方が今日一日だけでどれほど

までに私を救い、赦《ゆる》して下さったか。きっと本人は理解すらしていないのだろう。まるで当然の如《ごと》く人を救い続けるこの御方が神のように思えてくる。私のような大罪人にまで償いの機会を与えて下さったのだから。

「こんな形でしか……宰相に縛り付けることでしか貴方を裁けなくてごめんなさい」

辛そうにそう謝罪を続けたプライド様に思わず目を剥き、そして……笑みが零れた。

この、御方は……。

どこまでも理解していないのか。〝宰相に縛り付ける〟と？　これは縛り付けるではない。

〝生かす〟と呼ぶのだと。

首筋に添わされたプライド様の手を取り、失礼に当たらぬようにゆっくりと手の甲へ口づける。

──心からの〝敬愛〟を。……その広き心と、海より深き慈悲の心に。

そして跪き、その脚を取る。靴を脱がすこともそのまま許され、私はその爪先に口づけた。

──神の如き存在である貴方に〝崇拝〟を。私を、マリアを救いし救世主を授けて下さったその存在に。

そのまま、流れるように足の甲へも誓う。稚《いとけな》い細く小さな足が私の手の平に収められた。

──恩人を、友を、主を、……民を。裏切り踏み躙り続けた大罪人として〝隷属〟を。檻《おり》からでも死をもってしてでもなく、更に永《なが》く多くの民へ償いと王族へ報い続ける誓いを。

最後に脛へと唇を押しやる。寸前にプライド様を見上げれば、視界の隅でプライド様と同じように赤面されたステイル様の姿が映った。

嗚呼《ああ》……若い。やはり未だ二人とも子どもなのだと、そう思えば思わずまた笑みが零れた。

――忠誠の代わりに〝服従〟を。もう二度と裏切らぬと、生涯尽くし続けるべき永遠の我が主に誓う。

己と、主と、そして愛する彼女の前で誓いを終えた私はプライド様の脚を元のように整えた。

「私は騎士でも……ましてや貴方と従属の契約も結べません。だからこそ、この場で身をもって誓わせて頂きます」

口づけだけでも足りはしない。この御方へ一つでも多く、確かな誓いを。

指を組んで見上げ、主たるこの御方へ誓いの言葉を並べる。そして頭を下げて捧ぐように宣誓する。

「私のような大罪人に、今一度国に身を捧げる機会を下さったこと、心より感謝致します。マリアンヌのことも含め、この御恩は一生忘れません」

最後の一音を言い切った後、やっと私は自信を持ってこの御方に笑みを正面から返すことができた。

「約束ですよ」

その笑みに、愛しさまで湧いてくる。この数年間の憎しみや妬み……あれは何だったのだろうか。

心からの笑みで返せばまた再び優しい笑みが返ってくる。

永遠を、貴方に誓おう。私の全てを取り戻し、与えて下さった貴方に。

この世で最も愛しい人にすら捧げられないこの命を、最後の一滴までこの御方の今日の言葉の為に。

民の、為に。

我が、悠久なる命を。

「ッ……ああ……、あ……っ、……なん、て……ことを……」

……誰《だれ》だ……？　なんだ、この……光景は……。……惨めで、見窄《みすぼ》らしいあの老人は……。

「アッハハハハッ!!　なぁにその姿。素敵な顔が台無しじゃないジルベール」

眼前で笑う少女。淑女として振る舞うべき齢《よわい》にも関わらず品のない声を上げ、老人を見下ろしている。この、老人は…………、
嗚呼、私か。

そうだ……私は、念願の特殊能力申請義務令を制定させ――……、…………なんて、ことを。

「不老人間の貴方《あなた》が、老人から年齢操作できなくなっちゃったって話は本当みたいね」

私を覗《のぞ》き込み彼女は嘲笑《あざわら》う。口の端を引き上げ、なんとも醜い。嗚呼……。

私は悪魔と契約を交わしてしまったのか。

「喜びなさいよ？　貴方の素敵な法案のお陰で私は幸せよ。だってこの国で本当に特別な存在になれたのだもの」

彼女は笑う。老人となった、枯れ果てた私を見て嘲笑う。顔は靄《もや》がかったように見えないというのに、彼女の笑みが嫌なほどよくわかる。

「国中の特殊能力者がわかったもの。現段階でわかった特殊能力者は皆私の奴隷になり、逆らう者は皆死んだ。つまり、この世の希少な特殊能力は全《すべ》て私の力になったもの」

崩れるように床に膝《ひざ》をつける私を、彼女はその場にしゃがみ込み、頬杖《ほおづえ》をついて笑う。

「全ては貴方のお陰。五年我慢した甲斐《かい》あったじゃない？　頑張って働いて、働いて、お望み通り法案は通ったわ」

まあ、あの病原体は残念だったわね？　と笑い声を上げながら軽い口振りで彼女の存在が投げ捨てられる。私のせいで何人の民が隷属へと堕《お》ち、何人の民が処刑されたのだろう。

「本当はねぇ？」

囁《ささや》くように、彼女は紡ぐ。

「貴方も隷属か処刑か選ばせようと思っていたの。だって、年をとらない不老人間なんて羨《うらや》ましいじゃない？」

老人の姿が余程愉快なのか、私の垂れた皮膚を指で突き、楽しむ。

感情が動かない。何をされてもどうでもよくなる。

「でも、見逃《みのが》してあげる。貴方みたいに永遠に醜い姿で生き続けないといけないなんて、呪《のろ》い以外の何物でもないもの」

アッハハハハハハと心の底からの嘲《あざけ》りがその場に響き、一瞥《いちべつ》もなく彼女は去っていく。

「……ぁ、……あ、ア、ぁ……っ、……すま、ない…………私、……私の……せい、で……皆……皆……」

……マリアは、死んだ。多くの特殊能力者も、皆。ある者は自由を奪われ、ある者は女王の手によりその命を奪われた。私のせいだ。私、私の……。

「ああああああああああああああああっっ‼」

駄目だ、頭が機能しない。思考が働かない。声が止まらない。

マリア、君がいてくれれば。初めて出会えたあの時にもう一度戻れれば。

嗚呼……頭が、胸が、手が、足が、身体《からだ》が……年齢の制御が、利かない。老いた老人から再び身体が伸び、そして縮んでいく。己の声が若返り、次第に甲高い声へと変声される。老人から子どもへ、そしてまた子どもから老人へ。制御が利かず身体が伸び縮み老い若返り、頭がおかしくなりそうだ。私は一体どうしてしまったというのだろう。

君に、どう詫《わ》びれば良い？　約束をしたのに、最後まで幸せにすることができなかった。それどころか罪のない特殊能力者が子どもも老人も女も男も誰もかれもが不幸になった。

君に、会いたい。今すぐにでも君の元へ。だが……、

『……もし……私が死んだら、……貴方は私の分……ちゃんと、生きて……。……絶対に……』

君との最後に交わした約束だ。生きなければならない、私は。君の分まで、必ず。

……生きよう。

彼女の分も、そして私が奪った多くの人生の分生きてこの国に尽くさねば。これ以上あの悪魔の犠《ぎ》牲《せい》を増やさぬ為《ため》に。私が、宰相である私が……できることを、全て。この国に尽くせる限り永遠に。

マリア、君がくれた人生だ。罪人の私はきっと死んでも君の元へは行けない。多くの人の人生を奪ったこの私には。だからせめて償いを。せめて君の願いを、望みを。

年齢が再び老人の姿で止まる。歩くのすら苦労する、この足で。嗄《か》れきった、この声で。

「マリア……君の、為に」

君と、罪なき国民へ永久に償い続けよう。心の臓が止まる、その時まで。

「……ル。……ジル。…………大丈夫……？」

ぼやけた視界で最初に映ったのは、この世で最《もっと》も愛《いと》しい人の心配そうな表情だった。

「……マリア」

……夢を、見ていたらしい。

思い出せないが、酷《ひど》く息苦しいものだったことだけは覚えている。彼女に目元を拭《ぬぐ》われ、涙が止めどなく溢《あふ》れていたことに気づかされる。心配そうに私を覗き込んでくれる彼女の存在だけで酷かった胸騒ぎが静まっていく。

「すまない……夢を、見ていたらしい……」

昔の夢でも見てしまったのだろうか。だが大丈夫だ、私の現実はここに在《あ》る。

彼女の小さな額に口づけをし、それを確かめた。「本当……？」と未《いま》だ心配する彼女の髪を優しく撫《な》でる。

「ああ、大丈夫だ。私には君がいるのだから」

身体を起こし、窓の外へと目をやる。暖かな日差しが差し込み心穏やかな気持ちにさせられる。この暫《しばら》くは、何度目が覚めても窓の向こうを眺める度に「帰ってきたのだ」という気持ちにさせられた。最初、この家に彼女を連れ帰った時はお互い涙が止まらなかった。どれほどこんな日々を待ち望んだことだろう。

「それに今日は大事な日だ。使用人達ばかりに任せてはおけないからね」

そう言って笑めば、外の日差しよりも暖かい柔らかな彼女の笑みが返ってきた。

愛しさが増し、思わず今度はその唇に触れてしまう。それから身なりを整えた私は彼女にはベッドでもう暫く休むように伝えてから部屋を出た。

この、陽《ひ》だまりのような幸福を静かに噛《か》みしめながら。


「う～～ん……」

「どうしましたかお姉様。今日着ていくドレスでお悩みですか？」

勉学を終えた休息時間。ソファーから前のめりになりながらテーブルに肘《ひじ》をつき、図書館から借りてきた本も読まずに一人唸《うな》る私をティアラが覗き込んできた。大きな瞳《め》をパチパチさせて心配してくれる彼女は「お姉様はどんな御召し物もお似合いですよ」と言いながらすぐそこにいるステイルの袖《そで》を掴《つか》んで引き寄せた。

「何か悩みですか、プライド」

俺《おれ》達で良ければ相談に。とステイルまでテーブルに齧《かじ》り付く私に声を掛けてくれる。

「ありがとう、二人とも。実は色々ね……」

そのまま「聞いてくれる？」と二人の優しさに甘えて笑いかける私に、ティアラとステイルは二回も頷《うなず》いてくれた。二人にお礼を言い、私は一つずつ今の悩みを相談することにする。

私は今、悩んでいた。

一つは侍女のロッテとマリー、二つ目はジャックの待遇について。そして三つ目は今日招待されたジルベール宰相家で行われるパーティーでの手土産《みやげ》についてだ。

ジルベール宰相とマリアの一件からかれこれ四ヶ月が過ぎていた。そしてこの一件で協力してくれた影の功労者でもあるロッテ、マリー、ジャックに対して私は御礼をしたいと考えていた。

簡単に言えばちょっとした昇進だ。もともとロッテ、マリー、ジャックはそれぞれ侍女と衛兵という立場で主に私へ付いてくれることが多かったけれど、あくまで〝主に〟だ。私とずっと一緒にいる訳でもないし、一緒にいない間は城のことに従事していて他《ほか》の侍女や衛兵とあまり変わらない。

だからまず侍女のロッテとマリーは私専用のお抱え……つまりは〝専属侍女〟にしてもらおうと考えた。そうすれば特別手当が毎回城から配給されるだろうし、今までも私やステイルの為に団服という名の運動着をこっそり作ってくれていた二人の負担を減らすこともできる。

ベテラン侍女のマリーはもともとそっち方面を志したこともあるとかで衣服や裁縫関連が得意だったことと、その分給金も出すからと言ってお願いしたらマリーだけでなくロッテも喜んで協力してくれたこともあって甘えたけれど、……やっぱりなるべく彼女達の負担は減らしたい。私のお抱えになれば、私と一緒にいる間にのんびりお裁縫をしていても誰にも咎《とが》められないから時間も有効に使える。今までもすごく御世話になったし、今回の一件で秘密を共有してくれた。充分に私のお抱えにする理由にはなると思う。

ただ……何故《なぜ》だか私にはすごく抵抗がある。多分、次期女王になる私のお抱え侍女は、即ち将来の女官長候補だからだろう。逆に覚えることや必要な作法とかが増える可能性も大いにあるし、御礼のつもりが負担を増やしてしまうというのが私自身の躊躇《ちゅうちょ》の理由だと思う。

「それは……プライドが心配する必要はないのではありませんか？」

ステイルの何気ない一言に思わず目が点になる。その横ではティアラもうんうんと頷いていた。

「俺もティアラも一応専属の侍女は決めていますが、城の王族の専属侍女とは栄誉です。しかもプライドは第一王女。侍女としてはこれ以上ない誉《ほま》れではないでしょうか」

「兄様の言う通りです！　だってこれから先もお姉様と一緒にいられると約束されたようなものですもの。私だったら飛び上がって喜びます！」

二人の言葉に、私はポカンとしたままゆっくりと頷いた。

そうか、そうだった。仕事内容が変わったり増えたりなんて侍女にとっては日常茶飯事だ。それより次期女官長にもなり得る立場の方が二人にもいろいろ都合が良いかもしれない。むしろあれほどお世話になったのに、お抱えにしなかったことの方がおかしかったかもしれない。というか何故今まで専属にしなかったのか自分でも不思議なくらいだ。

最後にステイルから「心配ならば、本人達に提案してみたらいかがでしょう。もし本当に拒むようであれば、それから考えても遅くないと思います」と言われ、考えがやっと纏《まと》まった。そうよね、まず二人に意見を聞かないと。ステイルとティアラにお礼を言い、私は次の相談に移った。

衛兵のジャック。彼の場合、第一王女とはいえ私の一存で一般衛兵から隊長にすることは憚《はばか》られる。

更には侍女と違い、この世界の衛兵には王族〝お抱え〟の衛兵というものは存在しない。ゲームでも衛兵・兵隊・歩兵は皆同じモブ画だったたし、あまり重要視されていない世界なのかもしれない。攻略対象者であるアーサーが騎士団長だからか、外交とか護衛が必要な時は衛兵よりも騎士が必ず傍《そば》にいることが多く、護衛＝騎士として重要視されることが多い。

そこで私が考えたのは〝近衛兵《このえ》〟だ。

〝近衛兵〟はこの世界にはない概念だし、私自身も前世のゲームやアニメ、漫画でざっくりしか知らないけれど、簡単に言えば私専属の衛兵でありボディーガードだ。そうすればロッテ、マリーと同様私の傍にいることで手当も出るし、私も彼なら安心だ。

前世の記憶は言わず、近衛兵の案だけ伝えてティアラとステイルの反応を見る。すると予想外の言葉が合わせて返ってきた。

「「近衛騎士というのはどうでしょうか？」」

え⁇　と聞き返すと、二人ともまた同時に「アーサーを」と提案してくる。

近衛騎士……確か親衛隊とかそんな感じで別の乙女《おとめ》ゲームとかでも見たことがある気がするけれど。

「近衛兵として衛兵にジャックを常に控えさせ、そして近衛騎士としてアーサーを有事には必ず付かせるというのはいかがでしょうか。それならば次期女王となるプライドの守りは更に盤石なものになると思います‼」

是非‼　と、ステイルにしてはなかなかの食い気味に押してくる。あれ、私いまジャックの話をしていたはずなのだけれども。

そ、そうね。と答えながら「でも、まずは〝近衛〟という役職が母上や父上、上層部の許可が通るかが問題で」と続ける。それでもステイルは「ならば、俺が完璧《かんぺき》な法案を作り上げてみせます‼」と豪語してくれた。更にはティアラが「それなら」と手をパチンと合わせ、何か良いことを思い付いたように私とステイルに微笑《ほほえ》みかけた。

「ジルベール宰相にご相談するのが一番だと思います」

にっこりと笑うティアラの笑みに、ステイルが珍しく苦い顔をする。未だにステイルはジルベール宰相が嫌いらしい。「兄様、そんな顔をしないの！」とティアラに怒られて、顔を両手で挟まれてステイルの綺麗《きれい》に整った顔がひょっとこみたいになる。

「ジルベール宰相ほど法案に強い方はいないでしょう?!」

ステイルへ向けられるティアラの言葉に私は静かに頷いた。

ジルベール宰相は、マリアの一件以降それまで以上に宰相としての存在感を増していた。それはもう、仕事の鬼を超えて魔神レベルで。

もともと、母上の補佐である摂政のヴェスト叔父《おじ》様が女王公務補佐や外交全般、世界情勢の把握を司っているのに対し、父上の補佐であるジルベール宰相が国内の法律や裁判、我が国の情報管理や機密保持全般まで司っていたわけなのだけれど……その強化が凄《すさ》まじい。情報規制や秘密保持の強化とともに、過去に不正や情報漏洩《ろうえい》を行った一部の上層部の吊《つ》るし上げまでを徹底的に行っていた。……ステイルには「この前までは自身が職権濫《らん》用《よう》の上にその最たる者だった分際で」とか言われていたけれど。ゲームの中では摂政のステイルとジルベール宰相で役職の枠を超えて不正を暴いたり国の政治や公務とか色々協力し合っていたのにえらい違いだ。

そうしてジルベール宰相が活躍してくれた中で、今までチラチラと聞いていた私の悪い噂もパッタリとなくなった。何故か今まで遠巻きに私を見ていた上層部の人達まで親しく関わろうとしてくれることが増えた。多分ジルベール宰相が表での活躍だけでなく、裏でも暗躍して手を回してくれたのだろうと思う。流石《さすが》天才謀略家。

そして人身売買の検挙や取り締まりが凄まじい勢いで国中に敷かれ、母上も人身売買の罪人を裁くので大忙しになった。宰相としての仕事もあるのに無理をしていないか心配になって、父上に尋ねたけれど、体調は問題ないとのことだった。ただ……「それどころか次の法案協議会に向けて山のように多種多様な法案を作り上げている」と逆に頭を抱えていた。一体いつ寝ているのかと思うけれど、その割にはマリアが二人の屋敷へ住むようになってからは公務での外交以外毎晩家に帰っているというし、正直恐ろしい。

父上が軽く教えてくれただけでも人身売買取締法改正案や人身売買被害者保護法、個人情報取締法、発達途上児童無償教育機関設立案、特殊能力者援助法など舌を噛みそうな法案を次々と提出できるレベルまで仕上げてきているそうだ。

確かに、そんなジルベール宰相なら近衛に関しても良い助言を貰《もら》えるかもしれない。

私はティアラとそしてその両手に今度は両頬《ほお》を摘《つま》まれているステイルに御礼を言う。これで一応悩みの二つは一区切りついた。残すは手土産についてだ。

「…………こんな……ことって……」

惨劇が、生まれた。

ティアラとステイル、そしてアーサーに囲まれた私は目の前の惨状に愕然《がくぜん》として上手《うま》く言葉が出ない。嫌でも異臭が鼻につき、顔を顰《しか》める。あまりの衝撃に瞬きも忘れて硬まる私を見かね、ティアラとステイルがそれぞれ私の裾《すそ》と肩に触れた。

「姉君……一度、落ち着きましょう」

「お姉様……その、次があると思います……」

二人ともかなり言いにくそうに私を諭《さと》す。その優しさだけが身に染みた。そんな二人に笑みを作ってみるけれど、それでもショックが隠せなかった私は言葉だけで誤魔化した。黒焦げ、液状化した物体を前に深く項垂《うなだ》れる。

「ごめんなさい、三人とも……。まさかこんなに駄目だなんて思わなかったの」

招待されたジルベール宰相の屋敷への手土産。

今回のパーティーは、マリアの快復とそしてお世話になった方々への感謝を込めてというジルベール宰相による本当に小さく個人的なものだった。

そこで私が考えたのが手製菓子だ。手作り料理や菓子を持ち寄り参加なんて王族としては絶対にできないし、包丁を握らせてももらえなかった。でも折角前世の記憶もあるし、創作料理的な建前でこの世界にないお菓子とか作ったら皆も驚くんじゃないかと思った。ティアラとステイルにその旨を相談したところステイルが口を利いてくれて城の料理長に少しだけ厨房《ちゅうぼう》を貸してもらえることになった。ちょうど休息中だったアーサーまで付き合ってくれて、わくわくるんるんの楽しいお菓子作りが始まるはずだった。自慢じゃないけれど前世では地味な趣味の一つとしてわりと料理やお菓子も作っていたし、それなりに自信もあった……なのに。

最初は、試しに簡単なものをと考えてプチメロンパンを作ろうとした。でも何故か生地であるはずのドロドロの液体は焼く前からメロンパンにならない感たっぷりの色になり竈《かまど》に入れたら真っ黒の炭になった。あれおかしいな？　と思って今度はもっと簡単なクッキーにした。……やっぱりドロドロで焼いたら炭になった。変でしょ?!　と思って前世の得意技の玉子焼きを試しに焼いたら……三度目。惨劇だ。なんかもう、料理下手《べた》レベルですらない。何かの呪《のろ》いじゃない？　と思えるくらいの……。

…………あれ？　呪い……??

ふと、とてつもなく嫌な予感がして今度は手近な果物《くだもの》として林檎《りんご》を手に取り、ナイフを握る。そして、前世では当然のように林檎の皮くるくる〜ができていた私は皮つき林檎の破片を散らばらせる結果となった。削《そ》いだ皮の厚さは一センチ以上。料理どころか綺麗に果物を剥《む》くことすら叶《かな》わない。口をぼかんと開けまま言葉も出ない様子のステイルとティアラを横に、私は静かに理解する。

最低我儘《わがまま》女王様であるプライド・ロイヤル・アイビーは料理ができない。

いや、料理というより家事全般が壊滅的な可能性もある。幼い頃《ころ》から王女として我儘やりたい放題、命令し放題だったプライドがそんなことに携わる訳がないのだから。私だって今回のことがなければ料理をする機会になど恵まれなかっただろう。まさか完全チートだと思っていたプライドにこんな弱点があったなんて。

林檎の残骸《ざんがい》を前に、ステイルとティアラへこの駄目姉っぷりをどう言おうかと考えた時だった。

「ブッ‼　……」

突然、吹き出す音が聞こえた。反射的に振り返ると、さっきまで何も言わず背後に控えていたアーサーが口を片手で押さえ、私から顔を逸《そ》らしながら肩を震わせ耳まで真っ赤にして笑っていた。

「アーサー‼」

私が思わず怒鳴ると、アーサーはまだ笑いが収まらないらしく「すっ……、……すみませっ……‼」と言いながらまた盛大に吹き出した。酷い‼　確かに自分でもドン引きする惨状だけどそこまで大爆笑しなくても良いじゃない‼

思いっきり耳でも引っ張ってやろうかしらとナイフを置き、アーサーに近づこうと歩み寄る。すると今度はアーサーの方を向いた私の背後から、また堪《こら》えるような笑い声が聞こえてきた。驚いてまた振り返るとティアラとステイルだ。そのまま私に気づかれたとわかるや否や、二人とも堪えるのをやめて声に出して笑い出した。

「……ごめっ……！　……ごめんなさっ……お姉……～っ……」

「……まさっ……、……な弱点……っ……るとは……～っ!!」

笑い過ぎて言葉にならないように口を動かし、そして爆笑する。ティアラがこんなに大笑いするのも、ステイルが顔を真っ赤になるほど笑うのを見るのも初めてだった。だんだんと恥ずかしくなり、顔が熱くなる。わなわなと唇が震え、なんだかものすごく悔しくて涙が滲《にじ》んできた。

いやこれはゲームの設定のせいなだけで前世のレシピも色々覚えているし前世では結構料理ができていたのよ?!　と声に出したいけれどそんな言い訳ができる訳もなく。

「～～～っ……わ……私だってできないことくらいあります!!」

苦し紛れにそう叫び、涙目がバレないうちに厨房の隅へと逃げた。膝を抱えて座り込み、不貞腐れたふりをする。……ティアラを筆頭にステイルとアーサーが謝りながら慰めてくれるまでこっそり泣いてしまったのは死ぬまで内緒だ。

結局、招かれたパーティーには四人の合作という形で林檎ジャムを贈ることになった。

料理ばっちりの三人が代わりに料理をしてくれて、更には私の惨殺した林檎まで使ってくれたお陰だ。特に乙女ゲームの主人公であるティアラは、全部が全部初めてなのにも関わらず最初から林檎をくるくる剥くし、まるでプロの料理人のようにナイフや包丁を使うことができた。ゲームでも攻略対象者に贈り物でお菓子を作ったり、ジルルートでは暫く城から離れて庶民に紛れて過ごす中で自炊を見事にこなしていた気がする。私がラスボスチートというのならば、女子力チートといったところだ

ろうか。私が料理に携わるだけで黒焦げ液状化現象を引き起こすなら、ティアラが携わった料理は確実に美味《おい》しく仕上がるのだろう。次から異世界料理を作る時はティアラに協力を仰ごうと決めた。

その後もパーティーではジルベール宰相のお屋敷で働くことになった侍女のアグネス、テレザ、トリクシーと衛兵のサルマンに挨拶《あいさつ》できたり、騎士団代表として招待された騎士団長からアーサーの先輩でもある本隊騎士の方々を紹介してもらうこともできた。……ただ、

「じっ……ッ自分はア、アアアラン・バーナーズと！　申します！　はい‼」

「カラム・ボルドーと、申します。三番隊で騎士隊長を任じられており……」

「エリック・……～っ、ギルクリストと申します……‼　お初に、お目に掛かります……！」

「……アーサー・ベルスフォードです。この度、……本隊に入隊をさせて頂きました……」

……なんだか、色々申し訳ない。

私が声を掛けた後、騎士団長はお互いに挨拶を交わしてすぐに「彼らは私の優秀な部下達です。どうぞごゆっくり」と部下四人を置き単身で父上へ挨拶に行ってしまった。騎士団長がわざわざ部下を紹介してくれるなんて珍しい、私も話したかったからそれは嬉《うれ》しかった。ただ、パーティー前にも会ったアーサーと知らないふりで挨拶したり、更には一緒に招かれた彼の先輩騎士三人にまでものすごく緊張させて気を遣わせてしまった。

アランという騎士隊長はすさまじい緊張っぷりでガッチガチのまま声まで上擦っていた。まさか隊長格相手にここまで萎縮《いしゅく》されてしまうなんてとこっそり落ち込んだ。しかも上擦っていた声を最後まで上手く聞き取れなかった結果、未だに名前が〝アラン〟なのか〝アーラン〟なのか自信がない。

その次に挨拶してくれたカラムという騎士隊長も、アラン隊長ほどじゃないにしろピリリッと緊張

の色が見て取れた。すごく改まって一から十まで挨拶してくれたけれど……実は彼、私は今までも何度か顔を合わせている。式典とかでよく騎士団長達と一緒に出席しているし、二年前に騎士団演習場に視察に行った時は副団長と一緒に迎えてくれた。もう一人の騎士のエリックなんて、私が初めて司った叙任式で誓いを交わした騎士なのに。記憶が正しければ二年前の騎士団奇襲事件の時にも見覚えがある。

にも関わらず、全力で初めましての体で彼らに挨拶をされてしまった。つまり私が彼らを忘れていると思われているということだ。確かに式典では山のように大勢の来賓と挨拶を交わすし、騎士団だって新兵抜いても大勢いるし、覚えていないと思われても仕方ない。実際、数回しか合っていない騎士を覚えている王族は少ないだろう。ちゃんと覚えているのにここまで気を遣われてしまうとひたすら申し訳ない。優しいし気遣ってくれるし礼を尽くしてくれて……流石は騎士団長自慢の部下達。

次に騎士とお話する時は、気を遣われる前にちゃんと私から話そう。今回は完全にタイミングを逃してしまった。

それにカラム隊長はまだしも、エリックは本当に私を忘れてる可能性もある。何度も顔を合わせたカラム隊長さえ名前を聞けたのは今日が初めてだし、エリックは形式的に誓いを交わした相手よりも騎士になれたことの方が嬉し過ぎて私のことをまるっと忘れているのかもしれない。あの時は本当に本当に嬉しそうだったもの。真っ直《す》ぐに私を見上げて目を潤ませてくれた彼の姿は、他の騎士達同様によく覚えている。……だから忘れられていた場合は結構悲しいのだけれども。

それでも、今までアーサー以外の騎士とは挨拶くらいでじっくり話すことはできなかったから、こうして短い時間でも話をすることができたのはすごくすごく嬉しかった。……だけど、何より一番今日嬉しかったことは、パーティーの締め括《くく》りで発表されたジルベール宰相とマリアの婚姻発表だ。沢山の祝福に包まれて、ジルベール宰相主催のパーティーは和《なご》やかに終わりを迎えた。心から幸せそうに肩を寄せ合う二人を前に、私も惜しみない拍手を送った。

末永くお幸せに、と。心から願いながら。

去年の法案協議会から、今日で一年。

「はっ……⁈　……え⁉　…………⁈」

いつものようにステイルの稽古場《けいこば》へ手合わせに来たアーサーは、私達の話に激しく動揺した。蒼《あお》い瞳を白黒させ、私とステイル、そしてティアラを何度も見比べる。そして自分の言いたい言葉を必死に探すように口を動かした。

「近衛、騎士……⁈　それが、今日の法案協議会で可決……⁈」

「ああ。そして制定後は発案者であり第一王位継承者である姉君が、有事の際は必ず近衛騎士を護衛として傍につけることになる」

ステイルが畳みかけるようにアーサーへ話を続ける。無表情にも取れるその表情は確実に笑んでいた。確認するかのように顔ごと熱い視線を向けてくるアーサーに私は少し苦笑いをして返す。

「発案……といっても、実際にその案を形にしてくれたのはステイルとジルベール宰相なのだけれどね」

半年以上前、ジルベール宰相は、相談したその翌日に希望通りの近衛兵と近衛騎士導入の具体案を作り上げてくれた。そしてそれを速攻で読破したステイルが訂正修正と意見を押し通し、その打開策をジルベール宰相が更に上塗りする形で今回の法案が完成した。それはもう、法案協議会の落ち着いた雰囲気とは比べ物にならないほどに二人とも白熱していた。

私の部屋でジルベール宰相が持ってきてくれた大量の紙束を前に、ジルベール宰相とステイルが「やはり身辺警護というのならば近衛兵、近衛騎士ともに最低でも三、四名の小体制が良いかと」「信頼できる人間でなければ姉君の警護は任せられない。どこかの宰相のように影で糸を引くような輩《やから》だったらどうする」「ですがたった一人では身辺警護の意味合いとしては決定打と根拠に欠けるのでは」「取り敢《あ》えず今は有象無象《うぞうむぞう》よりも精鋭だけいれば良い」「ならば最初は数年試験導入という形で一名ずつ、将来的にはそれ以上の人数の導入を目標に致しましょう。その間に優秀な次期摂政殿が信頼できる騎士と衛兵を見つけて下されば問題ありません」「言われなくてもそうするつもりだ。こちらには優秀な腹黒探知騎士がいる」「ああそうそう、ジャック殿はさておきアーサー殿をどのようにして自然に近衛騎士にするかですが」……と、息つく間もなく口で殴り合う様子はもう圧巻だった。

ステイルがジルベール宰相とわりとちゃんと話ができていたのはほっとしたけれど、時折互いに交わされる皮肉は健在だった。ジルベール宰相に至ってはステイルとの問答をなかなか楽しんでいるようにも見えた。

そうしてステイルとジルベール宰相との努力と戦いの結晶である「王族護衛の為の近衛兵・近衛騎士導入案」は今日の法案協議会に一発で通った。若干、ジルベール宰相が裏で手を回してくれた気がしないでもないけれど。

取り敢えずは発案者であり、そして未来の女王でもある私が試験導入という形で騎士一人、衛兵一人を近衛として傍に置くことが決定した。今まで通り護衛の衛兵とかは複数名必要に応じて付け、そこに加えて普段の日常では近衛兵、外出や有事には近衛騎士という形で固定の人間を必ずつけるということになった。数年は様子を見て、有用だと判断できたら本格的に女王と第一王位継承者に近衛兵、近衛騎士を最低一人以上から複数名つけるという見通しだ。

「募集は?!　選抜はいつからだ?!」

やっぱり騎士団長とか隊長格じゃねぇと立候補もできねぇのか?!　とアーサーはステイルに詰め寄る勢いで前のめりに食いついた。あまりの迫力に私もティアラも気圧《けお》されてしまう。近衛騎士に興味を持ってくれているようで嬉しいけれど、守る対象は残念ながら主人公のティアラじゃなくて私なのだけど良いのかしら?

「もう決まっている」

そんな中、ステイルだけが全く動じず平然とアーサーの質問に答えていく。ステイルの返答にアーサーが「なっ?!」と一度言葉を詰まらせた。

「ンだよ?!　もう隊長格の方々とかで決まってンのか?!　それとも騎士団長の父上か副団長のクラークが……」

「馬鹿《ばか》言え。お前以外に姉君の近衛騎士を任せるものか。お前が近衛騎士になるように俺とジルベールで算段はつけた」

敢《あ》えて眉間《みけん》に皺《しわ》を作って言い放つステイルに私とティアラはこっそり苦笑する。この日の為にステイルがジルベール宰相と頑張ってきたことを私達は知っている。

今回は試験導入という理由で騎士団長や副団長、隊長格である隊長、副隊長はまず枠外になった。それぞれ役職に備わった仕事があるし、王族の警護とはいえ試験導入の為に本分である各騎士隊の指示系統を乱す訳にはいかないという理由だ。近衛騎士が正式に導入されるまでの間に、隊長格の騎士も近衛騎士として任じられる体制を整えていくということになった。……まぁジルベール宰相なら試験導入なしでも本当は早々に整えることができたのだろうけれど。

「なら、俺よりも騎士の経験の長い先輩方が優先されるンじゃねぇのか？」

「普通はな。だからいっそのこと本隊入隊試験と同様の方法も考えたが……」

「もぎ取る」

ステイルが最後まで言う前に、アーサーがはっきりと断言する。そのまま凄まじい覇気で指をバキバキと鳴らした。つまり騎士団で隊長格以外の騎士相手にならばトーナメント戦でも勝つ気満々という意味だ。流石未来のアーサー騎士団長。

「いや、必要ない。俺とお前は剣の稽古を三年前からしている。それを理由に王族との信頼関係を築いたということで打診を」

「ンな身内贔屓《びいき》でなっても意味ねぇだろォが。その最初に言ってた本隊試験と同じ選抜方法で良い」

「それだと万が一ということもあるぞ」

「俺が負ける訳ねぇだろ。誰と三年も稽古してきたと思ってやがる」

アーサーがそう言ってニヤリと笑うと、ステイルも少し間を置いてからその口角を吊り上げた。

「……負けたらどうなるかわかっているな？」

「ハッ！　知ってら」

何やら不敵な二人の笑みに、私まで釣られて笑んでしまう。ティアラも楽しそうに飛び跳ねて「これでこれからアーサーとも沢山一緒にいられますね！」と私に満面の笑顔を向けてくれた。

それから三日後、急遽《きゅうきょ》行われた騎士団の隊長・副隊長を除いた近衛騎士志願者による勝ち抜き戦。

……何故か除外者以外の騎士全員が志願したそのトーナメント戦は恐ろしい規模になり、二日がかりで行われることとなった。しかも怖いことに参加騎士全員がものすごい覇気と闘志に満ち溢れていて、もう観《み》ていた私は手に汗握るどころじゃ済まなくなった。

近衛騎士という響きが気に入ったのか、近衛騎士に与えられる褒賞が魅力的なのか、それとも王族を護《まも》る栄誉か。……少し騎士団の給料の見直しとか待遇の改善とか見直すべきかしらと色々考えさせられてしまった。そして、その二日がかりの激戦を勝ち抜いたのは――。


「……本当にどうしようかしら。まだ全然良い案が思いつかなくて……」

「大丈夫ですよ！　お姉様達ならきっと素敵な名前をつけられます！」

「プライドがそこまで気負う必要はありません。突然バトラー家第一子の名付け親になって欲しいと望んできたのはジルベールの方なのですから」

十五歳の私は、ティアラとステイルに励まされながら近衛兵のジャックと共に宮殿を出る。

今の私はいくつもの難題に悩まされていた。我が国の独自機関についてや同盟国との共同政策。そして、先日産まれたジルベール宰相とマリアとの間に産まれた女の子の名付けだ。

「……さあ、来ましたよ。ジルベールからの依頼はプライドだけの課題ではありません。馬車の中でゆっくり考えましょう」

黒縁の眼鏡《めがね》を押さえながらステイルが軽く前方に目を凝らす。視線の先へ私も顔を向ければ、凄まじい速さで一人の騎士が駆けてきているところだった。ティアラが嬉しそうに声を上げ、ぴょんと飛び跳ねながら手を振った。近衛騎士である彼は、毎回私達が指定する十分前には何が何でも王居の門前で待っていてくれている。

馬車の前で並ぶ私達に気づいたからか、彼は遠目からでもわかるくらいのすごい形相で「すみません!!」と声を上げげた。それから滑り込みセーフで十分前に私達の前に辿《たど》り着いた彼は、酷く息を切らせて膝に両手をついた。

一体どうしたのかと尋ねれば、ゼェハァと息を荒らげながらも遅れた理由を話してくれる彼にステイルは呆《あき》れながら言葉を返し、ティアラが侍女から受け取った水を差し出した。今回は単なる城下視察だし、そこまで死ぬほど急がなくても良かったのに。

「……すみません。お見苦しいところをお見せしました」

最後に呼吸を整えてから申しわけなさそうに頭を下げてくれる彼に私は「気にしなくて良いわ」と返す。無理はしないで欲しいけれど、そこまで彼が急いでくれたのは間違いなく私達の為だから。

「いつもありがとう、アーサー。今日の視察もよろしくね」

〝近衛騎士〟アーサー・ベレスフォードと共に私達は馬車へと乗り込んだ。

第四章　残酷王女と罪人

「予定より大分遅くなってしまいましたね」

ジルベール宰相のパーティーから約一年。ステイルが馬車から窓の外を眺めながらそう呟《つぶや》いた。ティアラも釣られるように窓の外を覗《のぞ》き込んでいる。

「ええ。でもこの後は予定もないし、夕食に間に合えば平気よ」

もともと視察で遅くなるかもと長めの時間で予定にも組み込んでいた。……まぁ、遅くなったのは視察よりもジルベール宰相の第一子をついつい愛《め》で過ぎてしまったからなのだけれど。

今日、私達は近衛《このえ》騎士のアーサーと一緒にジルベール宰相の屋敷にお邪魔していた。産まれたばかりの娘さんに名前をつける為《ため》に。

先日、ジルベール宰相直々のご指名で私とアーサーはその大任を任されてしまった。本気でどうするか悩みまくったけれど、最終的にはジルベールとマリアンヌの名前を混ぜた〝ジャンヌ〟か、私にとって女の子の理想であるティアラと、アーサーにとって尊敬すべき友人であるステイルの名を取って〝ステラ〟で二案を出し、最終的にステラで可決した。……本当に、無事に決まって良かった。

「そろそろお城に着きますよ！」とティアラが声を上げる。私も窓の外を覗き込むと、確かにもう大分見覚えのある景色《けしき》になっていた。そしてアーサーが扉を開ける準備をしようと身体《からだ》を起こした、その時。

ガタッ……ガタ……

馬車が緩やかではあるけれど、突然動きを止めた。不審に思い、私とティアラは再び窓から顔を覗かせ、アーサーとステイルはそれぞれ静かに剣を構えた。馬車の向こうから衛兵の声で「おい起きろ!!」「早く退《ど》かせ!!」と騒ぐのが聞こえる。

「どうした！　何があった?!」

私とティアラを守る為に剣を構えるアーサーをステイルが扉前から退かし、扉越しに外にいるであろう衛兵へ声を荒らげた。すぐ慌てるように衛兵が駆けてくる足音が聞こえる。申し訳ありません！　という返事とともに扉越しから報告が入った。

「浮浪者が行き倒れて道を塞《ふさ》いでおりまして……只今《ただいま》退かしておりますので少々お待ち下さい！」

浮浪者……それ自体は我が国でも珍しくもない。ただ、ここは王族が住む城のすぐ傍《そば》だ。こんなところに何故《なぜ》？　とステイルやティアラも同じ意見なのだろう。本当は自分の目で確認したかったけれど、稀《まれ》に王族を狙《ねら》った野盗や情けを狙ってわざと物乞《ものご》いをする輩《やから》もいる。安全を優先して私達は扉を開けずに席に座って待った。衛兵には生きているようなら水と食料を少しだけ分けるように伝える。

暫《しばら》くして、ドサッと何かを放《ほう》る音と共に馬車が動き出した。私もティアラも気になって窓からそっと浮浪者が退かされたであろう方向を覗く。ボロボロの衣服とフードで身を包み、ぐったりとした様子で倒れていた。後でアーサーにお願いして様子を見に行ってもらおうかと、そう考えた時だった。

衣服から伸びた、褐色肌の手足に気がついたのは。

「！　停《と》めて下さいっ!!」

考えるより先に声が出た。速度が乗ったばかりの馬車が私の命令で再び急激に動きを止め、蹄《ひづめ》と車輪の音と同時に馬車が前のめりに激しく揺れた。

アーサーが転がりそうなティアラを受け止めステイルが足に力を込めて踏ん張る中、私は勢いに任せて扉に手を掛け馬車から飛び出した。

衛兵が驚いた様子で手を伸ばし、馬車の中から三人が私の名を呼ぶ。近衛騎士のアーサーが続くように追従してくれ、ステイルもさらにそれに続いた。お待ち下さいステイル様、ティアラ様、プライド様と後続の衛兵が私達を引き留めようと追いかける。でもそれに答えている場合じゃなかった。走りながら、私は四年前のことを急速に思い出す。

『貴方《あなた》がもし己ではどうしようもない事態に直面し、心から誰《だれ》かの助けを望む時は私の元へ来なさい』

もし、もし彼が、本当に、

『貴方がそういう事態に陥らなければ杞憂《きゆう》で終わる命令です』

本当に、杞憂で終わってなかったら!!

「ヴァル!!」

力の限りに声を張り上げ、地面に横たわる彼に駆け寄った。私が足を止めると同時に背後からプライド様、とアーサーの声が掛けられる。大丈夫、と断って私は彼の様子を見た。

反応はない。完全に気を失っているようだった。私は膝《ひざ》をつき、恐る恐るフードを取れば間違いなく彼だった。四年の月日を経て顔付きが少し変わっていたけれど、むしろゲームに出てきた時の顔と殆《ほとん》ど同じだ。息はしているけれど少し魘《うな》されている。自分の膝に彼の頭を乗せ、衛兵が置いたのであろう水の入った皮袋を手に彼の口へと注いだ。その間に今度はステイルが駆け寄ってくる。姉君、と私を呼んだ後ヴァルに気づいて「この男は……」と目を見張った。

水を飲んだヴァルは一瞬ガフッ、と咽《む》せた後に細く目を開いた。段々と焦点が合ったのか、一瞬だけ私を見て大きく見開き、また気を失ってしまった。

「プライド様、その男は……」

アーサーは、覚えていないようだ。映像で見たとはいえ、直接会うのは今回が初めてだから無理もない。次々と衛兵も集まってくる。どうかなさったのですか、お怪我《けが》は、と口々に私達へ問いかける。ステイルは衛兵やアーサーにどう言うべきか少し惑っているようだった。だから敢《あ》えて私はここで断言する。

「彼の名はヴァル、私の客人です。このまま連れていきなさい」

ステイルが驚愕《きょうがく》し、アーサーはポカンと口を開けた。

彼が偶然この場に居合わせたのか、それとも私に会いに来たのかはまだわからない。けれど、彼を再び野に放つのはそれを確認してからでも遅くはないはずだ。彼を隷属の身に堕《お》とし、命じた私にはその責がある。

目に見えて怪我と衰弱が激しいヴァルを私達は衛兵に命じて城の救護棟へ運んで貰った。常駐している怪我治療の特殊能力者の医者のお陰で、見た目の酷《ひど》い怪我は大分治癒《ちゆ》することができた。傷、というよりも打撲と擦り傷が酷かっただけらしく、特殊能力の治癒が効くまで一日安静にすれば大丈夫とのことだった。

最初は衛兵と救護棟の医者達に任せ、父上と母上に〝知り合い〟を一時的に城へ招き入れる許可を貰《もら》ってから私達は再び救護棟へ戻った。勿論《もちろん》ステイル、アーサー、ティアラも一緒にだ。ティアラもヴァルのことは覚えていて最初はとても怖がっていたけれど、今は少し落ち着いてステイルの背後に隠れながらもヴァルの様子を窺《うかが》っている。

第一王女の客人……ということで、私達が到着した時には救護棟の個室のベッドで眠っていた。気を失っている間に泥で汚れた身体を清められ、衣服も簡易ではあるけど清潔感のある服を着用させられていた。さっきまでの浮浪者とはまるで別人だ。

大分衰弱していたのか、今の今まで全く起きる様子がない。睨《にら》んでも悪態をついてもいない力の抜けたヴァルの顔をまじまじ見ると、恐らく二十代前半といったところだろうか。もともとゲーム絵師のお陰で整った顔に描《か》かれていたけれど、こうして眠っていると褐色肌と相まってなかなかの美男子にも見える。ゲームでは悪い顔と驚いた顔の二枚しかなかったからわからなかった。

彼は一体この四年間、どう過ごしてきたのだろうか。

ティアラが恐る恐る私の隣へ、そしてヴァルへと近づいてくる。まだ少し怖いのか、私が手を握るとすぐに強く握り返してきた。それでも震える手で心配そうに眠るヴァルの焦茶色の髪に触れ、毛先を掠《かす》めるようにその頭を撫《な》で、

「ッ!?」

褐色の手が、ティアラの細い腕を掴《つか》んだ。

さっきまで眠っていたはずのヴァルが突然ティアラの腕を掴み、飛び起きる。驚いたティアラの甲高い悲鳴が響き、その手を離せとステイルとアーサーが剣を構えた。

「ヴァル命令です！　その手を離しなさい!!　その子は王族の人間です!!」

私が声を荒らげた途端、ヴァルは私の方を振り向くより先にその手を離した。

隷属の契約を交わした主《あるじ》である私の命令で彼は他者に危害も、王族には指一本触れることもできない。恐らく今のは本当に反射的に掴んでしまったのだろう。

ヴァルは訳がわからないといった様子で、若干混乱しているようだった。ティアラを掴んだ自分の手を見つめ、次には自分の身体や格好に驚き、次に自分のいる場所に戸惑い、最後に私達の方を見た。

「ここは……⁈　今はいつ、……お前らは、……あいつらは⁈」

言葉が纏《まと》まらないらしく、まだ大分動転している。

「落ち着いて話を聞きなさい。ここは城の中、貴方は城の途中の路《みち》で倒れていました。私はプライド・ロイヤル・アイビー。……貴方と隷属の契約を交わした主です」

私の命令で否《いや》が応《おう》でも黙って話を聞いたヴァルは、最後に目を見開いた。一瞬、その場から逃げようとするように身を起こしたけれど、すぐにその動きが不自然に動き出す。

「なっ⁈　ア……グァ………ックソ‼」

まるで何かに操られるかのようにベッドの上から身を屈《かが》め、膝をつく。隷属の契約で命じた内容の一つ〝王族の人間には敬意を払え〟だ。私達がここにいる限り、彼は私の命令なしに王族を横切ることどころか、立ち上がる事すら許されない。ヴァルはまるで身体がベッドに接着したかのようにその場から動けなくなった。

これが隷属の契約。四年前、騎士団奇襲事件の一味である彼へ私が下した刑だ。

ヴァルは抵抗するように身体を動かしたがるけど、王族である私達の前でそれは叶《かな》わない。

「先に紹介しましょう、よく聞きなさい。この子は第二王女ティアラ、こちらは第一王子ステイル。一度会ったことがあるでしょう。この子達も私と同じ王族の人間です」

隷属の契約内容には〝王族の命令には従え〟というのがある。彼がこれを認識すれば、もう私の次にステイルとティアラにも逆らえなくなる。ヴァルは目だけでステイルとティアラを確認すると更にその顔を歪《ゆが》めた。

「答えなさい、ヴァル。貴方は何故、あの場に倒れていたのですか」

隷属の契約でヴァルは私に嘘《うそ》や誤魔化し、口を閉ざすこともできない。彼は苦しそうに歯を鳴らし、そして次第に口を開いた。

「ア……王女殿下のっ……御命令通り……隷属の契約によりッ……参り、ました……ッ……」

やはり偶然ではなかった。彼は私に会いに来たのだ。憎々しげに敬語で言葉を紡ぎながら、その指が怒りで震えていた。

「…………。……人に危害を加えないことを条件に私達への不敬を許しましょう。楽になさい」

あまりにも無理やりといった形で彼を隷属に縛りつけることに私の方が耐えられなくなる。話を聞くとしてもこの状態はあまりに酷過ぎる。私が命令で一時的に不敬を許すと、まるで金縛りが解けたかのように目に見えて彼の身体から力が抜けた。そして次の瞬間、彼はベッドの毛布を翻《ひるがえ》し窓へ向かって一目散に駆け出した。

「ッ待ちなさい!!」

ステイル、アーサーが動くより先に私の言葉が彼を刺す。私が叫ぶとほぼ同時にヴァルはその足を不自然に止め、私達に背中を向けたまま動かなくなった。

「クソッ……この……!!」

抵抗を続けるヴァルに私はゆっくりと歩み寄る。

「こちらを向きなさい」

ヴァルが方向転換し、憎々しげな眼差《まなざ》しで正面から私を睨む。褐色肌に焦茶の髪、そして鋭いその眼光は私への敵意に満ちていた。

「何故、いま逃げようとしたのですか」

私は問う。一つひとつ彼の行動理由を。

「ッ……隷属の契約でテメェに引き寄せられただけだ。王族連中へ用なんざ最初からねぇ」

ギリッと彼の牙《きば》のような歯を食い縛る音が聞こえる。つまり、彼は私の助けを必要としていないということだろうか。……いや、でも助けを求めないならそもそも隷属の契約が発動する訳がない。

「私に望みがあったのではないですか」

「ッ違う!! 俺《おれ》はテメェには助けなんざ」

「〝には〟ということは私ではなくとも誰かの助けを望んだ訳ではないのですか」

私の追求に彼は息を飲む。私から目を逸《そ》らし、ギリギリと歯を鳴らしながら小さい声で忌々しげに「そうだ」と呟いた。主に嘘をつけないとはいえ、自分でもその事実を認めたくないのかもしれない。小さく振り返ればステイルやティアラ、アーサーも皆ヴァルのその言葉に驚いた顔をしていた。

彼は私の助けを望んでいない。でも、誰かの助けを望んでいる。

「……ならば、ヴァル。問いましょう」

私がそう言い、息を吸い込むとヴァルは突然まるで怯《おび》えるように「やめろ!!」と声を荒らげた。小さく後退《あとずさ》りをし、拒むように荒く息を吐き出した。

私が問えば彼は答えを拒むことはできない。それでも私は止めるつもりはなかった。四年間一度も私の元へ来なかった彼が望んでしまったほどの窮地《きゅうち》だ。本人が私の助けを望もうと望まなかろうと私は聞かなければならない。残酷とはわかっていながらも私は彼へと言葉を投げる。

「ヴァル。貴方の心からの望みを言いなさい」

次の瞬間。ヴァルは、酷く苦しみだした。

自分の喉《のど》を両手で掴み、まるで声が出るのを拒むかのように強く絞め上げた。グァ、と声を絞り、それでも話そうとする口へ抵抗するように何度も何度も自分の首を絞め上げる。このままでは先に彼が窒息死してしまいそうだった。

「無駄な抵抗はやめ、手を放しなさい、ヴァル」

声を張ると、ヴァルは手を細やかに震わせながら喉から放した。その場に崩れるように両膝をつき、耐えるように床へ拳《こぶし》を押し付け、それでも次第に彼の口は動き出す。

「……ッ…………助……て、……くれっ……」

小さくてあまり聞こえない。私がもう一度と命じると、彼は屈辱に歪んだ表情でまた口を開いた。

「ッ助け……てくれ!!　………をッ……」

やはり彼は助けを望んでいる。でも、まだ何かを隠したがっているかのように歯切れが悪い。

「主として命令します。貴方のその望みをはっきりと口にしなさい!!」

抵抗を続けるヴァルへ無慈悲に告げる。その瞬間、ガリッと本当に自分の歯を噛《か》み砕いたような硬い音とともに彼は声を張り上げた。


「ッガキ共を!!　助けてくれッ……!!!」

悲痛な、必死とも取れる彼の望みが部屋中に木霊《こだま》した。その言葉と同時に、彼は力尽きるようにしてその場に伏した。息を荒くさせ、どれだけこれを言うまいと抵抗したのかが床に滴り落ちる汗の量からよくわかる。

「ガキ共……？」

どういうことですか。と私は膝をつく彼を見下ろしたまま説明を求める。すると彼は今度こそ観念したかのように答え出した。

「下級層のガキ二人だ。……人身売買の連中に連れていかれた」

吐き捨てるように言う彼はそのまま私の方を見上げようとはせずじっと床を睨んだ。

「助ける方法は？」

「二日後の夕暮れ時に五人の身代わりと引き換えだとよ。……俺にできる訳ねぇが」

ヴァルは契約で犯罪関連は何もできない。己で実行することも、誰かに依頼することもだ。つまり実質的に助けることは不可能だということになる。……何より、その人身売買の人間が本当に人質を返してくれるかも怪しい。

「……ちゃんと話してやったぜ王女サマよ。もう俺に用はねぇだろ、さっさと解放してくれ」

敢えてだろうか。言葉も出ずに黙っていると、ヴァルは下卑た笑みを私へ向けながらそう言った。

「…………二日後とはいつですか」

「さてな。俺が這《は》いずり回って最後に意識が途切れたのが翌日の昼だ。それからどれだけ経《た》っているかによるが」

そう言いながらヴァルは窓の外へと視線を向けた。もう陽《ひ》が大分陰り暗くなっている。私達が城下を降りた時にはヴァルはいなく、そして帰ったのが夕方手前だ。そこから考えて私が独《ひと》り言のように

「ならば期限は明日ということになりますね」と告げると、ヴァルは忌々しげに外を睨んだ。

「………………貴方はどうするつもりですか」

「……どうしようもねぇな。慈悲深い王女サマが身代わり五人俺に寄越すか、明日一日だけでも奴《やっ》らをぶっ殺す許可を下されば別だが」

半ば私を馬鹿《ばか》にするように笑い、見上げる。口元だけはニヤけているのにその目はどこか力なく虚《うつ》ろんでいた。私が「それはできません」と断ると彼は「だろうな」と鼻で笑った。

多分彼は半ば諦《あきら》めている。隷属の契約で手段も奪われ、為《な》す術《すべ》は何もない。ここで彼を解放したところできっと代わりの身代わりを一人も用意することはできないだろう。

だからこそ、私は彼に命じる。

「……ヴァル。貴方を今晩軟禁します」

私の言葉にヴァルは「なっ⁈」と声を上げ、そのまま掴みかかるような勢いで立ち上がった。

「待て‼　俺にゃもう用はねぇはずだろ⁈　ならさっさと解放をっ……」

「なりません。貴方を今晩帰すわけにはいきません」

そう言って私がステイル達のもとへと歩む。するとヴァルは立ち尽くしたまま声を荒らげ始めた。

「どういうつもりだ⁈　これも俺への罰だってぇのかこのッ……バケモンがッ‼」

彼の発言に、ふと懐かしい気さえする。そうだ、彼は四年前私をそう呼んでいた。

バケモン、という台詞《セリフ》にアーサーが反応して剣を握り直す音がし、ステイルがそれを手で制す。

「ステイル、アーサー」

ヴァルを無視したまま私はステイルとアーサーの間に立ち、交互に見つめた。二人とも私の声ですぐにこちらを見つめ返してくれた。そのまま私が次の言葉を続ける前にステイルは「プライド第一王女の御心のままに」と深々と頭を下げ、アーサーもその場に跪《ひざまず》いてくれた。ティアラもその二人の様子に息を飲み、覚悟したように私へ頷《うなず》いた。

「彼らを助けます」

宣言し、再びヴァルの方へと振り返る。彼は私の言葉を信じられないように目を剝《む》いて開いた口が塞がらないまま私達を見つめていた。

……ヴァルへの答えは決まっていた。人身売買は我が国では禁じられた違法行為。そして子どもを攫《さら》う外道を見逃《みのが》しては置けない。何よりあのヴァルが自分以外の誰かを助けたいと心から望むのであれば、私はその手を掴む義務がある。

「命令です、ヴァル。その者達の情報をでき得る限り私達に話しなさい。攫われたその子ども達についても含め、全《すべ》て」

私との隷属の契約によって、彼は人を傷つけることも嵌《は》めることも奪うこともできない。ならば。

「我が民を、そして貴方の大事な人達を私が奪い返します!!」

「……良いか、ティアラ。……俺がもし……の時は、これを……！」

……………誰……？

男の人だ。誰なのか、顔が黒く塗り潰《つぶ》されているようでわからない。でも、……私はこの声を、この人を、知っている。

「そんなっ……きっと、他《ほか》に方法がっ……」

……ティアラ。主人公の、ティアラだ。今より背も伸び女性らしい身体つきの彼女は目に涙を浮かべている。必死に手の中の物を抱えながら首を振り、それでも最後には手渡された物を受け止めて服の中に仕舞い込む。最後には強い意志と覚悟で彼に頷き、泣き出した。

「逃げられたら良いのにっ……、────……だけでもっ……」

「……その言葉だけで十分だ。でも、お前を守る為にそれはできない。それに……」

男の人の言葉一つひとつに、泣きながらもティアラが何度も頷く。わかってる、わかってると呟きながら最後には「大丈夫……！」と顔を上げた。

「私も、絶対守るから！　……を、死なせたりしないっ……！」

ああ、これは……ゲームの終盤だ。最後の戦いの前に、彼が……ティアラに……。

プライドから……私から民を、彼を守る為に主人公であるティアラが唯一自ら立ち上がるルート。

「ァアアアアアアアアアアアッ！！！！」

心臓に衝撃が走り、胸を押さえる。足元がフラつき、石畳を高価な靴が鳴らす。血が滴り耐えきれずに口からも鮮血を吐き出した。憎々しげに相手を睨みながら、恨みの言葉を最後に血溜《だ》まりへと倒れ込む。真っ赤な髪を自らの血で更に赤く染めた。

……ああ……私だ。私の、最低なラスボスに相応《ふさわ》しい最期だ。これで、国は救われ──……………、

「……っく……ひっ……くッ……！　……う、……うぅ……」

……泣いている。両手で顔を覆い隠してティアラが泣いている。そうだ、ティアラはこのルートで──……。

「……ライド様……プライド様……プライド様！」

アーサーの声で、目が覚める。

ぼやけた視界で見上げると、アーサーが心配そうな顔で私を覗き込んでいた。彼の背後からはステイルと〝人身売買と罪人に精通した人物〟として今回の作戦に協力してもらうことになったジルベール宰相まで手を止めて顔を向けてくれている。

「あ……ごめんなさい……？　私、眠って……、……⁇」

寝ぼけ眼《まなこ》を手で無意識に擦《こす》ると湿った感触がする。驚いて改めて目元を拭《ぬぐ》えば、目からは涙がとめどなく溢れていた。その上変に喉も渇いている。

「……！　ティアラまでっ……‼」

ステイルの言葉に、私はポカンとしたまま自分の膝で眠っていたティアラへと目を向けた。さっきまでは私が被《かぶ》さっていて顔が見えなかったけれど、彼女も私の膝で泣いていた。魘されているのか、可愛《かわい》い顔を苦しそうに歪めて閉じられた目からは雫《しずく》がポタポタと滴り落ちていた。

ティアラを揺らして声を掛ける。薄く瞼《まぶた》を開いたティアラはぼんやりと私を見上げ、寝ぼけている

のか暫くはそのまま何も言わなかった。心配になってティアラの目元を指先で拭うと、小さな唇がゆっくりと動いた。

「……お姉様も……泣いています」

手を伸ばして、今度は私の目元を細い指で拭ってくれる。自分も泣いているのに私なんかを心配してくれるなんてどれだけ優しい子なのだろう。

「姉君も、ティアラもどうしたのですか？」

ステイルもアーサーの隣に並んで私とティアラを覗き込んでくれる。その後に続くようにジルベール宰相も駆け寄ってきてくれて、私とティアラに一枚ずつ救護室のタオルを渡してくれた。

「……何か、夢見が悪かったみたい……。……心配掛けてごめんなさい」

どんな夢だったのかジルベール宰相に聞かれたけれど、思い出せない。膝の上にいるティアラも同じく覚えていないそうだ。変な時間に変な体勢でうたた寝をしてしまったから悪夢でも見てしまったのだろうか。涙が止まるまで目元をタオルに押し付けながらティアラとお互いに首を捻《ひね》り合う。すると突然ティアラがはっとし、どんな夢か思い出したのだろうかと思ったのだけれど、

「……え？　……キャアッ!?　私お姉様の膝でっ！　ご、ごめんなさい!!」

……どうやら違うらしい。いま完全に目が覚めたのか、私の膝から飛び起きたティアラは自分の涙で染みを作ってしまった私のドレスを確認して大慌てし出した。

「いいのよ。もう外出はしないのだから。私こそ勝手に膝に乗せちゃってごめんなさい」

ティアラの慌てた姿が可愛くて思わず涙が引っ込んだ。そのまま起き上がったティアラの頭を撫でる。

「いえ、私こそ」と謝り返してくれるティアラも驚きのあまり涙が引っ込んだようで、恥ずかしそうに顔を真っ赤にしていた。

「二人とも疲れが溜まっていたのでしょう。こちらも大体の策は練りました。そろそろ夕食ですし、王居に戻りましょう」

ステイルの言葉に私達も頷いた。

その後、アーサーには「この後、あの罪人のヴァルの様子見に行くンですよね？」「その時は、絶対に俺も呼んで下さい」と念を押された。ヴァルが四年前の奇襲者であることをステイルから聞いた彼はそれからずっと、私のことを心配しながらも付き従ってくれている。アーサーの意見にステイルも異論がないようで、夕食を終えてから皆で救護棟から別室に移したヴァルの様子を見に行くことになった。


夕食後、私達は城の料理人にお願いして一人分の食事を用意してもらった。各自部屋に戻った後、ステイルに特殊能力で迎えに来てもらい、ヴァルを匿《かくま》った部屋へと向かう。

「……！　プライド様」

視界が変わると既にアーサーが部屋にいた。どうやら私達より先にステイルに迎えに来てもらっていたらしい。私とティアラが彼を呼ぼうとするよりも先に、アーサーは私達を守るようにして片手を広げ立ち塞がった。

「気をつけて下さい」

そう言われ、アーサーの腕越しにヴァルのいるであろう部屋の向こうを覗き見る。……そこは、かなりの惨状だった。

救護棟とは違い、もともと家具も何もない部屋だ。けれど暴れた跡だろうか。まるでバットを振ったかのように小さなクレーターが床や壁などそこら中に出来上がっていた。彼をここに匿う為に瞬間移動させた時はあんなものはなかった。

すごく嫌な予感がし、アーサーの腕を少しだけずらしてティアラと一緒に部屋の奥を更に覗き込む。……ヴァルだ。今は大人《おとな》しく部屋の隅に座り込んでいるけれど、その手や足は皮膚がめくれ、所々鬱《うっ》血《けつ》し、血が滲《にじ》み滴り落ちていた。どう見てもさっき治療を受けた後にはなかった傷だ。部屋中の穴ぼこにされた壁や床にも血の跡が散らばっている。一体あれから何時間ここで暴れていたのだろう。

「……ぃよォ、今度は王族のガキ共か。殺風景が少しはマシになっただろ。王女サマに自由にしてて良いって言われたんでなァ？」

ニヤリと力なく笑いながら、ヴァルはその吊《つ》り上がった目で私達をジトリと睨みつけた。

「……暴れるな、とも命じるべきでした」

大丈夫、とアーサーにお礼を言い、私はヴァルに歩み寄る。そのまま食事を入れたバスケットを彼の前へと置いた。

「食べなさい。ひっくり返すなど粗末にすることは許しません。今日、貴方に怪我治療の特殊能力を施した医者によると、今晩安静にすれば治癒がかなり進むと言っていました。……その様子では、全く休めてはいないようですが」

そのまま「もうこの時間帯ならば周囲に人もいないので騒がしくしても構いません」と許可して、バスケットの蓋《ふた》を開ける。ヴァルは私の命令に忌々しそうに舌打ちをしながら、バスケットの中身へ

手を伸ばした。ガチャガチャと食器を乱暴に鳴らす音が響き、ふとヴァルが気がついたようにバスケットの中から……、

食事用のナイフを私へ振り投げた。

「ップライド様!!」

アーサーの声が響く。至近距離でしかも一瞬の不意打ちだったせいで私も反応ができなかった。空気だけが耳を擦り、反応できた時にはカンッという軽い音と共に銀製のナイフの刃先《はさき》が背後の壁に突き刺さっていた。

コンマ遅れてティアラが悲鳴を上げ、アーサーとステイルが凄《すさ》まじい形相でこちらに駆け寄ろうとする。私が大丈夫と叫ぶと止まってくれたけど、二人とも背中越しでもわかるほどヴァルへ殺気を放っていた。その様子にヴァルは楽しそうにニヤニヤと薄笑いを浮かべている。

「わりぃわりぃ、虫が見えたんでね」

私を試すように下卑た笑いを向け、顎《あご》でナイフを投げた先を示した。振り返ってよく見れば、窓から入ったのか中ぐらいの蜘蛛《くも》がナイフに刺されて絶命していた。

「……良い腕ですね」

「王女サマとの契約後は宝の持ち腐れだがな。お望みならフォークでも試してみるか？」

下卑た笑いを崩さないまま、ヴァルはバスケットの中からフォークを出して刃先を私に向けてみせた。……大丈夫、さっきのナイフも私には当たらなかった。隷属の契約で彼は人に危害を加えることはできない。強迫だってできないからこうやってギリギリの問いかけや態度で誤魔化しているだけだ。

「おい、そこの罪人。俺やティアラにも王族としてお前に命令権があることを忘れるな……!!」

ステイルが我慢ならないといった表情でヴァルを睨む。アーサーも剣を既に鞘《さや》から抜いていて、許しさえすれば一瞬でヴァルの懐に飛び込みそうな構えだった。

それでもヴァルの笑みは消えない。ひらひらと手を振るような動作をするとフォークを後ろへ放り投げ、バスケットの中の食事を手掴みで頬張《ほおば》り始めた。パンは勿論のこと、主菜のローストビーフも副菜も手から直接噛み切り飲み込み、スープもグビグビと喉を鳴らし全体的に咀嚼《そしゃく》音を酷く響かせながら食べ散らかし、あっという間に完食した。敢えて動物のように意地汚く貪《むさぼ》り、私達に見せつけるかのような食べ方だった。そして食べ終えたヴァルはまたさっきと同じ嫌な笑みを浮かべながら、私を見る。

「お上品な王女サマには見るに耐えなかったか？」

口元についた食べ残りを舌で舐《な》めずり笑う。じゅるり、という嫌な音が部屋に響いた。……やはり彼はずっと私達を挑発している。何故そこまで私達に不要なほど喧嘩《けんか》を売るのかはわからないけれど、少なくとも今の状況が本人には酷く不満であることだけはひしひしと伝わってきた。

「いくら不興を買おうとしても無駄です。明日まで貴方をここから出すつもりはありません」

そうはっきり私が告げると急激に彼の顔が歪んだ。舌打ちをし、吊り上がった目を更に尖《とが》らせてそっぽを向いた。

「罪人へ餌付《えづ》けの時間は終わりか？　ならさっさと帰ってくれ」

両腕を固く組み、もう話す気はないと全身で意思表示する。私は仕方がなく彼が食べ散らかした食器を拾い始めた。

「ならばあとは大人しく眠ることですね。そうしないと少なくともこの部屋に来るまでの傷が完治し

ません。子ども達を助ける為にも貴方がまずは万全の」

「ッ言ったはずだ‼　テメェらの助けはいらねぇと‼」

ヴァルが声を荒らげ、怒鳴る。

顔だけがこちらを振り向き、牙のような歯を剥き出しにし鋭い眼《め》を刺すかのように私へ向けてくる。

隷属の契約で彼は私達に嘘をつくことはできない。つまり彼の言葉は全て本心だ。

獣の唸《うな》り声のように息を吐きながら威嚇《いかく》され少し怯《ひる》む。それでもなんとか持ち直し、彼が食べ散らかし終えた食器をバスケットに仕舞い、持ち上げた時だった。

「……っ。……あ、貴方は……け……ケメトと、セフェクを……助けたいのではないのですか……？」

ティアラだ。

ケメトとセフェク。どちらもヴァルが連れ去られたという七歳と十一歳の子どもの名前だ。小さな声で細い身体を縮こませながら彼女はヴァルに問いかける。

「……そうだ。が、テメェらの助けは求めてねぇっつってんだ」

ジロリ、とティアラを横目で睨みながらヴァルが答える。アーサーだけでなくステイルも小さくティアラを守るように片手で制し、これ以上前に出ないようにと押さえた。

「……その子達が、大事なのではないのですか……？」

大事なら何故素直に助けを受けようとしないのか。きっとティアラはそう言いたいのだらう。ビクビクと肩を、そして唇を震わせながらも必死にヴァルを見つめている。

「アァッ⁈　大事なんかじゃねぇよあんなガキ共‼」

「えっ……？」

即答するヴァルの言葉に、ティアラは戸惑いを隠せない様子だった。それにヴァルは苛々《いらいら》と舌打ちを何度も鳴らし、身体を揺らす。

……なら、何故彼らを助けて欲しいのか。ティアラだけではない。私も、ステイルも、アーサーも誰もが理解できずに言葉に詰まる。

「……心配じゃ、ないのですか……？」

ティアラは問う。必死に彼を理解しようと問いかけ続ける。

「心配じゃねぇッ‼　適当な言葉で当て嵌めんじゃねぇ‼」

それでも、ヴァルは拒む。

隷属の契約は交わしている。不敬は許したけど嘘は許していない。つまり彼の言葉は真実だ。

「ならっ……何故、助けたいと思うのですか……？」

「必要だからだ‼　俺が！　楽に生きていくっ……その為に‼」

楽に⁇

まさか、ヴァルはその子ども達を利用しているとでもいうのだろうか。自分にとって都合の良い人間だから、隷属の契約で自由が利かない自分の代わりに手足となって動く召使いや労働力として、彼らを必要だとでもいうのだろうか。

彼らも同じ考えなのだろう。ステイルは眉間《みけん》に皺《しわ》を深く刻んで穢《けが》らわしいものを見るような眼差しをヴァルに向け、アーサーは怒りからか歯を食い縛りながら剥き出しの剣を強く握りしめていた。ティアラも衝撃を受けたように一歩下がり「そんな……」と涙を浮かべながら小さく呟いてしまう。

「っ……貴方にとって、……ケメトとセフェクは……何なのですか……？」

最後に望みを託すかのように彼女は問う。心優しいティアラにとって身近な人間をそこまで言うヴァルが信じられないのだろう。

そんなティアラを、ヴァルは忌々しそうな眼差しで振り返り、真っ直《す》ぐと睨んだ。そしてまた拳を床に強く突き立てる。

「死ぬほどうざってぇガキ共だ‼　この四年間！　こうして思い出すだけでも気分がわりぃ‼　最初は何度も何度も殺したくなったぐらいだ‼」

咆哮《ほうこう》のような怒鳴り声が部屋中に響いた。やはりまだ静かにしろと命じておくべきだった。私がそう思っている間にもヴァルはティアラに向かい息を荒らげた。

「気が済んだならとっとと消えな、王女サマ。恵まれた人間は恵まれた世界で大人しくしてな！　虫唾《むしず》が走る……‼」

そのまま最後に「テメェみてぇな甘ちゃんは反吐《へど》が出る」と言い捨て、私達に背中を向けて転がった。

……今の台詞、聞いたことがある気がする。確か、ゲーム内で数少ないヴァルの出番回だ。城下で逃げ回るティアラを追い、瓦礫《がれき》で壁を作って立ち塞がるヴァルが「可愛い王女サマには気の毒だが、テメェみたいな甘ちゃんは反吐が出るほど嫌いでね」と笑うシーンだ。

ヴァルはゲームの攻略対象者ではないし、ティアラと相性が良くないのだろうかと考えてしまう。でもどの攻略対象者の心にも寄り添って救ってくれるティアラならヴァルにも……と、そこまで考えた時ふと思い出す。そういえばゲームの進行上の都合で、ティアラは少しずつ攻略対象者との仲を深めていく流れだった。四年前に一度会ったとはいえまだ殆ど初対面だ。多分ヴァルの心に寄り添うのも時間が必要なのだろう。アーサーなんてゲームの中盤から「触るな」発言されても最後には結婚まで進展したのだし、もう少し様子を見れば良いのかもしれない。……残念ながら今はそんな時間はないけれど。

ティアラが一歩前に出てヴァルに近づこうとするけど、ステイルとアーサーが止めた。隷属の契約があるとはいえ、今のヴァルにか弱いティアラを近づけたくないのは当然だ。そのままステイルが「姉君もこちらに」と私にも呼びかけてくれる。もう食事も渡したし、確かに彼に用はない。明日の為にも今日は休むべきだ。

「……私は、もう少しここにいます。ステイル、アーサー。ティアラをお願い」

それでも、と。私の言葉に、ヴァルが「ヂァ?!」と振り返って唸り、ティアラが心配そうに私を呼んだ。

「ティアラ、怖い思いをさせてごめんなさいね。大丈夫、ちゃんと私が話すから」

きっと、ティアラならヴァルとも打ち解けることができる。ただ時間が必要なだけだ。

一度ティアラの方まで歩み寄り、その可愛い頭を撫でる。人の悲しみに敏感なこの子が、あんなに怖がっていたはずのヴァルに言葉を掛けたのにはきっと理由がある。それに何より……今のヴァルとティアラとの問答がどうにも気になった。

ステイルとアーサーは私とヴァルを二人きりにすることにかなり反対したけれど、隷属の契約で人に危害を加えられないし何より主である私なら安全だと伝えて何とか了承してもらえた。本当は一晩明けてからステイルに迎えにとお願いしたけれど、最終的には二人の猛反対で一時間後にステイルがアーサーと共に迎えに来てくれることになった。

ステイルが瞬間移動させる前、ティアラが震える腕で私を抱きしめてくれた。未《いま》だ目に涙を溜めたまま「何もできなくて……ごめんなさい」と小さな声で呟いた。そんなことないわ、と私はもう一度彼女の頭を撫で、三人が消えるまでずっとティアラへ笑いかけた。

「……茶番は終わったか？　王女サマ」

ティアラ達を見送った私の背中にヴァルがせせら嗤《わら》うように声を掛けた。ゆっくりと振り向き、座り込んだままの彼を見下ろす。足を崩し、馬鹿にするように口元を引き上げながらその鋭い眼差しは刺すように私へと向けられていた。

「俺と話すって？　またさっきの甘ちゃんな王女サマみたいに情けでも掛けて俺も可哀想《かわいそう》な被害者だと思い込みてぇか？」

「ティアラを侮辱することは私が許しません。あの子は心優しい第二王女。この国の宝です」

ヴァルの言葉にはっきりと言い返すと、ピタリと不自然にその口が閉ざされた。隷属の契約の効果だろう。

「……貴方がちゃんと身を休めるまで、ここで見張りましょうか？」

「ッハァ?!　ふざけんな！　テメェみてぇのが傍にいて休まる訳ねぇだろうが!!」

私の言葉に牙を剥き出し、反抗する。笑みが消え、苛々とした様子で怒りを吐き出した。

「テメェらみてぇなお綺麗《きれい》な王女サマには良い見世物なんだろ!!　ズタボロの罪人を拾って！　治療して!!　服与えて檻《おり》入れて餌《えさ》与えて！　ンで最後は寝るまで観察かァ?!　どこまで俺の人生弄《もてあそ》べば気が済むんだクソガキが!!」

……そうか。私が善意でやったつもりのことでも、彼にとっては全てが悪意なのだろう。だけど、彼の言葉も一理ある。今まで私がやってきたことは全て彼の意思に沿ったことではないのだから。

「次はどうする？　四つん這いになって尻尾《しっぽ》振ってアンタの足でも舐めてやろうか。王女サマ」

隷属の契約で命じれば簡単だろ？　とまた私を嘲《あざけ》るように笑いながら、彼はそれすらまるで大したことでもないように言葉を続けた。

「……今晩だけです。明日の朝になれば貴方は私達とともに子ども達……ケメトとセフェクを助けに」

「テメェらの助けなんざ求めていねぇッ‼」

また彼が声を荒らげる。頑《かたく》なに私達の言葉を、伸ばした手を拒む。たとえどんな理由であろうと助けたいはずなのに、私達を利用すればそれが確実なのに。それでも彼は拒む。

……ずっと、ティアラとの会話の時から不思議だった。人の心の傷に誰より敏感なあの子がヴァルを気に掛けたことも。

そして何より、ヴァルのあの返答全てが。

「答えなさい。何故……そこまで私達の助けを拒むのか」

ゆっくりと私はヴァルへ歩を進める。彼が目で私を威嚇したけれど止めはしない。

「俺をこんな状態に堕としたのはテメェだろ」

吐き捨てるようにヴァルは言う。その目は憎々しげに眼光を放っていた。

「答えなさい。ならば、貴方は己が恥の為に私の助けは拒みたいと言うのですか」

「そうだ」

隷属の契約で彼は嘘をつけない。ならば、と私は次に問いかける。

「答えなさい。では、貴方が助けたいケメトとセフェク。彼らよりも己が恥の方が優先されると言うのですか」

「そッ…………ッ!!　……ガァ……!?」

そうだ、と言おうとしたのだろう。だけどその瞬間に言葉が詰まった。不快そうに口を歪めながらその動きは確かに「違う」と言っていた。

彼は、嘘をつけない。

私達に助けを求めたくない。それは彼の本心だ。だけど、……やっぱり彼らを救いたいのも本心なのだろう。

「教えて下さい。四年前、貴方とケメト、セフェクはどうして出会ったのですか」

一歩分だけ彼と距離を空け、彼と同じ目線になる為その場に座り込む。それをヴァルは忌々しそうに舌打ちしながら、私の問いに答えた。

「……下級層だ。俺の昔の住処《すみか》にガキ共が住んでいた。……危害を加えられねぇ俺に勝手にセフェクがケメトを連れて付け回してきやがった」

隷属の契約で彼は他者に危害を加えたり騙《だま》し取ることもできない。それが何も知らない子どもの目には安全な相手に思えたのだろうか。

「セフェクとケメトはこの国の人間ですか」

両方、我が国では聞かない名前だ。もしかしたらヴァルと同じく風貌《ふうぼう》も我が国の民と違うのだろうか。そう思い尋ねるとヴァルは私から目を逸らし、首を縦に振った。

「……この国の人間だ。その辺に転がってるガキ共と何ら変わらねぇ……うざってぇガキ共だ」

最後にそう呟くヴァルの目は、何かを思い出すようにここではない遠い場所へと向いていた。

「何故、共に生活を？」

「言っただろうか!!　奴らが勝手に纏《まと》わりついてきやがったんだ!!　何度も、何度も何度もだ!!　俺が住処を変えようが必ず探しに来やがる!!」

殺してやりたくても契約のせいで指一本出せねぇ、とヴァルは声を荒らげた。

「それは……何故だかわかりますか？」

「俺みてぇのが傍にいるだけで自分達が安全だからだとよ!!　ンな面倒なガキに四年間も纏わりつかれたんだ!!」

成程。確かに子ども二人でいるよりも、大人《おとな》と生活を共にしている方が下級層のゴロツキや裏稼業の人間などにも目がつけられにくい。なかなかその子ども達は頭が良いかもしれない。それに、何よりヴァルは褐色肌な上に目つき一つとっても極悪人顔で魔除《よ》けには最適だったのだろう。

そのままヴァルはまた私に背中を向け、腕を固く組んだまま黙ってしまった。

……やはり妙だ。今の話を聞く限りだと、本当にヴァルはその子ども達に付き纏われて迷惑していたように聞こえる。なら、何故……。

『必要だからだ!!　俺が！　楽に生きていくっ……その為に!!』

楽に。

彼の話だと子ども達は二人とも特殊能力者だと言っていた。ケメトの能力は知らないらしいけれど、セフェクは水を出す特殊能力者だ。でも、水関連の特殊能力は珍しくない。ヴァルがそこまで重宝するほどの特殊能力とは思えない。飲み水に困らなくなるくらいだ。

「ケメトとセフェクは……どんな子ですか」

何か特別な秘密でもあるのか。不意に思いついた私の問いかけに、初めてヴァルの肩がピクリと震えた。そのまま歯を食い縛り、振り向き血走らせた目で私を睨み付けた。

「……ッただの、ガキだ。ケメトは言葉だけは一丁前だが、殆ど自分の意思なんざねぇ野郎だ。毎日セフェクや俺の後ばっかついて歩いてやがった。特殊能力があるとは言ってたがどんな能力かは俺も知らねぇ」

突然、苛々とした口調に反してヴァルの言葉が流暢《りゅうちょう》になった。そのままヴァルは隷属の契約の効果通りに私の問いに答えるべく言葉を続ける。

「セフェクもどこへ行くにも必ずケメトを連れていやがった。血も繋《つな》がらねぇケメトの面倒ばっかみて姉だからと世話を焼いていた。ガキのくせに生意気な話し方ばかりで何度も苛《いら》つかされた。何かあるとすぐに能力使って俺に全力で水をぶっかけてきやがる。最初に俺の後を付け回そうと考えたのもセフェクだ。ケメトよりも寝相がわりぃから俺の毛布を毎回奪いやがるし、俺が教えてやるまで二人とも金って存在すら知らなかった。飯の時なんざ――……！　ッあぁあッックソ‼」

流暢に話し続けていたはずのヴァルが、突然表情を変え、拳を何度も床へ叩きつけた。ガン、ガンッッと低い音が響く。

「ッまた気分が悪くなってきやがった……‼」

酷く舌打ちし、片手で前髪を掻《か》き上げて鷲掴《わしづか》む。足を激しく揺すりながら私に「これで満足か」と吐き捨てた。……なんだろう、この違和感は。

「本当に……心配じゃないの？」

思わず話し方も忘れてヴァルに問う。本当にただ付き纏われただけの仲だったのだろうか。本当に、ヴァルにとってそれだけの存在だったのだろうか。

本当に、その「気分が悪い」という言葉は適切なのだろうか。

私の問いにヴァルはまた唸るような悪態をついて「そう言ったはずだ‼」と怒鳴った。

「貴方にとっての心配って……何？」

私の言葉にヴァルが目を見開く。そのまま返答は返ってこなかった。多分、私の言葉の意味が理解できないのだろう。

「ヴァル……貴方にとって、今まで大切だった物とは何ですか」

思わず前のめりになりヴァルの目を覗き込む。彼は私の行動に驚き、身を仰け反らせながら口を開いた。

「金とテメェの命だ。それ以外に何がある」

悪態をつく暇もなく答えが返ってきた。その言葉にまさか、と一つの推測が私の頭を離れない。

「それは今まで、ずっと……？　家族や友人……あの時、崖《がけ》の崩落で死んだ仲間達は⁇」

私の問いに、意図を理解できずヴァルは顔を引き攣《つ》らせる。それでも最終的には主である私の問いに彼は口を動かした。

「俺を捨てた親なんざどうも思わねぇ。ダチもいねぇ。崖の崩落で死んだ連中は俺にとって都合が良いだけの群れだ。死んだからってどうも思わねぇ」

「ツじゃあケメトとセフェクは⁈　二人が死んだらっ……貴方はどう思う⁈」

その途端。

ヴァルの顔が、今までになく酷く歪んだ。食い縛った歯から、口から小さく「嫌だ」と言葉が聞こえた。

そう、嫌だと。

「……ヴァル！　それを〝大事〟だと」

そう言うのです、と。そう続けようとした途端、今までで一番大きな怒声で「やめろ!!」とヴァルの叫び声が響いた。あまりの音量に耳を塞ぎ、何を言おうとしたか忘れた。ヴァルが息を乱し、まるで自分へ言い聞かせるように何度も「違う」と唱え続けた。

「あんなガキ共……　〝大事〟なんざじゃねぇ……!!　その程度でっ……こんな気分が胸糞《むなくそ》悪くなるかよっ……！」

ゆらりと肩で息をし立ち上がり、顔を俯《うつむ》かせたまま今度は壁に拳を突き立てた。勢いよく拳が減り込み、岩製の壁にまたクレーターが出来上がる。

「今までなかった……!!　こんな胸焼けするみてぇな、煮えたぎるような気分の悪さは、心臓がこんなに鳴ることも、吐き気がするほどのこんなっ……一度も!!」

顔を上げたヴァルは血走らせた目を真っ赤に見開いて唇をめくり、歯を剥き出しにしながら言葉にならないようだった。そのまま怒りで真っ赤にした顔を私へ向ける。

「〝大事〟程度でこんな胸糞悪くなる訳がねぇだろ!!」

矛盾にも聞こえる彼の言葉に私はやっと確信できた。きっと、彼は理解していない。その言葉の意味も、己が感情も、全て。

私が声を掛けようと彼の名を呼ぶと、それより先に身体を震わした彼から「何故だ」と逆に言葉が投げかけられた。

「何故っ……アイツらのことを考えると胸が痛む？　気分が悪くなる？　今アイツらがどうなってるか考えるだけで吐き気がしてぶつけずにいられねぇ！　身の毛がよだつ、腹まで痛くなる、アイツらの最後の言葉が……叫びがいつまで経っても耳にこびりついて離れやしねぇ!!　今までこんなの一度だってなかったってのにだ!!」

まるで私ではなく、自分自身に問うような叫びだった。そう言っている間もヴァルは床をその場で踏みしだきクレーターを作った。

「ガキを攫うなんざ今まで俺だって散々やってきた!!　アイツらぐらいのガキだって何度も奪い嬲《なぶ》り殺してきた!!　ナイフの手入れよりも手軽にやってきた!!　なのにっ……何故今はそれを受け入れられねぇんだ!!!?」

ヴァルの声が段々と大きくなる。自分自身を拒絶しているかのようだった。

「ヴァ、……ッ?!　キャアッ!?」

激情が隠せず、半ば混乱している様子のヴァルへ触れようとした途端、逆に彼が拳を振るってきた。私は驚いて仰け反り、床へ仰向けに倒れ込む。でも拳は当たらない。ドン、と今度は力なく、拳は倒れ込んだ私の頭の真横へ突き立てられた。隷属の契約で彼は私へは勿論、誰にも危害は加えられない。

「…………ッ、……テメェのせいだっ……」

両手を私の頭の左右の床につく。見開いた目で真っ直ぐと私を見下ろすヴァルは、噛みしめるように小さく唸った。

〝私のせい〟という言葉に私は敢えて返さず、彼の言葉の続きを待った。

「あの時っ……テメェが俺に意見なんざ聞かず処刑すりゃァ……こんな風にならねぇで済んだんだ……！」

まるで仰向けに倒れた私へ覆い被さるような体勢になる。このまま体重を掛けられて首を絞められれば私は何もできず殺されるだろう。……隷属の契約さえなければ。

「あの時殺しといてくれりゃァ……こんな苦痛も何も知らずに済んだんだ……」

ギリッと、また彼が歯を食い縛る音が聞こえた。

「俺は‼　こんな人間になるのなんざ望んじゃいねぇっ……‼」

その言葉を最後に床についていた手が拳を作り、震えた。顎を震わせ、瞬きを忘れたかのように見開き続けていた彼の目からポタリ、と雫が垂れ、私の頬に落ちた。その途端私よりもヴァルの方が驚いたように目を見開いた。濡《ぬ》らされた私の頬を信じられないように指先でそっと触れ、突然起き上がったと思えば私から離れるように身体を仰け反らせる。

「なン……っ⁉」

自分自身、訳がわからないといった表情だ。目を丸くし、涙で濡れた指先をそのままに身体を硬直させて言葉が出ないようだった。私も急ぎ上半身を起こして彼を見ると、もうその目からは止めどなく涙が溢《あふ》れ出し始めていた。

見開いた目から水粒が溜まり、頬を伝い、顎を伝い、ボロボロと床を濡らした。まるで泣くことが初めてかのようにヴァルは戸惑いを露《あら》わにし、拳で溢れる涙を何度も何度も拭って止めようとするけれど一向に止まらない。まるで涙腺《るいせん》が壊れて制御が利かなくなってしまったかのようにひたすら涙が溢れ、溢れ、拳で拭い、抑えようと必死になっていた。

こんなに不器用な涙、見たことがない。

きっと彼は気づいていない。自分が泣いている理由も、ケメトとセフェクが自分にとってどんな存在なのかも、何故そんなに苦しいのかも。……いや、気づいていないのではない。

知らないのだ。

涙をひたすら拭い続ける彼の首へ両腕を回し、引き寄せる。「なっ」と小さく言葉を漏らしながら涙に濡れた目で見返す彼の顔をそのまま私の肩へと押し付けた。

「拒まないで」

私を突き放そうと腕を動かす彼にそう命じれば、行き場を失った腕が震わされた。彼の止めどない涙が私のドレスへ吸い込まれていく。荒く熱い息が私の耳元を熱くした。

「……答えます。何故、貴方が苦しんでいるのか。それが貴方への罰だからです」

彼の肩が数度震えた。まだ理解しきれないのであろう彼の、その焦茶色の髪ごと頭を掴み、更に私へと引き寄せる。

「貴方が今までそうした分、きっと貴方はこれから先ずっと苦しみ続けるのでしょう」

彼は知らない。今まで目の前で多くの人を傷つけ、苦しめ、その命を奪ってきても、きっとその人達の苦しみや悲しみは理解できていなかった。

「答えます。何故、貴方の知る〝大事〟とは違うのか。それは貴方が今まで本当に大事なものを持たなかったからです」

彼は知らない。自分の命やお金よりも大事な存在を。今まで彼が知る〝大事〟よりも遥《はる》かに大切でかけがえのないものを。

「答えます。……その貴方の内側を這い回る〝気分が悪い〟の正体を。それを、〝心配〟と呼ぶのです」

彼は知らない。二人のことが心配で、自分を傷つけるほど部屋中の壁や床に当たり散らし、それでも抑えきれない焦燥感に耐えられなかった己自身を。一度目を覚ましてからずっと、憔悴《しょうすい》したはずの身体でさえ、眠ることができないほどに二人の身が心配で、危惧《きぐ》して、恐れ、思い詰めていたことを。

「答えます。……っ、……その、苛立ちも、溢れ続ける雫の正体も……っ」

彼を抱きしめてやっと、その心の痛みに触れた気がした。

何故、もっと早く気づいてあげられなかったのだろう。きっと既にティアラは気づいてあげられていた。あの目も、涙も！　私はずっと昔に知っていたはずなのに……。

泣く彼を抱きしめながら、遠い記憶が頭の中を駆け巡る。

『プライド様……。僕に何か用ですか……』

『なんで誰も親父を助けられねぇんだ⁈』

「……その、涙はっ……っ」

理解よりも先に涙が、後悔や悲しみが込み上げて、彼を抱きしめる腕に力が入った。この言葉をもっと早く彼に言ってあげたかった。ステイル、アーサー、彼らの時に嫌というほどこの目に焼き付けてきたはずなのに。

私自身が堪《たま》らなくなって喉が詰まる。それでも必死に吸い込み声を張り上げた。

「家族を想う、涙です‼」

ヴァルの息を飲む音が、肩越しに聞こえた。ギリリッと食い縛る振動が伝わり、次の瞬間には彼の口から獣のような唸り声が溢れ出す。

「……う…………ああ、ああっ、あああああああああああああああッ！！！！」

肩のドレス生地が涙で更に濡れていく。自分の感情の名前を知ったヴァルが耐え切れないように唸りを上げ、行き場なく震わしていたその腕を私の背中に回して力を込めた。

さっきのヴァルの言葉が、全く違う意味として私の中に蘇《よみがえ》る。

『必要だからだ‼　俺が！　楽に生きていくっ……その為に‼』

ああ……そうだ、あの意味は……。

「きっと……彼ら二人がいないと、……貴方自身が……辛《つら》くて、もう……楽に、……っ。…………幸福を……感じられないほどにっ……」

言葉にしたら、耐え切れず声が震えた。天井を仰ぐ私の目からも涙が溢れ、伝う。彼はそんなにも掛け替えのない存在を目の前で奪われてしまった。その相手に指先一つ触れることすら叶わず、目の前で。まるで彼自身が犯してきたことをそのまま天から返されたかのように。

きっと彼は戸惑っている。自分にとって本当に何よりも大切になってしまった二人の存在に。それに気づけなかった、気づいてしまった自分自身に。そして失いかけてしまっている現実に。

彼の唸り声が次第に枯れ、嗚咽《おえつ》に変わっていった。彼の腕の力とその重さを感じながら私は彼を待ち続けた。我を忘れたかのように泣き続ける彼を、ひたすらに。

暫くすると不意に彼の嗚咽が止《や》んだ。そのまま声を掛けようとした瞬間、彼の全体重がのしかかってくる。驚く間もなく彼に押し倒されるような形で再び私は仰向けに倒れた。ゴン、と低い音がして、私の肩に顔を埋めていた彼の頭が先に床にぶつかった音だと理解した。それでも彼は身動《みじろ》ぎ一つせず、不思議に思えば耳元から寝息が聞こえてきて全てを理解した。私より遥かに重い、男性の大人である彼の体重に為す術もなく潰される。動けず押し潰されたまま、それでも私は背中に回した腕を離さなかった。今まで義務感でしなかったこの手で、今度こそちゃんとその手を掴み取りたいと心から思った。

今まで一度も、優しい言葉の本当の意味すら知れなかった彼の為に。

下級層の中でもスラムに等しい貧困街。

取引の時間にやってきた人数は五人。そのうち四人は顔を知られないように口元を布で隠し、もう一人は同じように顔こそ隠しているものの他の四人と風貌からして明らかに違った。背丈は平均身長よりも少し高いくらいだが、横幅は平均の倍はある巨漢の大男だった。首から肩に何本もの鎖を掛け、歩く度にジャラジャラと音を立てていた。

「で……確か、五人の身代わりと引き換えといったはずだが」

そう投げかけた男達の前に、ヴァルは立っていた。背後には廃屋以下の壁と屋根しかない小屋が佇《たたず》んでいる。酷く打ち壊され、周囲の至るところには瓦礫が散らばっていた。その傍には手足を縛られた四人の少年少女が転がっている。誰もが縛られた体勢のままぐったり地面に倒れて動かない。

「五人目は俺だ。さっさとテメェらが連れていったガキ二人返せ」

ヴァルがはっきりとした口調でそう告げる。途端に男達はガッハハッと笑い出した。

「テメェに価値なんざある訳ねぇだろ‼　俺達が商品にしてぇのはこの国の人間だ！　テメェみてぇなの売れる訳が」

「俺は特殊能力者だ」

次の瞬間、ヴァルの足元に散らばった瓦礫が動き出す。彼自身の特殊能力によりガラガラと音を立てて瓦礫の山が積み上がり、次第に大きな壁のようなものを形成した。男達はその様子に少し驚いたように口を開け、更に笑い声を引き上げた。

「こりゃァ良い‼　とんだ貴重品を逃すところだったぜ！」

男の一人がヴァルを指さしながら腹を抱えた。しかしそれでもヴァルの態度は揺らがない。

「なら、問題はねぇだろ。さっさとあのガキ共を返……ッ!?」

ジャラララララァッ!!　とけたたましい音が鳴り響く。大男の首に掛かっていた鎖が突如動き出し、ヴァルの身体へと巻きついた。

特殊能力だ。まるで鎖が蛇のように手から足、そして口を塞ぐように巻き付き自由を奪う。そのままバランスを崩し受け身も取れずにヴァルは地面へと転がった。目を見開きながら唸るヴァルに男達は腹を抱えて嘲笑《あざわら》う。「本当に五人も調達できるとはな」「この調子で行けば市場を開くまであっという間だ」と話しながら、最後に男の一人がヴァルの頭に目掛けて足を踏み下ろし、その意識を奪った。

「馬鹿が。わざわざ調達した商品を返す奴がどこにいるんだ」

大男が気を失ったヴァルの頭を踵《かかと》でグリグリと踏み躙《にじ》り、四人の男に残りの四人を運ぶように命じた。縛った鎖が動き、ヴァルが鎖ごとずるずると頬を地面に擦らせながら引きずられていく。四人の子どもも男達が手慣れた様子で運んでいった。一番年齢の高い十代後半の青年は担がれ、残りは両脇《わき》に抱えられ、小柄な子どもは乱暴に布袋へ縛られたまま詰め込み運ばれる。


ステイル・ロイヤル・アイビー、ジルベール・バトラーの計画通りに。

「さて、と……馬車で移動した時間も大して長くはありませんでしたし、これで遅くても今夜には騎士隊が来てくれるでしょう」

ステイルはそう言いながら私の放り込まれた布袋の紐《ひも》を緩めてくれた。ぶはっと顔を出し、作戦通り進んでいることに御満悦なステイルにお礼を言う。

私達は今、ヴァルが用意した身代わり四人として人身売買組織の本拠地に潜入していた。ジルベール宰相の特殊能力でアーサー以外全員が子どもに姿を変えて。……そう、全員が。

「ジルベー、……ジルも、大丈夫ですか？　俺と同じでずっと馬車ン中転がされてましたし……」

「ええ、ご心配ありがとうございますアーサー殿。これくらいは全く」

手足を縛られたままアーサーが上半身だけを起こして近くに転がる少年に声を掛ける。視線の先には見かけ年齢十三歳の少年が同じように転がっていた。にっこりと笑み、薄水色の髪を垂らす彼は、もうどこからどう見ても完全にゲームのジルご本人だ。正体を隠す為とはいえ、まさかこんな形でご対面することになるとは思わなかった。一応正体を隠す為に私達は仮の名を使って、ジルベール宰相が〝ジル〟、十歳になったステイルは昔の友人の名前を借りて〝フィリップ〟、そして十一歳になった私が、……〝ジャンヌ〟。まさかバトラー家第一子の名前候補を自分が使うことになるとは思わなかった。服装も下級層の民らしく動きやすい格好に替えたし、ステイルは愛用の黒縁眼鏡《めがね》を置いていった。……まぁ、そっちは動きやすさ重視というよりもアーサーから貰った贈り物を壊したくなかった方が強いだろう。

馬車が本拠地に着いてから、あっという間にステイルは馬車に捕らえられていた人達を騎士団へ瞬間移動してくれた。さっきの鎖の大男とかは部下に残りを任せて本拠地に戻っちゃったみたいだけど、私達を馬車から降ろしに来た下っ端は何人か瞬間移動で城の独房へ強制連行できた。下っ端や人攫い被害者から情報が入れば騎士団もすぐにここへ駆けつけてくれるだろう。ジルベール宰相の協力もあり、既に母上から騎士団へ人身売買組織の殲滅《せんめつ》と人質救出の命が出ている。

「おい、いい加減に起きろ。さっさとケメトとセフェクを助けるぞ」

鎖に縛られているヴァルに近づいたステイルは、そう言いながら小さな手でヴァルの顔をペチペチと叩いた。少し呻《うめ》いたヴァルが眉間の皺をピクピク動かすと、やれやれといった様子で彼を縛り上げていた鎖を瞬間移動で消失させた。突然締め付けから解放されたヴァルはゆっくりと目を開けたけれど、「ここは……？」とまだ少し朦朧《もうろう》としていた。

「お望みの敵本拠地だ。作戦でも伝えた通りこの後は俺と一緒に行動してもらう。まずはケメトとセフェクが捕まっているであろう〝上級〟から囚《とら》われている人間を解放していく。前科の知識を捻り出せ」

姉君の次に王族である俺の指示にも抗《あらが》えないことはわかっているな？　とステイルに一瞥《いちべつ》され、ヴァルは無言で頷いた。

〝上級〟……主に特殊能力者のことだ。ヴァル曰《いわ》く、人身売買では売られる人間にもランクがあるらしく、もともと特殊能力を秘めている可能性がある我が国の民は例外なく中級以上の価値があるらしい。その中でも特殊能力者であることが確定している人間は〝上級〟、そして希少価値や優秀な特殊能力者は〝特上〟に分類されて、檻に入れられる時点で分けておくことが殆どだと言う。

「では姉君、俺は行ってきます。どうかアーサーからは絶対に離れないようにして下さい。……何かあれば、必ず合図を」

合図。その言葉に私ははっきりと頷いた。ステイルが特定の相手への瞬間移動ができるようになってから私達はもしもの時に彼を呼ぶ為の合図を決めていた。指笛だ。

ゲームの中では女王プライドが指笛や指を鳴らしてステイルを呼び出す場面がいくつもあった。だから私から提案して試してみたら、実際にステイルは指笛の音に関してものすごく敏感だった。試しに城からかなり離れた城下でアーサーが指笛を鳴らしてみたけれど、見事に聞き取れていた。

ステイルの耳といい、ティアラの女子力といい、本当にこの世界はゲームの設定通りにできていると痛感する。……まぁ、その最たるが戦闘力チートの私なのだけれども。二日前なんてバトラー第一子の名前を考えるのに悩み過ぎてストレス解消に剣を振り回したら、不要品の鎧《よろい》を真っ二つにしてしまった。ゲームのプライドも非力設定のくせに試し斬りとか言って騎士や衛兵を戯れに鎧ごと斬り伏せていた残虐女王だったからそのせいだろう。お陰でステイルもアーサーもドン引きだった。

最後にステイルへ「気をつけて」と伝えた私は再び布袋へ顔を引っ込め、元通りに袋の口を縛ってもらった。これから私達とステイル、ヴァルは別行動になる。ステイル達はセフェク、ケメトを含めた上級と特上の人達を救出、そして私達は中級以下の檻で待機だ。私達の元へ直接瞬間移動することでステイルが円滑に中級以下の人達も救出できるように。ステイルの特殊能力さえあれば、何人でも我が国へ一瞬で帰すことができるのだから。今回は殲滅戦だし、騎士団としても捕らえられている民が少ないに越したことはないだろう。

そうして十歳のステイルはヴァルを連れて馬車を降りた。駆けつける騎士団より一足先に捕らえられたセフェクとケメト、そして我が国の民を助ける為に。

「クソッ！　結局残ったガキ共も特殊能力者じゃねぇただのガキかよ‼　今日は散々だぜ‼」

男の怒鳴り声とともに私達は檻へと連行された。馬車を降りてみれば、彼らの本拠地というのは洞《ほら》穴《あな》だった。正確には岩場の中の洞穴……だろうか。近くに崖もあったし。完全な僻地《へきち》だ。少なくとも国外には出ているようだった。洞穴の奥深くまで進まされた私達を待っていたのは前世の動物園で見たような大きな檻だった。中には既に大勢の人達が閉じ込められている。私達が檻に入ってきても、殆どの人が俯いたままこちらを見ようとすらしなかった。

「まぁそう言うな。コイツらは小綺麗な顔をしているし、それなりに高く売れんだろ」

そう言いながら男の一人が私の頭を上から鷲掴む。……瞬間、ぞわっと背筋が凍った。私の前を歩かされたジルベール宰相と背後を歩いていたアーサーからの殺気だ。向けられた男にも伝わったらしく、私の頭から手を離すと他の男達と一緒に殺気の出どころを確認しようと周囲を見回した。まさか自分の前後から同時に放たれたとは思いもしていない。そのまま「と、とにかく！　いなくなった連中と商品をさっさと見つけるぞ！」と最後にアーサーの背中を突き飛ばすようにして扉を閉めた。そのまま四人の見張りを残して足早に去っていく。「まさか商品持ち逃げしたんじゃねぇだろうな?!」「だがどうやって」と言い合う声が足音と共に遠ざかっていく。

「大丈夫でしたかプ……じゃ、ジャンヌ」

「お怪我はありませんか？」

男達が去ってからすぐアーサーとジルベール宰相が私の顔を覗き込んでくれた。そのまま丁寧に男に鷲掴まれた私の頭を撫でるように整え、埃《ほこり》を払ってくれる。優しい二人にありがとう、大丈夫よと伝えながら私は笑みで返した。

「取り敢《あ》えず、今は動きがあるのを待つだけね」

ジルベール宰相とアーサーへ小声で確認し、改めて周囲を見回した。見張りは誰もが椅子《いす》に掛けたまま気だるそうに談笑しているし、これならこそこそと話す分には大丈夫だろう。対照的に檻の中は大勢の人達が蹲《うずくま》り、力なくこうべを垂らしている。あまり食事も与えられていないのか、それとも下級層にいた時からなのか、痩《や》せ細っている人も多かった。……これでは彼らだけ檻から逃がしたところで、無事自力で逃げ出すことは難しいだろう。年齢も幅広く、大人から今の私達よりも幼い子どもまでいる。服装から察してやはり全員が我が国の下級層の住人だろう。親子や単独の子ども達もいて、特に小さな子どもは隅に数人ずつ集まって小さくなっていた。そっと特に幼い子ども達が集まっている一角に近づき「大丈夫？」と声を掛けてみる。すると大分過敏になっていたらしく、私の声にも身体をビクリと震わせて悲鳴を上げた。……いや、単純にラスボス女王である私の顔が怖かったのかもしれないけれど。

「驚かせてごめんなさい。……ねぇ、いつからここに？」

私は少し落ち込みながら、子ども達がこれ以上怯えないようにゆっくりと尋ねてみる。今度はビクビクと怯えながらも「わからない」「怖い」「ずっと」と答えてくれた。外の光も届かないここでは、時間の感覚もわからないのかもしれない。大丈夫、と言葉を繰り返しながら、彼らを抱きしめる。冷え切っていた子ども達の体温が服越しに伝わってきた、その時だった。

「……ヴァル」

えっ。

甲高い少年の呟き声だ。聞き違えかと思いながらも、声がした方へと振り返る。

私が抱きしめた子ども達から数メートル離れた壁際にその子はいた。小さな男の子と、今の私と同じくらいの女の子だ。……七歳と十一歳、ヴァルが言っていた年とも見かけ年齢が一致する。呟いたのは恐らく男の子の方だ。黒髪を寝癖のように跳ねさせた男の子は小さく膝を抱え、俯いている。そして彼を守るように隣で肩を貸してあげているのは、少しだけ目元の鋭い茶髪の女の子だ。前世でいえばワンレン、だろうか。前髪と後ろ髪が同じ長さになって肩につくまである。二人とも鬱々《うつうつ》と暗い表情を浮かべて地面に視線を落としていた。私が驚きのあまり一度ジルベール宰相とアーサーの方へ振り返れば、二人も声が聞こえていたらしく目を丸くしてこちらを見ていた。やはり、聞き違いではないらしい。

「……ケメトと、セフェク……？」

恐る恐る、子ども達を抱きしめたまま私は彼らの方へ名前を呼んでみる。すると二人とも同時に顔を上げ、私の方へ丸くした目を向けた。何度も瞬きを繰り返し、私の言葉を確認するようにこちらを凝視し始めた。……間違いない。

「……どうして、貴方達がここにいるの？」

声を潜めながら私は彼らに問いかける。彼らは確か特殊能力者だ。ならここではなく上級の檻に入れられているはずなのに。

「貴方は……誰？」

セフェクが私を警戒し、肩を貸していたケメトをそのままぎゅっと抱きしめた。良いお姉さんなんだなと思いながら私はどう説明すべきかを考える。

「………もしかして、ヴァルが……？」

先に口を開いたのはケメトだった。その言葉にセフェクが顔色を変え、私と両脇に来てくれたジルベール宰相とアーサーを順々に見つめ出す。恐らく私達がヴァルのせいでここに捕まったのだと思ったのだろう。ある意味間違ってはいないのだけれど、すごく誤解がありそうなので急いで私は訂正する。

「だ、大丈夫よ。私達はええと……ヴァルの友達でね、貴方達のことはヴァルから聞い」

「ヴァルに友達なんている訳ないじゃない」

ザシュッ！　と私の言葉がセフェクに一刀両断《いっとうりょうだん》される。見た目も少し気が強そうな印象だったけれど、中身も予想通り強い。……彼女以上に目つきの悪い私が言える立場じゃないけれど。でもなかなかヴァルに対しても辛辣《しんらつ》な気がするのは気のせいだろうか。ジルベール宰相とアーサーも小さく笑ってる。

「隠さなくても良いのよ。ヴァルに捕まったのでしょう？　絶対私達を返してくれる訳なんてないのに。馬鹿なんだから」

なんかヴァルがものすごく言葉で叩かれてる⁈　あまりの発言に驚いていると、セフェクがそのまま私の右手を握ってきた。

「ごめんね、私達のせいなの。ヴァルは私達を助ける為に騙されたの。本当にごめんなさい」

そう言いながら謝るセフェクは、必死に私達へ訴えるように目を向けてくれた。口は少し厳しいけれど優しい子だ。

「ヴァルは……どうしてますか……？」

今度はケメトだ。おずおずと話し出す彼にセフェクが「そうだわ！」と抑えた声を放った。

「お願い教えて！　あんな奴思い出したくもないと思うけどお願いっ！　ヴァルはどこにいる⁇　町？　それとも貴方達と一緒に捕まっちゃった⁈　まさか死ん……」

「落ち着いて。大丈夫、大丈夫だから」

なんとかまずは落ち着かせるべくゆっくり言葉を掛ける。胸の中にいる子ども達もセフェクの勢いに若干圧《お》されて逃げ腰になっている。

「もしよろしければ、お答えする前にこちらの質問にも答えて頂けますか？」

助け船を出してくれたのはジルベール宰相だ。セフェクに警戒されないよう、にっこりと笑みを作りながら小さな声で彼女達に話しかける。

「ヴァルから貴方方は特殊能力者と聞いております。なのに何故、こちらの檻に？」

ジルベール宰相の言葉にセフェクが眉間に皺を寄せる。そのまま「ヴァルったらお喋《しゃべ》りなんだから」と口の中で小さく呟いた。

「……だってケメトが嫌だって。私はケメトのお姉さんだもの。離れるわけにはいかないわ」

むっとした表情でセフェクが答える。つまりケメトと一緒にいる為に特殊能力があることを隠したということだろうか。なら、何故ケメトは？　と私が聞くと彼は一言「約束だから」とだけ答えた。全くわからない。でも連中には言わないでと頼まれ、取り敢えずは頷いて了承する。

「私達が答えたんだから、貴方達も教えて」

セフェクがジルベール宰相に向かって訴える。ケメトもじっと答えを待つように私達を見つめてきた。二人の視線にジルベール宰相も、勿論ですと言わんばかりの笑みで口を開いた。

「ええ。……ヴァルならばここのどこかにおります。恐らくは今頃《いまごろ》貴方方を探」

「やっぱり捕まったんじゃない‼」

話を最後まで聞かずセフェクが勢いよく立ち上がる。更にそれを追うようにケメトまで一緒に立ち上がった。さっきまで小さくなっていたのが嘘のようだ。声を潜めずにセフェクが叫んだことで、私の腕の中にいた子ども達も悲鳴を上げて逃げてしまった。

「はやく助けなきゃ!!」

それでもセフェクは止まらない。興奮した様子で声を上げるると、ケメトの手を握ったまま「貴方達もここから逃げましょう！」と今にも飛び出すかのような勢いで畳みかけてくる。あまりの勢いの良さにアーサーがセフェクを両腕で捕まえ「落ち着け！」と止めてくれた。手を繋いだままのケメトが引っ張られるようにアーサーの方へ転びかける。

「おい!!」

キィ、と扉が開く音がして振り向くと、見張りの男がナイフを持って中に入ってきたところだった。檻の外で仲間がニヤニヤと笑いながら「やるのか？」「もうかよ」とこちらを見る。近づいてくる男へ立ちはだかるようにジルベール宰相とセフェクを抱きしめたままのアーサーが間に入ってくれる。

「退きなガキ共!!　新入りにもちゃんとこの場でのルールってもんを」

ドッガァァァアアアアアアアアッツ！！！！

突然けたたましい爆音と地鳴りが轟《とどろ》いた。洞穴内だから振動も音も普通より桁《けた》違いだ。あまりのことに捕まっている人達も見張りも誰もが声を上げ出す。「なんだ」「どうなってやがるッ?!」と叫び、見張りの一人が外へ様子を見に行った。私達の目の前に来た男も驚いたらしく急いで檻から飛び出した。セフェクとケメトもこれには驚いて、茫然《ぼうぜん》と辺りを見回した。

「どうなってるの……？」

セフェクの呟きに私とアーサー、そしてジルベール宰相はお互いに目を合わせた。間違いなくステイルとヴァルからの合図だ。どうやら無事上級の人達を救出できたらしい。

なら後もう少しだ。ヴァルが敵の注意を引き付け、その間にステイルが特上の檻にいる人を逃がす。あとは瞬間移動で私達と合流さえすれば完了だ。最後に中級の檻の人達を逃がし、あとは騎士団に任せれば良い。

そう作戦を振り返っていると、様子を見に行っていた男が慌てた様子で戻ってきた。荒らげた声が壁際にいる私達のところまでよく響く。

「上級以上の檻で襲撃だ‼　誰かは知らねぇが入り口を塞いで商品を嬲ってやがる‼」

「ッなに⁈　ふざけんな！　苦労して集めた特殊能力者だぞ‼　一人でも死なれたらどんだけ損になると思ってやがる‼」

ギャアギャアギャアとまるでカラスの喧嘩だ。見張り同士で問答を繰り返しながら、早く鎖のを呼べと一人が怒鳴った時だった。

「…………上級……！　ヴァル……‼　ヴァルが‼」

振り返るとアーサーに抱きしめられたセフェクが真っ青な顔をしていた。ケメトもさっき以上に顔から血色が消えている。繋がれた二人の手が目に見えて震え、腕ごと強《こわ》ばり出した。

そうだ、二人はヴァルが上級の檻に捕まっていると思っている。さっきも逃げ出そうとしていたし、ここはこっそり教えてあげないと。

アーサーに合図し、一度セフェクから手を離してもらう。そのままセフェクの両肩を掴んで私から耳打ちをしようとした時だった。

「オイそこのクソガキ‼　また何してやがる⁈」

完全に目をつけられていた。見ればさっきの男がナイフを握ったまま檻の外から私達を睨みつけている。しかも今度はセフェクとケメトがお互いに手を繋いだままふらふらと檻の出口へ向かい歩き始めていた。小さな声で「ヴァル……」とセフェクが呟くのが聞こえる。ナイフの男がすぐに気がつき怒りをぶつけるべく彼らを睨んだ。手の中でナイフを持ち直し、檻の隙間《すきま》から二人に振り投げようとしている。その前にとアーサーが駆け出し、セフェクとケメトに手を伸ばした瞬間、

激烈な水飛沫《しぶき》と共に男が吹き飛んだ。

え？　と引き止めようとした私、アーサー、そしてジルベール宰相までもが言葉を失い、その場で硬まった。数メートル吹き飛んだ男は、壁に叩き付けられた後は気を失っていた。私達を閉じ込めていた檻まで水を浴びた部分はあまりの威力に金属が捻《ね》じ曲がった。子ども一人分くらいなら潜《くぐ》って外に出られそうなほどの曲がりようだ。すると檻の外にいた男達が茫然としたのも束の間に、セフェクへ向かいナイフや銃を手に駆け出した。けど次の瞬間には再び凄まじい水飛沫とともに放水に飲まれ、同じように壁へ吹き飛ばされて気を失ってしまった。

セフェクの、特殊能力だ。確かヴァルが水の特殊能力者と言っていた。でも、私が思っていたよりも遥かにすごい。てっきり平均からそれ以下くらいの、例えで言えば前世の蛇口を捻る程度の水量だと思っていたのに。それどころか消防車の放水すら遥かに上回る威力だ。まるで滝のような威力に、鍵《かぎ》を掛けられたはずだった檻の扉は留め具ごと吹っ飛んでいた。

「ヴァルを、返して」

捕らわれている人どころか私達まで言葉を失う中、セフェクの声だけが強く響いた。その背中には、小さな身体からは考えられないほどに怒りが迸《ほとばし》っている。一言ひとことまるで身体の奥底から湧《わ》き上がるかのような声だ。凄まじく殺気にも似たその覇気に、声を掛けることすら躊躇《ためら》われた。

「私は、暮らすの。ケメトと、ヴァルと、三人で」

噛みしめる声が震え、大きくなるのに反しトーンが低くなる。

扉が完全に意味をなくして開ききった場所から二人が外に出る。私が追いかけようと足を動かすと、ジルベール宰相に手で止められた。「ここは私が」と、そう言ってセフェクを刺激しないように気をつけながら彼女達の後に続いていった。

セフェクと手を引かれるケメト。そして続くジルベール宰相の背中が視界から去っていく寸前、また独り言のようにセフェクの声が聞こえてきた。静かな怒りに満ちた、少女の声で。

「ヴァルを傷つけたら、許さない」

……やはり、そこまで深くはなかったか。

縄を伝い地面に足をつけた後、俺は自分が入ってきた入り口を見上げた。上級の檻に辿《たど》り着いた俺は、男達を全員瞬間移動で騎士団の牢屋《ろうや》へと片付けた。人質も騎士団の下へ送り、ヴァルもいるはずの子ども二人を探したが、見つからなかった。どうやら彼らは特殊能力を隠して上級を避けたらしい。しかしそれならば今頃プライド達と一緒の檻にいる。最後に合流できれば問題もない。

特上の特殊能力者はどこにいると尋ねた俺に、ヴァルが推測した場所は部屋の一番奥にある隠し穴だった。ヴァルに奴らの足止めを任せ、俺は自らそこを降りた。

穴を見下ろした時に底の方で見えた小さな瞬き。あれのお陰である程度予測はできたが、高さで言えば五メートル程度の深さだ。これならば縄なしで飛び降りても問題はなかった。炬火《きょか》を片手に右奥の方へと目を向ければ横穴だ。その先でまたチカチカと何かが光っていた。一応罠《わな》がないか確認しながらも俺は光の方向へと足を進める。

「ゔ……、……ぅア……」

呻き声だ。やはり人がいることを理解して少し足を速める。ペタペタと岩の冷たい感触が足の裏に残った。

「誰かいるのか？」

声を掛けながら先を炬火で照らし声の主を確認する。

呻き声の主は、〝光〟だった。

いや、正確には声の主が光っていたと言うべきだろうか。こちらに頭を向けた状態で横に転がされ、顔から下は布袋のようなものに包まれて縛られている。酷い有様だ、これでは猛獣以下の扱いだ。俺が声を掛けると、声の主は俺の方へ見上げるように小さく顎を上げた。……青年だ。顔付きからして恐らく俺と同じ十四前後だろう。目にも布を巻かれ、視界を塞がれていた。口だけは塞がれていなかったのは食事をとらせる為だろうか。呻きしか出ないその口が、小さく「誰だ」と動いた。

「助けに来ました。今ここから貴方を出します」

しかしまずは彼の特殊能力の把握だ。彼はただの特殊能力者ではない、特上に分類された能力者だ。この拘束のされ方といい、もし危険な特殊能力なら騎士団のところへ容易に瞬間移動させる訳にもいかなくなる。返事を待たず「貴方の特殊能力は？」と俺が続けて尋ねると彼は「わからない」と呻くように答えた。言葉の途中、また彼の身体が瞬いた。

「その光は、なんですか？」

容易に触れるのも躊躇わせる、一瞬だが目に痛いほどの強い光だ。目隠しをされた彼の顔だけでなく、仄《ほの》かに布袋から覗かせた首まで光っている。もしかすると全身が光っているのかもしれない。

「俺の……特殊能力、だ」

特殊能力が光⁉　そんなのを上級として扱っているというのか。だが、光量が凄まじいならば確かに利用価値もあるのかもしれない。俺は少し疑問に思いながらも、とにかく彼の話を聞くべくまずはその布袋に触れる。布……というには硬く、分厚い素材だった。それを瞬間移動で消すと、隠されていた彼の身体が現れた。布袋越しにしか縛られていなかったらしく、もう何の拘束もなかった。

「なっ……⁉」

急に自由になった身体の違和感に気づき、声を漏らす。そのまま彼は右腕で自分の目を塞いでいた布を掴み、取り去った。

「はじめまして。僕はフィリップと申します」

狼狽《ろうばい》する青年を落ち着かせるべく仮の名で笑いかける。能力が大したことないと言うならば、人として前科者や危険人物の可能性もある。十歳の姿であるこの俺を見て、手の平を返してきたその時は……。

「ぁ……俺は、……パウエル……だ」

……拍子抜けする、角のない話し方だ。金色の髪をボサボサと肩近くまで伸ばしきった青年は、すんなりと俺に名乗った。毛先の長さが不均等なのを見るともともとは短かったのかもしれない。パウエルという青年は、その場で足を組んで座り込むと小さく礼を言いながら茫然と俺を見つめた。結構身体が大きい。座った状態で今の俺よりでかい。

「もう大丈夫です。家へ帰れますよ」

取り敢えず危険人物ではなさそうだ。ならばさっさと騎士団へ瞬間移動して逃がすべく、俺はパウエルへ手を伸ばす。

――途端に手を、弾《はじ》かれた。

バチィッ！　と鋭い痛みに思わず手を引っ込める。突然の拒絶だ。しかも手で弾かれた訳じゃない。今俺を弾いたのは……。

「……嫌だ……ッ……………帰る……のは」

パウエルの顔色が変わり、目を見開いた彼は怯え避けるように座ったまま俺から後退った。身体中から光が瞬いている。さっきまでとは違い頻度も多く、バチバチと何やら弾けるような音まで聞こえてくる。今俺の手を弾いたのもこの光だ。

「俺はっ……帰らねぇ!!」

パウエルが怒声のように声を張り上げた瞬間、岩に囲まれた空間全てがパウエルを中心に光り照らされ瞬き始めた。バチバチバチと弾ける音と共に俺自身も身体中が焼けるような痺《しび》れるような感覚に襲われる。服の焦げる匂《にお》いが鼻につき、瞬間移動で一度退散しようかと考えた時だった。

「ッ俺は!!　こんな特殊能力なんざ望んじゃいねぇのに!!」

……悲鳴にも似た、叫びだと思った。光で目が眩《くら》むまま、必死に凝らしてパウエルの方を見る。俺に攻撃を仕掛けているというよりも、能力が暴走しているように見えた。今も、頭を両手で抱えたまま座り込んでいる。帰らねぇ帰らねぇとまるで恐怖と戦っているかのように何度も呟いていた。そんなパウエルを見て、思う。

プライドならばどうするだろうか。

「パウエル!!」

決まっている、彼女ならば絶対に手を差し伸べる。先を考えるよりも前に俺は声を張り上げた。服が焦げ、剥き出しの手足が焼けるように熱く、顔を向ければ炎に向かっているかのようだった。

「どこに帰りたくない?!　嫌ならば別の場所へ逃がしてやっても良い!!　ここよりはずっと良い場所に!!」

「帰れる場所なんざあるもんかっ!!」

バチィイイィッツ!!　とパウエルが地面に拳を叩きつけた瞬間、ぶつかった小石が凄まじい勢いで四方に弾け飛ぶ。まるで銃弾だ。俺の方へ飛んできていたら怪我だけじゃ済まなかったかもしれない。

「お前は特殊能力者……ならばフリージアの民だろう?!　何故ないと言い切れる?!」

国が滅んだ訳じゃない、彼は我が国に帰れば……と、そこまで考えた俺は息を飲む。彼は我が国に帰りたくない。そしてだからこそ他に行き場がないのだと、理解してしまったからだ。

特殊能力者は我が国の独自の存在だ。そして他の国からはまだ理解されていない部分が大きい。今でさえ、王族でもない限り他国へ入国するにはその能力を申請し許可を得なければならない。ならば、もし彼が我が国で何らかの理由で行き場をなくしてしまったとしたら……。

彼は、どこに居場所があるというのか。

何があったかはわからない。だが、目の前の彼の力を見れば想像はできる。無意識に周囲を傷付けてしまう正体不明な特殊能力。まるで雷を具現化したかのような存在。それを誰にも疎《うと》まれず過ごすことができるのだろうか。見たところ制御もできていない彼が、後ろ指を指されて避けられ生きてきたとしてもおかしくない。

理解した時にはもう遅く、俺からの呼びかけに反応したパウエルは鋭い眼光で俺を睨んだ。

「俺が傍にいたら不幸になる‼　だから断絶した！　全てから‼　なのにっ……何が悪い⁈」

何を言っているのかわからない。だが彼が全てを捨てた結果ここに流れ着いたことだけは理解する。光の中で彼の身体が小刻みに震え出す。俺を睨みつけた目から涙が溢れ、バチィッという音と閃光《せんこう》とともに雫が消失した。歯を剥き出しにし、牙のように尖った歯が唇を噛みしめ、血が滲んでいた。

「……っ、……と……て…………………い……⁈」

ビリビリバチバチという瞬きと閃光音と共にまたパウエルの声が聞こえた。小さくてはっきりとは聞き取れない。俺が思い切って息を吸い込み「なんだ⁈」と聞き返す。すると、今までで一番激しい熱量と光量が俺を包み、激しい瞬き音が耳を痺れさせた。

「ッただ生き続けたいと願って！　何が悪い?!」

視界が真っ白になった。熱量が激しく今度こそ身の危険に耐え切れず俺は瞬間移動した。

視界が切り変わり、隠し穴の入り口前に瞬間移動した俺はその場に座り込んでしまう。同時に隠し穴から激しい稲妻が、閃光が飛びだした。数秒間茫然と眺め続け、光が収まったと思えば焦げた匂いが漂ってきた。あの場で瞬間移動しなかったらどうなっていたことか、考えただけでもぞっとする。

「遅かったじゃねぇか王子サマ！　中の奴でも怒らせたか？」

突然声を掛けられ、振り返るとヴァルだ。銃を片手に天井へ撃ち鳴らし、瓦礫で塞いだ壁の向こうにいる連中へ牽制《けんせい》している。そしてニヤリ、と座り込んだ俺を見て笑っている。

「お前……知っていたのか、この下に何者がいるのか……」

「いいや？　だが、待ってる間に壁の向こうの連中が騒いでたんでなぁ？　なかなかヤバいのが放り込まれていたみてぇじゃねぇか」

高い薬でやっと捕まえた貴重品だとよ。と続け、そのまま俺に「で、どうしたんだ？」と喉の奥で笑いながら聞いてくる。今すぐ命令で地べたに這いつくばらせてやろうかと思ったが、その前にヴァルの顔で四年前のことを思い出す。

「ヴァル……お前は何故、四年前に隷属の契約を望んだ？」

俺の問いにヴァルは「アァ？」と明らかに不愉快そうに眉《まゆ》を寄せた。時間はない、手短に教えろと命じるとヴァルは隷属の契約の効果通り、吐き捨てるように口を開いた。

「……死んだら全てが終わりだからだ」

俺から目を逸らしながら答えたヴァルは、苛立ちを紛らわせるように二発の銃弾をまた天井へ撃ち込んだ。そのまま呟くように「今は後悔もしてるがな」と続ける。その意図に考えを巡らせれば、再び俺を見下ろしたまま歯を見せて笑った。

「未来を約束されてる王族サマにゃ、理解できねぇだろうよ」

……何故か、その時だけはヴァルの笑みに皮肉や敵意、不快感以外の何か物哀しさのようなものを感じた。

「……もう一度行ってくる。お前はしっかり入り口を守り、見張っていろ」

ヴァルが俺の言葉にまだやるのかよと悪態をつく。そのまま面倒そうに瓦礫の壁で塞いだ入り口へ足を動かした。

「見捨てたところであの王女サマにもバレやしねぇだろうが」

「それは姉君への〝裏切り〟だ。俺にはできない。……お前と同じでな」

言って捨てるヴァルの背中へ俺からも言い返す。その言葉にヴァルはハァ？　と頭だけを傾けて振り返った。本当ならこんな罪人にわざわざ俺が話してやるなどあり得ない。だが、

『未来を約束されてる王族サマにゃ、理解できねぇだろうよ』

俺は正当な血筋を持ったプライドやティアラ、母上とは違う。それを〝王族〟という括《くく》りで言い放つヴァルに一矢報いたかったのかもしれない。

「俺は七歳で養子になった時に、姉君と従属の契約を交わしている」

はっきりとそう言い放つと、ヴァルの表情が驚きに染まった。目を見開き、口を開けたまま俺を凝視する。それに少し満足した俺は、最後にもう一言だけ付け加えた。

「だが、そんなものがなくても俺の全ては姉君のものだ」

視界が切り変わり、俺は再び暗闇《くらやみ》と瞬きの世界へ戻った。

「……パウエル」

目の前の光の塊に俺は呼びかける。彼は両膝を抱え、顔を俯かせたまま小さく硬くなっていた。酷く光が不安定になり、点滅しては揺らぎ、未だ周りがバチバチバチと音を鳴らしている。

「フィリップ……！　無事、だったのか……」

顔を上げて、心から安堵《あんど》したようにパウエルは息をつく。目尻《めじり》の涙がジリジリと振動し蒸発を繰り返していた。

「すまねぇ……折角、助けてくれたのに、俺は……。お前みたいな、ガキにまでっ……」

恐らく、パウエルと俺はそんなに年は変わらない。だがそれを知らない彼は、今の十歳の俺に攻撃を放ってしまったことを嘆いているようだった。気にしなくて良いと、そう言いながら再び俺は彼に歩み寄る。

「パウエル、帰るぞ。フリージア王国に」

その途端、肩を震わせたパウエルは上げた顔でまた俺を睨んだ。何度言わせればわかるのだと、そう言いたげな眼差しだ。

……俺も、昔プライドにこんな目を向けたのだろうな。

ふと、七年前のことを思い出す。俺が初めてプライドに出会った日の夜だ。一人ベッドの上で小さくなっていた俺に彼女は何度も言葉を重ね、俺の悲しさに気づいてくれた。どれほどあの時救われたことだろう。

『ッ俺は‼　こんな特殊能力なんざ望んじゃいねぇのに‼』

俺も、恨んだ。

母さんと引き離されたあの日から、この特殊能力を持って生まれたことを恨み、呪《のろ》った。きっと彼もまた生まれ持ったその特殊能力のせいで苦しんできたのだろう。本人の意思に関係なく、きっと環境が彼に〝普通〟を許してくれなかった。

バチィッとパウエルから一メートルほどの地点で肌に刺すような痛みが響いた。一度足を止めると、パウエルの口から「来るな」と低めた声が放たれた。

そうだ、俺もあの時はまだプライドのことを心の底では拒絶していた。

「安心しろ、国内に戻すだけだ。お前をどこかに閉じ込めるつもりも、ここに捕らえられていたことを明るみにするつもりもない」

俺の言葉にさらに光が強くなる。さっきと同じだ、彼の動揺に比例して能力が暴走している。

「パウエル。今のお前にとってはきっとフリージア王国は生きにくい場所だろう」

わかっている、我が国はまだ不完全だ。隣国や近隣諸国と親交を深めたところで、特殊能力者の理解もまだ完全にはされていない。ヴァルの言葉を借りるなら俺達特殊能力者は皆バケモノだ。その上あのジルベールの手腕を持ってしてもこうして人身売買の被害者が国外に流出している。下級層の貧困も解決されていない。この二年間、ジルベールの法案で国は情報管理や警備、治世も大分整ってきてはいる。だがそれでもなお、こうして問題は山積みだ。だが、

「だが、もう少しだけ待ってくれ。あと数年で必ず、フリージアはお前が世界のどこよりも生きやすい場所になっている」

「何故そう言い切れる……⁉」

忌々しげに俺を睨み、感情の昂《たか》ぶりのままにまた周囲がバチバチバチと破裂音を鳴らす。今度は動じず「わかるさ」と彼に返した。息を吸い上げ、そのままはっきりと言い放つ。

「フリージア王国には、プライド第一王女がいる」

パウエルが、目を見開く。何を言っているのかわからないといった顔だ。だが代わりにさっきまでの破裂音も収まった。

「プライド第一王女……彼女が女王になったら、……いや、女王になる時にはきっと国は変わっている。今より必ず、良い方向に」

一歩だけ、彼に踏み出す。ビリッと指先が焦げるような熱さを感じたが躊躇わない。

四年前、プライドはヴァルに問いた。隷属の契約と処刑どちらを望むかを。ティアラからその話を聞いた時は何故そんなことを尋ねたのかわからなかった。そして彼女は言った。助けを望む時には自分のところへ来いと。そして四年後の今、……プライドはヴァルを救う為にまた危険へ身を投じている。囚われた子どもや民はさておき、何故あの罪人の為にまでそんなことをするのか、……そんな価値があるのか、俺にはわからなかった。

だが、今は。

『ッただ生き続けたいと願って！　何が悪い⁉』

『……死んだら全てが終わりだからだ』

今なら、わかる。プライドがヴァルに手を差し伸べたその理由が。

たとえ彼がここに来るまでの間に誰かを傷つけてしまったとしても。たとえ我が国を疎み、憎んでいたとしても。俺達と同じ地に生まれ、同じ血を流している彼に！　あと一度だけでも幸福となる為の機会を与えられるというのならば!!

彼女と同じように、俺も迷わず彼のこの手を掴もう。

腕が、熱い。茫然としたパウエルへ思い切って手を伸ばせば、ビリビリと腕が焼け焦げるように熱く、身体中が痙攣《けいれん》した。眩《まぶ》しくて目が潰れそうだ。それでもあと少しと手を伸ばして彼の光り輝く腕を掴む。掴んだ俺に驚き、何かを言おうと口を開く彼に、俺は真正面から見据えて見せる。

『帰れる場所なんざあるもんかっ!!』

彼は言った。帰る場所などないと。ならば俺は敢えてこう答えよう。

「帰る場所なら、ある!!」

痛みと熱に耐え、叫び出す代わりに彼に向けて声を張り上げる。俺の言葉に彼が唇を引き絞るのが白の世界で瞬き見えた。

「フリージア王国が！　俺達の国が!!　お前の帰る場所だ!!　絶対に、そうなる!!　プライドが女王になった暁《あかつき》には!!」

バチバチバチと耳元の音が煩《うるさ》い。その音に遮られないようにひたすら腹に力を込めた。すると、

「…………本当か……？」

不意に、消え入りそうな声が耳に入る。心なしか光量や熱がいくらか止んだ気がする。焼けるような痛みを引きずりながら、俺は目を凝らして彼を見る。涙で顔を赤らめ、堪《こら》えるように歪めた顔を俺に向けている。……俺は、この表情をよく知っている。己が絶望と一筋の希望を抱いてしまったこの表情は。

『……っ、……護《まも》れる……でしょうかっ……俺……俺なんざに……っ』

アーサー。

俺の親友。俺と同じ、プライドに救い上げられた人間。

そして時には俺を救ってくれた、大事な友。

「ッ本当だ‼」

俺は更に声を張る。酸素が薄いのか、息を切らしながら頭が痛くなる。眩む目で彼を見つめ、腕を掴む手に力を込める。

――俺もまたあの時のプライドのように、彼を救い上げることができるのならば！

『その為の俺だろォが‼』

――あの時のアーサーのように、言葉一つでその心を軽くしてやることができるのならば‼

「ップライドが女王になるまで我が国で待っていろパウエルッ‼　もし万が一、それでもお前が未だ我が国に居場所がないと嘆くのならば‼」

息を止め、俺を見上げるパウエルへ最後の力を振り絞る。そうだ、もしあのプライドですらコイツを救えなかったその時は！　プライドが女王となりし時、摂政となったこの俺が‼

「ッこの俺が、お前の居場所を見つけてやる‼」

ぶわっと突然彼の身体が強く光った。また暴走するのかと息を飲んだ次の瞬間、

……光が、止んだ。

あれほど、熱くなっていた彼の腕がシュウシュウと音を立てて熱を引いていく。彼自身から発した光がゆっくり点滅し、パウエルは瞬き一つしない目で俺を見上げていた。なんとなくさっきよりも呼吸がしやすくなった気がする。肩で息をしながら、少し焦げた腕で彼の腕から放さないように手に力を込める。

彼は、暫くなにも言わなかった。俺の言葉の真意を考えるように、確かめるように、ひたすら俺を見つめ続けた。そして、俺がやっと身体中に酸素を行き渡らせられた後にその口を開いた。

「……なんで……俺に、そこまで……。俺、はっ……」

そこまで言うと、一度彼は何かを思い出すように酷く顔を顰《しか》め、辛そうに歯を食い縛った。……ああ、……この表情も俺は知っている。

ジルベール。奴がプライドに己が罪を懺悔《ざんげ》した時の表情だ。……パウエルが戸惑うのも当然だ。俺はついさっき会ったばかりで更には殆ど攻撃しか受けていない。だがしかし、何故かとそう問われるのならば。

「……知っているからだ。身分や裏切り、罪状や前科全てに関わらずそれでも救い、手を差し伸べてくれる人を」

思わず眼鏡の縁に触れようとして、今はつけていないことに気がつく。

「俺もそうされた人間だ」

一度パウエルの腕から手を離し、もう一度手を差し伸べてみる。彼は俺の手を目で追い、最後は手の平をじっと見つめてきた。

「我が国へ帰れば、お前もいつかあの人を目にすることができるだろう」

彼はゆっくりと垂れた手を持ち上げる。そして自分の意思で俺の手へ重ねてくれた。見開いたままの目から涙が伝い、今度は蒸発することなく頬を伝った。

『解放したからには、彼もまた私の国民だから』

『それでもまだ彼は私の愛する国民だから』

その手を取りながら、またプライドの言葉を思い出す。己が裁いた罪人のヴァルも、国を裏切ったジルベールすらもその言葉で彼女は愛し、慈悲を与えた。気がつけば俺は考えるよりも先にパウエルへ向かい口を開いていた。

「お前も、俺達の愛する国民なんだ」

つい零れてしまった言葉に、俺を見上げるパウエルの目がこれ以上ないほど見開かれた。頬を伝う涙の量が増し、更に目から溢れていく。

「約束してやる。特殊能力でお前が傷つくことなく、お前も、お前の大事な人も皆が笑っていられるようにすると。……俺の、命の限り」

見開いたままの目が驚愕に色を変え、その口が再び言葉の意図を尋ねるかのように動いた瞬間。

姿を、消した。

騎士団の元にではない、俺のよく知る町の外れに瞬間移動させた。あそこなら安全だし、きっと心も落ち着くだろう。

光源がいなくなったことで再び周囲が暗闇に満たされた。炬火もいつの間にか落としたままだ。何も見えないまま一気に脱力してその場に座り込んでしまう。腕が火傷《やけど》したのか若干痛むが、多分平気だろう。これくらいならば怪我治療の特殊能力者の治療で痕《あと》も残らない。

「……に、しても……。……最後の最後までプライドの言葉を借りてしまうとは……」

アーサーのように長く溜息《ためいき》をつきながら、また片手が掛けていない眼鏡の縁へ浮く。空振りが恥ずかしく、誰も見ていないというのに頭を軽く押さえて誤魔化した。

『約束する……私は絶対これ以上貴方を傷つけない……‼　貴方も、貴方のお母様のいるこの国も皆が笑っていられるようにする……！　私の、命ある限り……‼』

あの約束をプライドがしてくれてもう七年が経つ。ずっと忘れなかった言葉だ。まだ王族にもなってもいない庶民の俺にそう誓ってくれた。

今まではずっとプライドの為に、プライドが女王となる為に、プライドの心を守る為にとその為だけに次期摂政として研鑽し続けてきた。

だが今は思う。俺の知らないところで傷つき、悲しみにくれていた彼のような民の為に。プライドに出会う前の俺やアーサー、……ジルベールやヴァルのような、パウエルのような民の為にも摂政としてこの身を捧《ささ》げたい。

プライドが女王となって築き上げる我が国で、彼女と、そして民の為に。

あの日、彼女が俺に約束してくれたように。

「……の、為にも……っ、……早くプライドの元へ行かないと……」

瞬間移動する前に身体の埃を払おうと立ち上がる為に足へと力を込めた
――途端。視界が黒に塗り落ちた。

暗闇でも瞬間移動でもなく、俺自身の意識が途絶え始めているのだと崩れ落ちてから気がついた。

身体に力が入らず受け身すら取れなかった。頭がぼうっとする。酸素が薄いのか、吸っても吸っても吸った気がしない。大して火を焚《た》いたわけでもないのに何故。

今すぐここから瞬間移動をと頭が判断するよりも、……意識が途絶える方が、早かった。

「ッアーサー！　お前何やってんだ?!」

「確かお前、近衛でプライド様と宰相の屋敷にいるんじゃ……」

アラン隊長とエリックさんが俺に気づいて声を上げる。

ジルベール宰相がセフェク達に付いていった後、檻の中で待ち続けた俺とプライド様の元へ最初に駆けつけたのはステイルじゃなくフリージア王国騎士団だった。

殲滅戦を任命されたのは一番隊と三番隊。今俺達の前にいるのは一番隊だ。騎士隊の登場に檻の中にいた人達は声を上げ、俺はプライド様を背中に急いで隠した。一番隊が突入してすぐ、ジルベール宰相に年齢操作すらされていない俺は騎士の先輩達にバレた。色々説明をしたかったけれど、……今はそれどころじゃない。

ステイルとの作戦は覚えてる。アイツが来ねぇっつうことは俺が動く番だ。プライド様を抱え、一気に檻から飛び出した俺はアラン隊長に叫ぶ。

「ここの人達の救助頼みますっ!!　あとあっちに……」

まずはプライド様を皆から遠ざけねぇとと一番隊の人達とアラン隊長、エリックさんの前を無理やり押し通る。けど、

「待てアーサー！　ちゃんとアラン隊長に説明しろ！　それにその子はっ……」

途端にエリックさんに肩を掴まれる。後ろ向きにつんのめり、顔が見えないように抱えていたプライド様を押さえる手がうっかり緩む。「いやこれは」と言い訳を考えた途端、プライド様が勢いよく顔を上げた。……まずい。

「この先に多くの裏稼業の人間がいます‼　私の大事な人達もそこにいますから助けて下さいっ‼」

まずいまずいまずいまずいまずい‼　プライド様、ンな顔出したらっ……。

「プラ……」

間近でプライド様の顔を見たエリックさんが言葉を漏らす寸前、俺がその口を片手で塞ぐ。もがもがと何か言いながら、俺が手を出したことよりも目の前のプライド様へ目を丸くする。エリックさんの後ろからこっちを見てたアラン隊長にも恐る恐る目を向けてみれば、同じように丸くした目をキラキラさせていた。ッ絶対まずい‼

「と！　とにかく‼　俺が先導するんで応援お願いします！　多分標的すげぇいるんで‼」

茫然としているエリックさんとアラン隊長を振り切り、プライド様をもう一度顔が見えないように抱え直す。そのまま他の騎士達にも謝りながら先へ通り抜ける。背中から「エリック！　ここは任せた‼」というアラン隊長の叫び声とエリックさんの返事、そして続いて「救助人員以外は俺に続け‼　お前らはエリックと共に彼らを保護して外の三番隊と合流しろ‼」と声が響いた。ッやっぱりあの人も付いてくる気だ‼

「え！　え⁇　アーサー、何故彼らはあんなに驚いて……」

ジルベール宰相のパーティーでお会いしたことはあるけれど……と呟くプライド様を抱えながら、

俺が全速力で走る。

「ッいや気づくに決まってますって!!　だって今の貴方の姿は四年前からそのままあの人らの目に焼き付いてるんすから!!」

プライド様が一拍置いて「あ」と声を漏らす。やっぱり気づいてなかったのかこの人!!　今のジルベール宰相に年齢操作された姿がそのまま崖崩落事件の時と同じ年齢姿だってことに!!　絶対、絶対少なくともさっき正面からプライド様の顔を見たエリックさんとアラン隊長は気づいた!!　あの二人も例に漏れず四年前にプライド様の勇姿を目にして慕っていた人達だ!!　見た目の年齢がおかしいとか全部ひっくるめて同一人物って気づく!!　アラン隊長なんて今絶対プライド様を追ってきてる!!

「貴方はもう少し騎士達からの目を自覚して下さいっ!!」

じわじわと近づくアラン隊長の気配を背中に感じ、思わずプライド様に叫んじまう。鎧や剣を携えて走るアラン隊長とプライド様を抱える俺とは良い勝負だ。先導するにしてもアラン隊長や騎士達にこれ以上距離を詰められないようにと全力で走り続ける。

通路を駆け抜け、二手に分かれたところまで辿り着く。片方の通路から土煙がここまで広がってきていた。煙たくて思わず口を押さえ……、

「なぁアーサー。その抱えてる子って……」

「いいいいいいいいぃ?!」

気がつけばすぐすぐ真後ろまで迫っていたアラン隊長に思わず変な声が出る。反射的にプライド様の頭を庇《かば》うように自分に押し当て隠す。俺よかマジで速ぇこの人!!

「どう見てもすっげープラ……」

「ッジャンヌです！　ジャンヌ‼　俺の知り合いの子で‼」

「ンな話聞いたことねぇぞ。それに」

「とにかく‼　この人のことはジャンヌって呼んでください！　頼みますから‼」

俺が必死に声を荒らげると、アラン隊長の目がプライド様に向かってキラキラ光った。

「へぇ～？　〝この人〟か」

駄目だ、絶対バレた。

そのままアラン隊長に並走されながら「なぁ、俺にもジャンヌちゃん抱えさせてくれよ」と言われ、思いっきり「絶対嫌です」と断った。こんな時だってっのにすげぇ楽しそうだこの人。

土埃の奥に近づくにつれて、今度はパンパンッと銃声が何度も響く。どうやら銃撃戦も行われているらしい。プライド様をどこかに避難させるか悩んだけど、耳元で小さく「急いで」と囁《ささや》かれ、足に力を込めた。

駆け上がり、粉塵《ふんじん》の中を真っ直ぐ突っ切り飛び込む。どうやら壁か何かを無理やり吹っ飛ばした後らしい。急激に奥から殺気を感じ、俺もアラン隊長や後続する騎士達も一気に気が引き締まる。プライド様も緊張するように俺の背中に回す手を強めた。

パンッと乾いた音がまた響いた。アラン隊長の合図で騎士達が足音を気取られないように潜め、ゆっくり広間へと足を進める。入り口間際でアラン隊長と一緒に中を覗いてみると、大勢の連中が詰まっていた。鎖の大男と、その足元にはヴァルもいる。壁を吹っ飛ばされた時に余波でも受けたのか、大男に踏みつけられたまま地面に突っ伏していた。

「結構数が多いな」とアラン隊長が確認して小さく呟いた。そのまま手だけで後続の騎士達にサインと指示を出す。どうやら人身売買の連中の大多数がここに集まったらしい。今のところ誰も俺達に気づいている様子はない。連中が注目しているのは鎖の大男が銃を突きつけている――……、

「ジッ……‼」

ジルベール宰相、と言おうとしたんだろう。

プライド様が俺の身体から小さく顔を覗かせ、口を覆った。十三歳の姿のジルベール宰相が何かを庇うように鎖の男の前に立ち塞がっている。肩には血も滲んでいて、何を庇っているのかは目を凝らす前から予想がついた。ジルベール宰相の背後にいるのは、力なく横たわったステイルだった。

「アラン隊長……ちょっと剣借ります」

アラン隊長が銃を抜く為に一度戻そうとした剣を収める前に掴み、半ば強引に引ったくる。「お……おい！」と小さく驚くアラン隊長に無言でプライド様を預けたらピタリと押し黙った。そのままプライド様が俺の意思を察したのか、「アーサー」とはっきりとした口調で呼びかけてきた。短く返し、数メートル先の敵をこの目で捉《とら》え、剣を握る。

「行きなさい」

凛《りん》とした声を皮切りに俺は駆け出した。

十分な助走をつけ、大男へ向かい一気に地面を蹴《け》り上げる。タンッ、と軽い音が残って宙に浮かんだ。剣を振り上げ、ジルベール宰相とステイルに銃口を突きつける大男の薄汚ぇ腕を……、

「そいつらに手ぇ出すな」

ぶった斬る。

ザシュッ、と。落下と同時に振り下ろせば肩ごと男の腕が斬り落ちた。肉の斬れる音と血飛沫の跳

ねる音、そしてそれを掻き消すほどの絶叫が同時に洞穴内に響き渡る。

　周囲にいた連中が声を上げ、なんだこのガキはと俺に銃を向ける。腕がなくなった肩を反対の手で押さえて呻く大男が顔を歪めながら周りの連中に「殺せ」と叫んだ。同時にアラン隊長から「掛かれッ!!」と号令が放たれて大勢の騎士達が突入してくる。

　騎士達へ注意が逸れた瞬間、俺は両手で剣を握って男達へと駆け出した。地面を素足で蹴りつけ、一瞬の内に数メートル先の男達の懐へと飛び込む。急接近されたことに連中が目を剥くのも待たず、横一閃《いっせん》に剣を振るう。……引き金より速く俺がこの剣を振れば良い。そのまま足を止めず、すれ違いざまに身体を捻らせ八人斬る。対銃の接近戦は騎士団で何度も演習したけど簡単だった。相手が俺に照準を合わせる前に俺が相手の懐に飛び込むか、先に腕を切り落としちまえば良い。銃なんか瞬間移動を使ったステイルよりずっと遅い。

　一歩進むごとに三人斬る。敵が纏まっていれば都合も良い。身体を捻らせ勢いのままに五人以上をぶった斬る。

　ナイフを片手に五人が纏めて接近戦に持ち込んでくる。いったん剣を軽く振り上げて牽制したところで、そのまま宙に放り投げる。相手が釣られて見上げた瞬間、それぞれの急所に肘《ひじ》と足を打ち、怯んだ隙《すき》に腕を掴んで一人を身体ごとぶん投げた。どいつもこいつもジルベール宰相よりずっと弱い。

　風通しが良くなったところで落ちてきた剣を受け止め、更に連中へと勢いつけて突っ込んだ。二、三十人斬ったところで覚えのある殺気に振り向けば、さっきの大男がなくなった腕を押さえながら俺を睨んでいた。

　まだ動けるのか。鎖を首から肩に掛けた大男はジルベール宰相達に背中を向け、ヴァルを踏み付けた足のまま残った反対の手で銃を俺に向けていた。それで良い。ステイル達から標的が変わればこっちのもんだ。俺からも相手になってやるという意志表示に踵《きびす》を返してもう一度大男へ飛び込んでいく。

「アーサー殿！　フィリップは無事です、ケメトとセフェクも!!」と声を上げるジルベール宰相に、わかりましたとだけ返事する。目の前の鎖の大男から目を離さず、視界の隅でプライド様がアラン隊長の手を離れてステイルとジルベール宰相のところに駆け寄るのが見えた。そのままアラン隊長も三人を守るように応戦し、剣なしで周囲の連中を圧倒していく。

パンッパンパンッ！

銃が火を放ち、それを跳ねて避《よ》ける。これもステイルの剣撃と比べたら遅いぐらいだ。引き金を引く瞬間を見て動けば良い。銃撃を避けながら駆け、大男の懐に飛び込んだ。寸前に俺の額に構えられたけど、引き金を引かれる前に剣を捻って今度は銃ごと手首を斬り落とす。

ぐあああああっ！　と叫び、両手を使えなくなった大男がヴァルの上からよろめき後退る。最後に返す刃《やいば》で一閃に斬り伏せた。もうこれで……。

「ツいけませんアーサー殿!!　足元を!!」

ジャラリ、と。ジルベール宰相の叫びに足元を見下ろせば、鎖が蛇のように俺の足へ絡み付こうとする瞬間だった。まずいと刃を思い切り地へ突き立てる。そのまま剣を軸に足から身体を浮かせ、宙返りで飛び退《の》いた。流石《さすが》に鉄の鎖じゃ剣で斬ることもできねぇし捕まったら厄介だ。まだ意識があったのかと鎖の大男へ振り返る。既に崩れ落ちた後の身体は地に突っ伏したまま動いていなかった。

……どういうことだ？

「ツぐ、かァ?!」

振り返ると、今度は倒れていたヴァルの首に鎖が巻きついていた。ヴァルが必死に外そうと爪《つめ》を立てるけれど首を圧迫したままの鎖はビクともしない。

「剣を捨てろ」

その言葉と共に、騎士と戦いひしめき合う群勢の中から口元まで顔を隠した男が近づいてきた。他の連中と全く変わらない、同じ格好で平均的な体格をした男だ。言い知れない予感に、プライド様達を背中に隠すようにして前に立つ。なんだコイツ。

「……ヴァルとの取引の際に現れた、五人の中にいましたね……」

背後から放たれたジルベール宰相の言葉にハッとなる。薄目で見ただけだし、鎖の大男以外は皆同じ印象で頭に入っていなかった。プライド様を袋に放り込んだ奴に腹が立ったぐらいで。あと残りは俺を担いだ奴とステイルとジルベール宰相を両脇に抱えた奴、あと——……。

何も持たなかった男が、一人。

「あの鎖の大男は隠れ蓑《みの》……または鎖の男の荷物持ちといったところでしょうか」

首だけで振り返れば、ジルベール宰相がプライド様に肩を止血されながら男を睨んでいた。そういや俺も人攫いの噂《うわさ》を聞いた時、鎖を扱う特殊能力者が大男なんて話は一つも聞かなかった。

「剣を置け。さもなくばその男を先に殺す」

俺に対してかなり警戒しているようにも見える男が震えた指でヴァルを指さした。口元の布を自分で剥《は》ぎ取り、その顔を露わにする。同時に鎖を更に絞め上げたらしくヴァルの呻き声が上がった。

剣を握る手に無意識に力がこもる。「早く捨てろ」と怒鳴られながら、四年前のプライド様との誓いを思い出す。

『貴方を、貴方の大事なものを……親父もお袋も国の奴ら全員を、この手が届く限り護ってみせる……そんな騎士に‼』

俺にとっては父上を殺しかけた奇襲者の一味でも、プライド様にとってはヴァルも間違いなく護るべき民の一人だ。……あの人の、大事な国民だ。なら、騎士として俺がすべきことは。

プライド様が愛して下さった目の前の民を、命を懸けて守ることだ。

剣を、下ろす。後ろ手で地面に滑らせれば、くるくると回転しながら俺とジルベール宰相達との中間地点で動きを止めた。

ヴァルが首を絞め付けられたまま、信じられないものを見るように血走らせた目を見開いた。アラン隊長が「馬鹿野郎ッ‼」と叫ぶのが聞こえる。見れば、他の騎士達と一緒にステイル達を守りながら俺へ振り返っていた。

男が、笑う。

抵抗するなと釘《くぎ》を刺しながら、丸腰の俺にじわじわと鎖を這い上がらせる。蛇みてぇに足元から巻きつき、偏った重さに少しフラつく。足から腰へ、そして手からへ胸へ首へと巻き上がる。ここまで拘束されたら流石に俺でも動けねぇ。首をへし折るのも一瞬だ。無抵抗な俺に男が口角を引き攣らせてヒヒヒと笑う。

「その量じゃ立っているのも楽じゃねぇだろう？　死ぬ間際まで無理なんざしなくても良いんだぜ？」

ぐぐぐ、とじわじわ鎖に絞め付けられる。首にめり込み、耐え切れず呻きながら俺は言う。

「……ア……ッ良……ン…………だよ」

返されると思っていなかったのか、掠《かす》れた俺の声に男が「アァ?」と不愉快そうに顔を歪めた。更に絞め付けが強められ、とうとう息ができなくなる。苦しくて視界が淀《よど》む。

「何が良いのか言ってみろクソガキが!!」

勝ち誇った怒声が耳に響きながら、俺は潰されかける喉に声を出すことを諦める。

……そう、良いんだ。このままプライド様達の壁になって騎士として立ち続ける。それが俺の今の役目だ。そうすりゃア……。

また、昔の言葉を思い出す。絞め殺されかけながら男へ笑ってみせれば、男は急激に目を吊り上げた。そしてとうとう鎖が俺の首をへし折ろうと、

「ッハァ!!!!」

凛とした声が響く。花の香りが鼻孔《びこう》を掠め、揺らめく深紅《しんく》が視界を過ぎた。俺を絞め付けていた鎖が木っ端微塵に砕け散る。

バリイイインッ!!　と、金属特有の破壊音と共に砕かれた鎖が地に舞った。

間に合った。

その確信を胸に私は静かに息を吐き切った。安堵とそして鎖の男への敵意だけが全身に行き渡る。

アーサーが壁になって気を引いてくれたお陰だ。

彼が下ろした剣を敢えて私達の方へ滑らせてくれた時、迷いはなかった。アーサーは剣を手放したのではなく、私に託してくれたのだとすぐにわかったから。彼の大きな背に隠れ、ジルベール宰相の手によってものの数秒で年齢操作が解けた。十一歳の身体から手足が伸び、本来の十五歳に戻り切ったところで駆け出した。アーサーが滑らせた剣を拾い、思いっきり跳び跳ねた。

意思を持って跳ねれば、望み通り足音も立てずに空中高く上がることができた。そのまま今にも絞め殺されそうなアーサーへ降下した。鋼鉄の鎧すら真っ二つにできたプライドに、たかが鎖が斬れないわけがない。確かな確信を持った私は、アーサーに巻き付く鎖だけを狙って剣を振り下ろした。

バリィイイインッ‼　と、思った通り落下と同時に振り下ろした剣はアーサーに巻き付いた鎖を縦に斬り砕いた。鎖の破片が散らばり、半端な長さになって周囲に散らばった。

「大丈夫ですか⁈」

ジルベール宰相が気を失ったステイルを抱きかかえながらアーサーへ駆け寄ってくれる。

膝をついた彼が息をしていることを確認した私は、吐ききった息を再び吸い上げた。着地してすぐまた跳ね上がり、宙返りで体勢を整えたらヴァルの首に巻き付く鎖へ剣を振るう。バリンッとこちらも簡単に砕けた。……相手が鉄であろうとも望んだ箇所のみ確実に斬り砕く。プライドのラスボスとして振る舞われる悪逆非道なチートさえあれば、どんな剣でも名刀レベルだ。

二人の無事を確保したところで着地したまま仁王立つ。顎を引き、眉間に力を込めてもともと目つきの悪い眼を更に吊り上げ見据える。鎖の男へ向け、王女としての怒りと侮蔑《ぶべつ》を込めて言い放つ。

「下郎が。私の民に何をする」

鎖の男は、口をあんぐりと開けながら散らばった鎖に目を落としていた。私の登場に訳がわからない様子で周囲をグルグル見回し、最後には「ふざけるなッ!!」と顔を真っ赤にして叫んだ。再び私へ……いや、私達へ鎖を差し向ける。私に斬られて中途半端に短くなった鎖が、大男が首から肩に掛けていた鎖が、四散した鎖が蛇の群れのようになってこちらに襲いかかってくる。

「見苦しい」

一言で切り捨て、私は駆ける。向かってくる鎖を今度はすれ違いざまに一本一本縦に斬り裂いた。鎖の繋ぎ目ごとの〝横〟ではなく、中央縦一線に。斬られると同時に全ての繋ぎ目がなくなった鎖は、粉々に四散した。アーサー達を円で囲うように駆け、周囲に集まる鎖を全てバラバラに砕き切る。一周回った時には全てが鎖〝だった〟ものに変わっていた。

「な……なっ、な……!!」

鎖の男が足を開いて絶句する。一歩一歩すり足で後退り、白目になるほど目を剥いて私を凝視した。きっと素人目《しろうとめ》には私が走っただけで鎖が四散したようにしか見えなかっただろう。男が今度は足をガクガク震わせながら銃を取り、両手で構えるようにして私へ向けてきた。私の背後にはアーサー達がいる以上、避ける訳にはいかない。……ならば。

剣を強く握り、男を見据え構える。鎖の男が肩を強ばらせながら引き金を引き、銃口が火を噴いた。

『予知能力で全てお見通しよ!!』

私の中の、ラスボス女王プライドが笑った。

目をしっかり開き、瞬間に剣を振るう。一閃が二発の銃弾を同時に斬り裂いた。手ごたえを感じた瞬間、裂かれた銃弾が私の左右へ飛び散った。あまりに他愛《たわい》もなくて自分でも驚いた。弾が飛んでく

る場所とタイミングが、まるで手に取るように一瞬でわかってしまったから。

鎖の男も目の前の現象に眼球が落ちそうなほど目を見開き、血走らせた。信じられなかったらしく、今度は弾の限りに連射する。パンパンパンッと乾いた音が響き、私は剣を数閃にわたり振るい続けた。まるで私の前に見えないバリアがあるように次々と銃弾が四散し床へと散らばる。暫くもしない内に男の銃がカンッカンッと空っぽの音だけしか鳴らなくなる。とうとう弾も切れたらしい。

鎖がどこかに残ってないか目で探すけれど、鎖の形状をした物などもうどこにもない。剣を片手に距離を縮めれば次はナイフを取り出した。来るなと私に喚き、それでも近づけば今度は周囲の仲間に自分を助けろと騒ぎ出す。けれど既に殆どが騎士によって粛清《しゅくせい》された後だった。生き残っている仲間も誰もが自分のことだけで精一杯だ。鎖の男はナイフを振り回しながら来るな来るなと喚き、最後にはわなわなと唇を震わせ涙目になりながら私に叫ぶ。

「……っ、……このッ……バケモンがァ!!」

また懐かしい響きだと思う。

全く心は揺らがない。何故ならそうであることを私が誰より理解しているのだから。

「……特殊能力を持っているということは貴方もまたフリージアの民なのですね。……残念です」

そう静かに語りかければわかりやすくナイフを持つ手を震わせた。……また、一歩近づく。

「ツき、来てみろ!! 刺し違えになろうが殺される前にテメェをこの手でブチ殺」

「殺しませんよ。私の手が汚れます」

はっきりと断れば男は私の言葉にキョトンとし、次には媚《こ》びへつらうようにニヤニヤと笑みを浮かべた。そうかいそうかい、優しいねぇと急に頭を下げ出す男を視界から消すべく、一度私は目を瞑《つむ》る。

そう、王は基本的に己が手を汚してはならない。処刑を言い渡すのとは訳が違う。身を守る為などのやむを得ない事態でなければ、ゲームのプライドのようにその手を血に染めるなどもっての外だ。そして私は第一王位継承者、未来の女王。どれほどに彼が許せなくても直接手は下せない。四年前の奇襲者だってこの手では殺していない。今の今まで守り続けてきた潔白の手だ。

だから。

「殺しませんよ、私の手では」

そう宣言し、男の眼前で手の中の剣を高々と宙へ放り投げた。男は口を開けたまま宙で回転する剣を見上げる。

「フリージア王国が女王、ローザ・ロイヤル・アイビー陛下の命は〝組織の殲滅〟」

真っ直ぐ彼を見据えながら私は告げる。そう、彼は我が国の民である以上に我が民の敵。そして女王の定めた彼の行く末は。

「粛清なさい、アラン隊長」

私の命令と同時に、空中の剣へ向かい影が飛び出した。放たれた刃が正当な持ち主の元へと帰る。剣を掴み、彼は着地と同時に振り上げた。鎖の男が気づいた時にはもう遅い。

「仰せのままにっ!!」

弾けるような声と、敵を粛清する寸前とは思えない満面の笑みで剣を振り下ろした。男の身体が一閃と共に赤く染まる。真っ二つにされた身体がそれぞれ倒れ込み、噴き出す血が私の頬にかかった。

「……ジャンヌ様」

ニカッと笑みを浮かべたアラン隊長が、白の団服を赤く染めながら私に向けて小さく振り返った。

「あと少しだ!!　逃げ遅れてる奴らはいないか?!」

「隊長！　エリック班は既に救出を終えて三番隊と合流したと連絡が繋がりました！」

「いよっしゃ!!　じゃあ後は俺達が逃げるだけだな?!」

殲滅終了後、通信の特殊能力者からの報告にアラン隊長がガッツポーズをして撤退の足を強めた。私達もそれを聞きながらお互いに目配せをし安堵する。主犯格を倒し、人身売買の一味を殲滅した私達は……勝利の余韻を味わう暇もなく出口へ急ぐことになった。


突如、この洞窟にめがけた投爆を受けて。


崩壊を始める洞穴から脱出すべく、ジルベール宰相に再び子どもの姿にしてもらった私はアーサーに抱えられながら出口へ向かう。通信兵の話だと爆撃は外部からのものだけど正体はまだわからないらしい。もしかしたら外に仲間が隠れていたのかもしれない。騎士に運ばれるステイルも一向に目を覚まさないし踏んだり蹴ったりだ。

ジルベール宰相によると、途中で合流した騎士にセフェクとケメトを託した後、ステイル達を心配して単身で上級の檻に向かってくれたらしい。そこで足止めを突破されたヴァルと、穴から引っ張り出されたまま気を失っていたステイルを見つけたと。それから私達が駆けつけるまで二人を庇ってくれたジルベール宰相にはもう感謝しかない。逃げ遅れた人もいないみたいだし、あとはこれで……。

「それが今！　こちらの洞穴の中に保護した子ども二人が飛び込んでいったという連絡が」

「ッまさか‼」

通信兵の報告に、聞いていたアラン隊長よりも先にヴァルが反応した。私も多分考えたことは同じだ。アラン隊長が「何やってんだカラムは‼」と叫ぶ。確か三番隊隊長の名前だ。二手に分かれる道までは全員注意して確認を！　とアラン隊長が指示を飛ばす中、私は通信兵に尋ねる。

「その子ども達はどうやって騎士をくぐり抜けてきたのですか⁉」

人身売買組織の洞穴に戻ろうとする子どもを騎士が止めないわけがない。そう思って声を上げると、これ以上顔を出さないようにとアーサーに頭を再び押し込められてしまう。……そうだ、私はこの姿でも騎士に正体がバレるんだった。慌てて首を窄《すぼ》めればジルベール宰相が「どんな子どもでしょうか？」と質問を重ねて騎士に誤魔化してくれた。

「十歳前後の男女だ。まだ詳しくは確認が取れていないが、水の特殊能力で逃げられたと……」

「ッだあああああああああああ‼　あンッのクソガキ共ッ‼」

最後まで聞かず、ヴァルが雄叫《おたけ》びのような怒声を響かせ足を速め走り出す。そのまま先導する為に私達に足を合わせてくれていた騎士達をも追い抜いていく。引き止めようと声を掛けたけど、タイミング悪くそれよりも大きな声で「おい待て‼」というアラン隊長の声に打ち消されてしまった。もう一度呼び止めようとしたら今度はヴァルの「セフェク！　ケメト‼」という怒鳴り声に打ち消される。騎士達も追おうとするけれど、広くない通路で崩れ落ちてくる瓦礫から私達を守るので精一杯のようだった。その時。

「ヴァル?!」

少女の声。聞き覚えがある、セフェクの声だ。

私が気づくよりも先にヴァルが更に足を速めて駆け出した。アラン隊長も連絡にあった子どもの声だと判断して後ろの騎士達に「速めるぞ！」と叫び、更に速度を上げていく。子ども姿のジルベール宰相に肩を貸していた騎士もとうとう彼を抱えて走り出した。全員が一つの塊となって、先行しようとするヴァルを追いかけた。

「ッヴァル！　ヴァル!!」

二手に分かれた道の手前にセフェクがいた。私達が追いついた時には、駆けつけたヴァルへ目に涙を浮かべながら彼女が飛びついた瞬間だった。まだ十一歳で背丈の低いセフェクが身体の大きなヴァルの腰にしがみつく。ヴァルがそれを両手で受け止めながら「ケメトはどうした！」と声を荒らげた。

「ケメト、ケメトがあそこにっ!!」

ヴァルの服を引っ張り、セフェクが指さした先は出口とは反対の道だった。崩落があったのか、瓦礫で完全に塞がれてしまっている。なんで一緒にいねぇんだと叫ぶヴァルに、二人の間に瓦礫が落ち、引き裂かれたことを彼女が説明した。舌打ちをしながら目の前の瓦礫をなんとかしようとヴァルが土壁の特殊能力を使うけれど、思うように動かせない。彼の特殊能力はあくまで自分の前に土壁を作ることと、自分を中心としたシェルターを作ることの二つだけだ。瓦礫を思い通りに操る能力ではない。

騎士達が撤去作業をしようとするけれど、それより先にまた地響きのように洞穴が揺れ、瓦礫がガラガラと降り出してきた。騎士が剣で瓦礫の壁を破壊しようと試みるけれど、一箇所の岩がボコリと崩れたところでブロック消しのようにすぐ上から更に瓦礫が落ちて塞がれてしまう。私が剣を振っても結果は同じだ。一箇所を破壊したところでまた更に上の瓦礫に埋められてしまう。

「クソッ！　ケメト！　ケメト!!　返事をしろッ!!」

ヴァルが必死に素手で目の前の瓦礫を退かそうと力任せに岩を掴み、引っ張り出す。アラン隊長が立ち往生する人数だけでも減らそうと指示を飛ばす中、小さな隙間に更に手を突っ込み、また瓦礫引っ張りだそうと繰り返し足掻《あが》く。手が何度も瓦礫に挟まれ、力任せに掻き出せば爪が割れ、剥がれ、褐色の肌が切れて血まみれになっていた。それでも躊躇うことなく何度もケメトの名を呼び続け、瓦礫に向かって穴を掘り続ける。

騎士達が数人手伝い、瓦礫の岩を外し始めるけどその間も洞穴自体の崩壊は止まらない。騎士達がせめて私達だけでも避難させようとするけれど、私はアーサーにしがみついて拒否する。「彼らだけでも先に」と叫び、ジルベール宰相とステイルを示す。ジルベール宰相が自分も残ろうとしてくれたけど、私が弟をお願いと頼むと顔を険しくはしつつも無言で頷いてくれた。セフェクもヴァルと残ると抵抗したけれど、彼女もまた強制的に騎士に抱えられて連れていかれる。

「アーサー！　ジャンヌ様を絶対死なすなよ!!」

騎士二人とヴァル、そして私とアーサーが残る中、アラン隊長が歯を食い縛りながらジルベール宰相達を出口へと先導していく。彼らをを見送った後私も堪らずアーサーから下り、ヴァルや騎士達と一緒に瓦礫を剥がす。私が掘り始めたことにアーサーは最初戸惑っていたけれど、すぐ一緒に掘り始めてくれた。

悔しいことに非力かつ十一歳の身体の私は殆ど彼らの役に立たなかった。ヴァルや騎士達が片手で掘り起こす岩一つに、私は両手で踏ん張らないと敵《かな》わない。

「……ヴァル？」

崩落が更に激しくなり、アーサーや騎士達が私とヴァルだけでも強制的に避難させようとした時だった。小さく、くぐもるような声で確かに聞こえたのは少年の声だ。見れば、小さく貫通させることができた穴からケメトが顔を覗かせていた。

「ッケメト‼　そこから動くんじゃねぇぞ‼」

貫通した穴を広げるように騎士が、ヴァルが、アーサーが、そして私も微力ながらにそこを掘り進める。私の腕が通るかなくらいの穴から、なんとか大人の腕一本分の幅まで広がってきた時だった。

ガラララララララッ‼

激しい音に思わず振り返れば、今度は私達の足場が崩れ始めていた。気づいた騎士が「まずい！この地帯は崖上だぞ⁈⁈」と叫ぶ。それを聞いて一瞬息が止まった。上からだけではなく足場からもとうとう危険が迫っている。早く、ケメトを助けないと。

瓦礫の向こうにいるケメトの叫びによると、本人は瓦礫と瓦礫の間に挟まれた状態らしい。前からも後ろからも瓦礫に阻まれ、全く身動きが取れない。なら瓦礫がこれ以上崩れる前に彼を助け出すしかない。逃げ場もない場所ではこのままケメトが潰されてしまう。

「！　そうだわ、ヴァル‼　今ケメトが近いのだから、特殊能力で自分を中心に瓦礫の」

ドームを作れば！　と言おうとした瞬間「駄目だ！　ケメトの体格じゃ俺の能力で瓦礫と一緒に飲まれちまう‼」とヴァルが声を荒らげた。子どもとしても小さなケメトの体格は大きな瓦礫と大差ない。

「ッもう良い‼　テメェらは出口に行ってろ！」

歯をギリリと鳴らしながら私達へ叫ぶ。暗に〝自分だけ残る〟ということだ。……彼はわかっているのだろうか。たとえ自身の特殊能力を使っても崖の崩落の時のようには助からない。今回は足元からも崩れているのだから。自分の周りを瓦礫で覆うだけで精一杯な彼は、足元が崩落したらきっと為す術もない。

騎士達がそんなことはできない、とヴァルを避難させる為に二人がかりで瓦礫から引き剥がそうとする。けれどヴァルは瓦礫に腕の力で齧り付き「やめろッ‼」と怒鳴った。

「テメェらは新入りの騎士か⁉　それとも覚えてねぇのか‼　俺は罪人だ‼　四年前の騎士団襲撃でテメェらの騎士団長嬲って捕まって隷属の契約に堕とされた大罪人だ！」

だから放っておけと、一息に早口でヴァルが言い切る。けれどそれで見捨てる騎士でもない。構わず彼の身体を掴み、引き剥がそうとする。それでも彼は頑なに動かない。私が思わず「ヴァル」と声を掛けた途端「ッ言うな‼」と叫んだ彼は血走らせた目で私を睨みつけてきた。

「ッ言うな……‼　絶対にっ、命じるんじゃねぇ……‼」

フーッフーッと獣のように荒い息を吐きながらヴァルは唸った。私が命じれば隷属の契約の効果でどれほど拒んでも無理やり彼をこの場から撤退させることができる。それを先に拒んだのだ。……当然だ。それはケメトを見捨てるということになるのだから。

——……これは、きっと間違っている。

そう思いながら、私は敢えて口を開く。騎士達から未だ抵抗を続け、瓦礫を引き剥がそうとしがみつく彼へ。

「……ヴァル」

私の言葉に目を見開き、喉だけで「やめろ」と呻く。私が命じれば彼は逆らえられない。崩壊が続く中、静かに私はヴァルの目を真っ直ぐに捉え、命じた。

「素手と土壁の能力で私達を引き剥がしなさい」

騎士達が、アーサーが、私の発言を理解するよりも先にヴァルが動いた。許しを得たその両手で騎士達を突き飛ばし、特殊能力を振るう。瓦礫を積み上げ、高い土壁を騎士と自分との間に構築していった。瓦礫の山がガラガラとヴァルの姿を隠す中、彼は小さく私の方を振り返り、

……笑っていた。

洞穴の崩落と土壁が積み上がる音で聞こえなかったけれど、確かに私へ向けて彼の口が動いた。

「ありがとよ」と。

それだけを見届け、彼は私達の前に土壁を築き、姿を消した。

言葉を出せない私をアーサーが再び抱える。騎士二人へ「行きましょう」と声を掛け、先導するように出口へと駆け出した。騎士二人も何かを察したように無言でアーサーに続いていく。

アーサーの肩にしがみつき、ぐっと歯を食い縛る。それでも涙が目尻に滲んで堪らなくアーサーの肩に顔を埋めて擦りつけた。ヴァルがいた場所が、土壁が、どんどん小さくなって、瓦礫が降り落ちていく。

……こうするしか、なかった。ヴァルの望みがこれだったのだから。

外にはセフェクがいる。彼女のことを考えるならせめてヴァルだけでも連れて帰るべきだった。でも、彼はあの時確かに望んでいた。

ケメトを救えないくらいならば共に瓦礫の下敷きになることを。

ヴァルを置いて出口へ向かう私達は大岩を避け、崩落する瓦礫を浴びながら走り続けた。出口はすぐそこだ。遠目だけれど風が吹き込み、外の空気と匂いがすぐそこまで来ている。洞穴の向こうから急げと誰かが呼ぶ声が聞こえた。上り坂になったその通路を走り、走り、とうとう出口が見える。うっすらとした月明かりとそして灯《ひ》が見える。走り、走り走り走り!!

登り切ると同時に出口へと飛び出した。

「ツジャンヌ!! アーサー殿!!」

ジルベール宰相の声が迎えてくれる。騎士達の傍から私とアーサーに駆け寄り、お怪我はありませんかと声を掛けてくれた。ステイルはと尋ねると、今は騎士達が保護してくれていると教えてくれた。

「ツケメトとヴァルは?!」

騎士達を押し退け、セフェクが私達のところへ駆け込んでくる。緊張のせいか手足を震わせ、額を汗で湿らせている。どう伝えれば良いか言葉を詰まらす私やアーサーより先に騎士が彼女に説明をしてくれた。話を聞いていくごとに顔色がみるみると変わり、口をパクパクとさせたセフェクは最後まで聞き終わる前に洞穴へ駆け出し、今度こそ騎士達に止められた。

「ツ離して!! 馬鹿! ケメトッ……ヴァルを!」

君まで死んでしまう、落ち着いてと騎士が声を掛けるけれどそれでもセフェクは暴れ、抵抗し、騎士の顔面へ能力で水を浴びせかけ、髪を酷く振り乱してその目から大粒の涙を溢れさせた。

ヴァルとケメトを見捨てた私に彼女へ言葉を掛ける権利なんてない。私は一人唇を噛みしめ、重力に引っ張られるままこうべを垂らし、地を睨みつけた。

悔しい。せめてこれがゲームであった出来事だったら先にわかったかもしれない、もっと良い方法が見つかったかもしれないのに。……八歳の頃から変わらない。私だけがいつまで経っても無力だ。

ずっと勉強を続けて策士としての能力を発揮させたステイルとも、騎士としてだけでなくステイルやジルベール宰相とも手合わせで技術を身につけていったアーサーとも、国の在り方を良い方向に変えていってくれているジルベール宰相とも違う。ただ生まれ持っての知識と能力に頼り続けてきただけだ。こんな人間が次期女王なんてっ……‼

今までも何度か感じた無力感に再び襲われる。悔しさを通り越して怒りが沸き立った。俯いたままひたすら指先を震わし続けた、その時だった。

「ジャンヌ」

突然、その名で声を掛けられて顔を上げる。見上げればジルベール宰相だ。なにか私に言うことを躊躇うように一瞬だけ目を逸らし、そして再び口を開く。

「実は、これはあくまで推測の域なのですが……」

そう切り出されたジルベール宰相の言葉に、私は目を見開いた。

そんなっ……‼

一緒に話を聞いたアーサーも驚き「それって‼」と声を上げた。

そうだ、それならば。

私はセフェクへ再び顔を向ける。ケメトとヴァルの名を何度も呼びながら泣き続ける彼女を見て、決意を固める。アーサーが傍にいる騎士から剣を借りるのを横目にもう一度私は走り出す。

崩壊する、洞穴の中へ。

アラン隊長や騎士達が引き止めようとするのをジルベール宰相とアーサーが阻んでくれた。そのまま私が一足先に洞穴の中へ飛び込むと、今度は素早くアーサーが追いかけてきてくれた。驚いて振り返ると聞くよりも先に「俺も行きます‼」と叫ばれる。同時に瓦礫が落ちてきて、完全に出口が塞がれた。

もう、引き返せない。アーサーが私に追いつき、近くに落ちてくる瓦礫を剣で砕き弾いてくれる。何度か大岩が私達の進路を塞いだけれど、それすらも避けるより先にアーサーが剣で砕いて切り開く。

「ヴァル————ッ‼　返事をしなさい‼」

瓦礫の音に負けないように力の限り叫ぶ。もうさっきヴァルと別れたところだ。

「命令です！　聞こえるなら私の声に答えなさいッ‼」

眼前まで辿り着いてすぐ、ヴァルが構築した土壁へもう一度声を張り上げる。「ッなんでいやがる⁈」とすぐに驚いたような声が返ってきた。良かった、まだ無事だった。

「ケメトは⁈」

土壁に向かい声を張り上げる中、アーサーが私の周囲を守るように降ってくる瓦礫へ注意を払い、砕き、弾いてくれる。

「ッまだだ‼　だがそこにいる！　テメェらは早く」

「命令ですヴァル‼　今すぐ土壁を解除しなさい‼」

ヴァルの言葉が言い終わるよりも先に私が命じる。「アァ⁈」という怒鳴り声と共に、命令通り壁が解除される。全て解かれるまで待てず、土壁が崩れ出してすぐ私とアーサーは二人で崩れていく壁の岩を無理やり剥がし、最後は低くなっていく壁を乗り越える形でヴァルの元へ駆け寄った。

「何故戻った⁈」と怒り、睨むヴァルの腕は酷い有様だった。あの後もずっと穴を広げようとしたのか、一度穴から出した腕は擦り傷どころか所々が切れ、抉《えぐ》れ、血にまみれ、殆どの指は爪が丸ごとは残っておらず血が溢れ出していた。なのに穴は未だ子ども一人が頭を潜らすのにも難しい幅しか開いていない。穴の奥を覗き込めばケメトがこちらを涙で濡らした目で見つめてた。

「ヴァル！　命令です!!　今すぐ手を伸ばしてケメトの手を取りなさい!!」

私の言葉にヴァルは訳がわからないように目を開きながら、命令通りに穴へ腕を差し込み、瓦礫の向こうのケメトへと伸ばした。続いてアーサーが大声で「ケメト！　ヴァルの手ぇ掴め!!」と叫ぶ。

「ッおい！　何のつもりだ?!　こんな穴から力任せに引っ張りだせる訳ねぇだろうが!!」

肩から穴にめり込ませるように手を伸ばし、顔も瓦礫に押し付けた状態でヴァルが私達を血走らせた目で睨む。同時に私達が立っている足場が亀裂でピシピシと音を立て始めた。もう瓦礫どころじゃない、完全にこの洞穴自体が崩れ始めている証拠《しょうこ》だ。

「命令です!!　ケメトの手を掴んだら、貴方の特殊能力で」

「ッだから俺の能力じゃこの瓦礫を動かすことは」

「瓦礫だけじゃありません！」

彼の言葉を更に遮る。もう時間はない。彼に理解させるよりも前に私は隷属の契約を行使する。壁の向こうからケメトが「掴めました！」と叫んだ。

「貴方の主として命じます!!」

大声で彼に叫ぶ。ガラガラと崩落の音でもう声を張らないと近くにいても上手《うま》く聞こえない。だから喉が裂けるくらいに思い切り!!

「この洞穴全てを制御なさい!!」

私の命令にヴァルが目を剥く。できる訳ないだろうと、何を言っているんだとその目が言っている。それでも言葉の意味さえ理解すれば隷属の契約が始動する。彼の意思に関係なく身体が、能力が動く。まるで暴れるように主の命令に従うべくその特殊能力を発動する。

「ッぐ　あぁッ……ああああああああっ?!!」

言葉を上手く発せないようにヴァルが唸り出す。自分でもその身体に何が起こっているのかわからないのかもしれない。酷く声を荒らげながら口をパクパクと動かし、見開かれた目がチカチカと瞬くように激しく動く。そして次の瞬間には〝洞穴全体が〟うねりを上げた。

まるで洞穴全体が一つの生き物のように。巨大生物の体内にいるかのような違和感すら感じてしまう。洞穴内が歪《いびつ》に動き出し、亀裂の入った足元がまるで絨毯《じゅうたん》を揺らしたかのように波打った。

気がつけばさっきまであんなに降っていた瓦礫まで止んでいた。見上げれば今まさに落ちてくるはずの瓦礫が宙に浮かんだまま止まっている。それどころか、まるで映像を巻き戻ししたかのようにもともと合った天井へと戻り、嵌《はま》っていく。

ガラガラと音が鳴ったかと思えば、私達の退路を塞いでいた瓦礫が文字通り道を開くようにして左右上下へ動き、隅へと寄せられた。洞穴が元の姿に、というよりも作り変えられているという印象だ。まるで前世の映画で観《み》た宇宙空間の立体映像のような異様な光景で、洞穴全体が私達を中心に再構築されていく。

「…………どう……なってやがる……?」

振り返れば、ヴァルが今までになくポカンとした表情で硬まっていた。開いた口が塞がらない様子だ。何度も瞬きを繰り返し、彼にしては珍しく周囲をキョロキョロと見回している。そのままハッとした表情をしたかと思えば、自分が腕を突っ込んでいる瓦礫へと目をやった。すると今度はまるで瓦礫自体に意思があるかのように纏まって動き出す。積み上がっていた全てが左右へ崩れるようにして退き、洞穴内の隅へ端へと寄っていった。あれほど騎士やヴァルが必死に剥がそうとした瓦礫が自ら彼に道を開けていく。そして、瓦礫が退くその先にはヴァルの手をしっかりと握りしめたケメトがいた。

顔中を涙で濡らし、ケメト本人も目の前のことが理解できないように口を開いたままだった。完全に瓦礫が退くまでヴァルの方を見上げ、彼と自分の目がパチリと合った瞬間、

「ッケメト‼」

先に叫んだのはヴァルだった。繋いだその手で小さなケメトの身体を引っ張り上げるようにして躊躇いなく抱きしめた。

一拍遅れてケメトが「ヴァル！」と叫び、彼の身体にしがみつきそのまま泣き出した。ケメトを両手で抱え、そのまま抱きしめるヴァルの肩が何かを堪えるように酷く震え出す。

「……ッカヤロウ……！　なんで、テメェは……テメェらはいつもいつもいらねぇことを、いつも……いつもっ……‼」

ケメトを抱きしめながら俯き、歯を食い縛る音を鳴らすヴァルの表情は私やアーサーにも見えなかった。ただ最後、一人噛みしめるように「良かった」と、……確かに彼はそう呟いた。

「……っ、……っっ……これはっ……、……ヴァル、がやったんですか……？」

えぐ、えぐと嗚咽を混じえながら尋ねるケメトに、ヴァルはゆっくり顔を上げる。その直前、一度だけ片腕で両目をぐいっと擦った。

「……わからねぇが」

多分そうだろう、と含みを込めた返事とともにヴァルが赤くなった目で私とアーサーを見た。説明を求めるその眼差しを私からも喉を鳴らしてから見返した。

「いえ、やったのはヴァルとケメト二人です」

そう断言すれば、二人は同時に目を丸くして互いに顔を見合わせた。ヴァルはともかく、ケメトの反応には少し驚いた。彼もまた自身の特殊能力を自覚していなかったらしいという事実に。

「ええと……ケメトは自分の特殊能力についてどう把握していたの？」

今までの口ぶりから、自分が特殊能力者であることは知っているようだった。アーサーのように勘違いするような能力でもないと思うのだけれど。

「知ってたのはセフェクだけ」

「です」「だ」とケメトとヴァルが最後の語尾以外完全に被った。全く状況を理解できない様子の彼らに、私は洞穴を出てからジルベール宰相が話してくれた推測を簡単に説明することにした。

ケメトの特殊能力が特殊能力者の能力増強であることを。……しかも、かなり強力な。

もともと、洞穴から騎士達に無理やり撤退させられたセフェクが気になってはいたらしい。彼女はその間もその後もずっと能力を使って放水を騎士に浴びせてはいたけれど、その威力はコップの水を振りかけた程度。彼女の性格上騎士に手心を加えたとも思えなかったそうだ。……この話をした途端、ヴァルとケメトも二人揃《そろ》って〝絶対手心なんて加えない〟という確固たる意志を含めた首を縦に振った。二人の中のセフェクの扱いもなかなかだ。

その後、セフェクがケメトと手を繋いでいる時は檻の扉を壊したり、人身売買の男達を吹っ飛ばした話をしたら今度はヴァルが「アイツが?!」と若干前のめりに驚いていた。どうやらセフェクはヴァルの前ではケメトとの連携攻撃を四年間見せていなかったらしい。ケメトもケメトで「セフェクは本気を出すとそれくらいっていつも言っていました」とのことだった。七歳の彼では四年間そう言い聞かされていたら信じてしまうだろう。

二人の話によると、セフェクはケメトの特殊能力はすごいから大きくなるまで知っちゃダメと隠していたらしい。確かに、もしケメトの特殊能力が知られたら人身売買組織でなくても彼の能力目当てに欲しがる人間は多いだろう。コップ一杯分の威力が放水機以上の威力になるのだから。

本当に、私も早く気づくべきだった。昨夜ヴァルはセフェクの話をした時に『俺を起こすのに毎回能力使って全力で水をぶっかけてきやがる』と言っていた。あの檻を壊すレベルの放水攻撃を毎朝受けていたら正直洒落《しゃれ》にならない。しかも、セフェクはあの能力を使う時は必ずケメトと手を繋いでいたし、二人が分断されてから一度もセフェクはあの凄まじい放水攻撃を見せなかった。本当ならケメトを助けるためにあの放水で瓦礫を崩せないか試してもおかしくないのに。

そしてジルベール宰相から話を聞いた私達は、もともと土壁とドームだけの特殊能力とはいえその威力自体は強大だったヴァルがケメトの力を得たらこの洞穴……とは言わずとも、周囲の瓦礫を制御、操作くらいは容易じゃないかと考えた。全力を出させる為に「この洞穴全体」とも言ってみたけれど、まさか本当に洞穴全体を制御してしまうとは思わなかった。

説明を終えると、ヴァルはケメトを片腕で抱えたまま違和感を確認するようにもう片手でグーパー

グーパーと開いたり閉じたりを繰り返し始めた。そのまま洞穴全体を見回し、その手に合わせて瓦礫がまるで脈打つように動き出すのを眺め続ける。遊ぶなと言いたかったけれど、私も正直予想以上の威力に驚いていたのとヴァルがどれほど洞穴を制御しているのか気になり、少し様子を見てしまう。アーサーもちょっと興味深そうだった。

その後もヴァルは軽く手を動かすような感覚で瓦礫を動かしたり、足場を盛り上げたり、出口への通路を狭めたり広げたりを繰り返し、……そしてニタリと笑った。

「…………ハッ」

鼻で笑った次の瞬間。ヴァルが片手を思い切り足元へ叩きつけると同時に、私達のいた足場全体がドキャァアアアッ！　と岩音と共に数十センチ持ち上がった。

私が思わず短く悲鳴を上げ、アーサーが私を守るようにしゃがみながら片腕で抱え、ヴァルに抱えられたケメトは驚いたようにその裾《すそ》を掴んだ。

「え？　え?!　うそ?!　うそうそうそうそ?!」

私は信じられず半ばパニックになって声を上げてしまう。持ち上がった私達の足場がそのまま魔法の絨毯のように滑らかに動き出している。出口への上り坂をかなりの猛スピードで上がっていくそれは、前世のジェットコースターにも近かった。ものすごく懐かしいその感覚に悲鳴を上げ続ける中、アーサーが振り落とされないように私を抱いて足場に掴まった。

「ヒャッハハハハハハハハハハッ!!!!」

危機感を抱く私達をよそにヴァルだけが酷く上機嫌だ。まずい、一番始末が悪い人にケメトの能力が渡ってしまったかもしれない。

まるで新しい玩具《おもちゃ》を手に入れた子どものようにはしゃぐヴァルに、私は一抹の不安を覚える。その間も足場はどんどん出口へ高速で駆け上がっていく。

もともとそこまで距離のなかった出口だ。高速で滑り上がっていた足場が出口で急停止した瞬間、その反動で私達は盛大に足場から吹っ飛ばされた。

タイミングをわかっていたヴァルはケメトを抱えたまま綺麗に着地したけれど、私達はそうもいかない。アーサーが守ってくれたお陰で私は怪我がなかったけれど、アーサー本人は顔面が砂まみれになっていた。

ジルベール宰相や騎士達が私達に駆け寄って無事を喜んでくれたけれど、目の前の現象は未だ飲み込みきれていない様子だ。当然だ、外から見れば突然洞穴の崩壊が止まって不自然に蠢《うごめ》いたと思えば、謎《なぞ》の乗り物に乗って私達が飛んできたのだから。取り敢えずはケメトの能力を隠す為にもヴァルだけの功績にした方が良いのだろうかと、そんなことを考えた時だった。

「ケメト！　ヴァルッ‼」

悲鳴にも似た声と同時にセフェクが騎士達を押し退けて飛び込んできた。ヴァルの腕から下りたケメトが泣きながらセフェクに駆け寄り、その腕に抱きしめられる。細い両腕でケメトをぎゅっと抱きしめて「よかった……よかったぁ……」と泣きじゃくるセフェクに心から安堵する。

みんな、無事で済んで本当に良かった。

ガチャ……ガチャ……ガチャ……

「わ～い皆助かったぁ～。……とか思ってんのかなぁ、アレ」

ケラケラと上空から笑いながら彼は騎士達を見下ろした。双眼鏡を手で弄びながら、独り言のように呟いた。

「あ～でも今のすごいなぁ。なんか地面が動いてなかったか？　なにあれ、土の特殊能力とか？　どんな奴だ⁇　ティペット！　ちゃあんと騎士共に気づかれねぇようにしてるだろうな？」

暗闇のせいで上空からはどんなに目を凝らしても人の姿まではは っきり見えない。顔の判別どころかシルエットしかわからない状態で、彼は誰だ誰だと前のめりに縁から覗き出す。

ティペットと呼ばれたその人間は頭からローブを被り、男か女かすら判断がつかない姿をしていた。彼の言葉をただただ黙して聞く人形のような反応に、投げかけた本人である彼は全く気にしない。当然だ、ティペットの役割は彼への相槌《あいづち》ではない。ただ、〝役割〟を全うすることだけだ。

「うわ～、死傷者とかフリージアにはいねぇの？　それとも中に取り残されたままとか⁇　騎士も捕まった商品も被害者ゼロとかだったらつまんねぇ～……なぁ？」

ニカァ……と不気味な笑いを浮かべて、彼は気球を操縦する男達へと振り返る。

「さっき落とした爆弾さぁ、残り半分も持って帰るの面倒だよな？」

フリージア王国騎士団を上空から確認してから彼の思いつきで行った爆弾投下。その二投目を示唆《しさ》する言葉に男達は、ただひたすらに頷いた。

唐突、だった。

何もないはずの闇夜からいくつもの爆弾が降り注がれたのは。

ドガァッドガァドガァッドガァッッ!!

連続で激しい爆破音がすぐ近くでいくつも響き、四方からの爆風に吹き飛ばされてその場に集まっていたはずの全員が散り散りになった。

キーンと耳鳴りが酷く、頭痛で揺れる視界の中で土煙の隙間から人がいるのがちらりと見えた。騎士かジルベール宰相達かヴァル達か、視界がぼやけてそれすらもわからない。暫く身を屈めたまま待つと「お前ら無事か?!」「負傷者は声を上げろ!!」とうっすら騎士達の声が聞こえてきた。耳鳴りが治った頃にやっと私もゆっくり立ち上がる。

ぼやけながら私の視界に映っているあの影は誰か。目を凝らしてみると、その影も耳を押さえながらゆっくり私と同じように立ち上がった。大人の体格から騎士の誰だろうと思ったけれど「おいセフェク！　ケメト!!」と呼ぶ声で、姿がはっきりする前にヴァルだとわかった。

ヴァルも正面にいた私に気づき、軽く眉間に皺を寄せるとまたキョロキョロと辺りを見回した。彼等や他の人達もその辺に飛ばされただけなら良いのだけれど。

「ッヴァ……ル……！」

セフェクだ。彼女の呻き声が掠れるように耳に入った。ヴァルも同時に気づき、周りを見回すけれど煙が邪魔でよく見えない。その上他の人達も声を掛け合い始めたせいで、セフェクの声までもが上手く聞き取れなくなってしまう。もしかして今の投爆で負傷したのかもしれないと不安が過《よ》ぎった時。

「！　ヴァル!!　後ろっ!!」

いた！　気づいた私はヴァルの背後を指さし、声を上げる。セフェクだ。大分吹き飛ばされたらしく、崖の手前一メートルくらいの位置に転がっていた。足を捻ったのか、転がったまま痛そうに顔を歪めて足を引きずっている。「セフェク！」とヴァルが彼女へ駆け寄り、手を差し伸べようとした瞬間、

彼女の足場が、歪な音と共に丸ごと崩壊し始めた。

まるでケーキの先にフォークを突き立てたようにストンと崩れ落ちようとしている。さっきの爆弾の衝撃だ。突然のことにセフェクは目を丸くしたまま身動ぎ一つできていない。

「ック、ソ……がァァアアアアッ!!」

突然の落下に足場に失い出した彼女へヴァルが勢いのまま飛び込んだ。無理やりに腕を伸ばし、硬直する彼女の腕を掴むと身体をぐりんッと捻らせ、力任せに上へと投げ飛ばす。下への重力から上への推進力に振り回された彼女は、ドザッという音とともに崖上の地面へ背中から落下した。突然の衝撃と背中からの痛みに息を詰まらせ、小さな身体で強く咳《せ》き込んだ。

そして、ヴァルは。

――……何故……俺が、こんな目に。

瓦礫が、足場だった岩塊が、落ちていく。

軽く首を捻って下を覗けば全く底が見えやしねぇ。崩落した土塊と瓦礫の塊の中で俺だけが一人崖下の常闇《とこやみ》に吸い込まれていく。いっそこれほどの落下だと宙に浮かんでるような錯覚さえ覚える。

セフェクを放り投げた体勢のまま、崩れきった崖を見上げるような、仰ぐような体勢で背中から落ち続け、空に浮かぶ月が遠く離れ瓦礫に隠れて消えた。浮遊感が、ここまでくりゃあ心地良い。

――俺ともあろう人間が、ガキ一人の為にこんな。

……いや、一人じゃねぇか。ケメトが瓦礫に潰されると思った時は頭でわかっていてもその場から離れられなかった。アイツが死ぬなら最後まで俺も藻掻《もが》いて駄目なら一緒に死んでやると馬鹿なことも考えちまった。俺を置いて去った王女には感謝すらした。意味がわからねぇ。自分のことさえ良ければ、他がどうなろうとどうでも良かった俺が。気晴らしの感覚で人の命を掃いて捨ててきた俺が。

もう、手放したくないと思っちまった。

ケメトを、セフェクを二度と失いたくないと。なくす直前の姿を何度も何度も思い出し、その度に胸が締め付けられ吐き気がし、心臓が気味悪く脈打ち奥底から胸糞わりぃ知らねぇ感情が込み上げる。あんな思いはもうこりごりだと、死んだ方がマシだとそう思っちまうぐらいに。四年前の俺なら信じねぇだろう、こんな情けねぇ落ちぶれた俺なんざ。

たった二人のガキに、テメェの全部を持ってかれちまった俺なんざ。

『……答えます。何故、貴方が苦しんでいるのか。それが貴方への罰だからです』

昨夜の王女の言葉を思い出す。なんつー最悪な〝罰〟だ。これじゃあ拷問じゃねぇか。

変わっちまった。テメェだけが幸福ならそれで満足だったこの俺が。

苦しんでいるアイツらのことを考えると苦しくて苦しくて仕方がねぇ。アイツらが笑っていると
……あんな暮らしすら悪くねぇと思っちまう俺がいた。

『貴方が今までそうした分、きっと貴方はこれから先ずっと苦しみ続けるのでしょう』

なら、もう終わりだ。

これで良い。やっとこのしんどさから解放される。アイツらのせいでの嬉《うれ》しさも辛さももうなくなる。感情がぐちゃぐちゃと蠢き、テメェが変わっちまうあの感覚ともおさらばだ。そう思えばここで死ぬのも悪くねぇ。

むしろ、ちょうど良い。

『答えます。何故、貴方の知る〝大事〟とは違うのか。それは貴方が今まで本当に大事なものを持たなかったからです』

そうだ。俺は大事なモンなんざ一つもなかった。昔から何も持ち合わせちゃいなかった。だから気楽で身軽で何だってできた。誰に心を揺り動かされることもなく、他人を理解してやる必要だってなかった。俺はそれで良かった。あんなに楽で何も考えねぇで、自分だけは生き長らえ続けることができたってのに。……なのに。

セフェクへ、手を伸ばしてた。

テメェが死ぬことになるなんざ、わかりきったことだった。それでもセフェクが落ちるよりはずっと良いと。セフェクが死ぬよりマシだと。セフェクを助けられて……良かったと。テメェが落ちることよりセフェクが助かったことにほっとした。

俺みたいなのよりセフェクが助かった方が良いに決まってるだの、ケメトにはまだセフェクが必要だの、国民全員をぎゃあぎゃあ助けたいと喚いていた王女の望みだの。そういうの全部抜きにして、ただ勝手に身体が先に動いた。

――〝大事〟……か。

上か下かもわからず、背中へ吹き荒れる風圧だけに煽《あお》られながら考える。

――最後に手に入れられたのか、俺は。

脳裏にケメトとセフェクの姿が浮かぶ。今まで手にしていなかった〝それ〟を、やっと手にすることができたのかと。そして守り通すことができたのかと。最後の最後に手にし、そして最期まで守りきれたというのなら。

わりと悪くもねぇ人生だ。

自嘲《じちょう》じみた満足感に浸り、テメェの意思で目を閉じる。ただ下へ下へと吸い込まれる感覚に身を任……、

「ツ目を開けなさい‼　ヴァルッ‼」

は、と。突然響き渡ったその声に思い切り強く目を見開く。俺以外は瓦礫しか落ちていないはずのその空間に奴はいた。

俺のように天を仰ぐような体勢じゃねぇ。真っ直ぐと、まるで深海へと潜るみてぇに頭を下にして急速に落ちてくるその影は。

言葉が出ずに息を飲み、目を疑い、近づいてくる影から目が離せねぇ。

「命令です!! 私の手を掴みなさい!!」

王女の命令に、理解するよりも先に身体が動く。必死に腕を天へ、王女へと伸ばし掴み取る。ガシッ、と手と手がぶつかり握り合う音がしたかと思えば、王女が強引に俺を手繰るように腕を引く。近づいたと思えば反対の腕を俺の首へと回し、更に密着するように引き寄せた。

「ッなにしてやがる?! テメェまで死んっ……」

やっと言葉が出る。意味がわからねぇ、何やってやがるこのガキは?! もう捕まっている連中は全員助けた!! ケメトとセフェクも無事だ!! なのに何故、何故コイツがまだ俺に手を伸ばす必要がある?!

「ッ貴方も、私の国民でしょう?!」

何の、迷いもなく言い放つ。

真っ直ぐに俺の目を見て告げるその言葉に瞬きすら忘れた。王女が俺の首に回していない方の手の指を口へと運ぶ。風圧でテメェの髪が乱れ舞う中、上か下かもわからねぇ真っ暗闇の天へと向かい息を吸い込んだ。そして、

ピィィィィイイイイイイッッ!!!!

崖全体に、いやそれ以上に響き渡るほどの甲高い音が鳴り響いた。耳鳴りのように劈《つんざ》くその音に思わず顔を顰める。王女がまたもう一度指笛を鳴らそうと二度目の息を吸い込んだその時、

「プライド!」

今度は別のガキの声が響いた。王女が振り返り、その姿を確認した途端に満面の笑みが溢れ出す。

「ッステイル‼」

嬉しそうに王女が腕を伸ばし、テメェへ差し出された王子の手をしっかりと掴み取った。そして次の瞬間には俺の視界が一瞬で切り替わる。

——……どうやら、王女サマの俺への〝罰〟はまだ暫く続くらしい。

浮遊感のない地面の感触を背中で感じながら、他人事《ひとごと》のようにそう悟った。

……ヴァル。

この世の何もかもに見捨てられた、俺の名だ。

母親は、産まれも育ちもこの国だった。異国から近隣諸国までを渡り歩く商人として訪れた親父と恋仲になり、俺を産んだ。国と国を回ってたもんだから物心つく頃までに親父と俺が会った回数は記憶の中じゃ片手分もねぇ。親父は帰る度、土産《みやげ》代わりに自分の国の品を置いていったから俺にとっては〝時々異国の物をくれる人〟程度の認識だった。関わったのだって親父の国の言語を土産の本と一緒に読んで聞かせてくれた時くらいだ。肌の色が親父似に産まれた俺にとって、目の前の国の連中よりも俺と同じ褐色肌の人間ばかりという親父の故郷の話や文化の方がずっと興味深かった。

そして俺が七つの時。母親は一年以上帰ってこない親父に見切りをつけ、この国の別の男と恋仲になり、下級層の掃き溜めへ俺を捨てた。

もともと俺なんざ目に入っても見ていなかった母親相手に、不思議と捨てられた悲しみはなかった。物心つく前から俺に何もしねぇ母親のお陰で身の回りのことは大概できた。住む場所も屋根があれば環境も大して変わらねぇと。むしろ親父への怨《うら》みや泣き言を聞かされずに済むだけ楽だとさえ思えた。

理不尽な暴力の世界に、この身が晒《さら》され続けるまでは。

……石を投げられ、奪われ、幾度となく殺されかけた。特殊能力に目覚めてからはそれで身を守り、身体がデカくなってからは自分より弱い相手を脅し、奪う方法を身につけた。国外の崖地帯での良い儲《もう》け話に飛びついたのは十五の頃だ。そして三年後には仕事も生活も地位も手下も全てが奪われ、隷属の身へと落とされた。……当時十一歳のガキだった、フリージア王国第一王女の手によって。

「命令は以上です。貴方は解放されました、この城から出ていきなさい」

訳のわからねぇ命令の後、俺は城から追い出された。意図は知らねぇが、とにかくこれでもうあの王女に関わらなくて済むことに安心した。

〝アレ〟は、バケモンだ。十一歳のガキが剣や銃や素手で大の男相手に圧倒し、更には俺の特殊能力まで知っていやがった。今思い出しても怖気《おぞけ》が走る。あんな異質な生物がこの国の王女なんざ気味がわりぃ。隷属の契約さえなければ今すぐにこの国から出るってのに。

『貴方は、これから解放となります。……この先、どう生きるつもりですか』

そんなのわかる訳がねぇ、俺はこの生き方しか知らなかった。なのにその手段を全て奪われていきなり真っ当に生きろなんざ無理な話だ。だが……まだ、死にたくなかった。いつ殺されてもおかしくねぇ生き方をしてきたってのに目の前にそれをぶら下げられた途端、死にたくねぇと思っちまった。今までテメェの命と金だけを一番に生きてきた報いか、生への執着が無駄に強くなっちまった。もうこれで全てが終わるのが、掻き毟《むし》るほどに嫌だった。

とりあえず、数年ぶりに以前の下級層の住処へ戻ることにする。別に何の思い入れもねぇが、他に行くところも思いつかなかった。三年前まで身を寄せていたゴロツキの掃き溜まりに戻ることもできねぇ。犯罪行為全般を禁じられた俺には、もう関われねぇ世界だった。

適当に歩けばすぐ住処に辿り着いた。来てはみたもののまだ残っていたことは意外だった。住処、といっても屋根と壁があるだけの空間だ。どうせもうなくなっているだろうと半分思っていたが。

「そこには何もないわよ」

突然、住処に足を踏み入れようとしたところで声を掛けられた。振り向けばボロボロの格好をした女のガキが俺を見ていた。……見たところ七つってところか。人身売買で色々と売ってきたお陰か大体の年齢は見積れる。今はもう役に立たねぇ目利きだ。

「アァ？　……テメェ、ここに住んでるのか。」

別に驚くことじゃねぇ。空き家があれば誰かが住む。大人でも老人でもガキでも変わらねぇ、下級層の暮らしなんざどこもそんなもんだ。俺だって下級層に放り込まれたのは七つの頃だった。

「住んでないわ。寝てご飯食べて隠れているだけ」

それを住んでると言うんだが。相手にする気にもなれず「ああそうかよ」と適当に返し、背中を向ける。

「……帰るの……？」

ガキが驚いたように声を漏らす。隷属の契約さえなければこんなガキさっさと捻り殺していたが、今はもう無理だ。「興味ねぇ」とだけ言い残し、さっさとその場から離れようとした時。

カンッ
俺の後頭部に石が飛んできた。振り返れば、俺が来た方向と反対側から十歳前後のガキ共が石を片手に振り被っていた。俺を狙った、というよりも俺に当たったという様子だ。方向から見ても俺じゃなくその手前にいる女のガキを狙ったんだろう。

……これも、大して珍しいことじゃねぇ。テメェより弱い立場へ石を投げる、この忌習は。

石が当たったことに腹が立ち、ガキ共をそのまま睨み付ける。それだけで石を振り被る手を震わせたガキ共は顔を真っ青にして逃げていった。褐色肌ではあるものの、昔と違い図体のデカい俺に喧嘩を売れるほどの度胸があるガキは一人もいなかった。……いや、この辺りのどこにもいやしねぇだろう。

石を俺に当てたガキ共も殺してやりたかったが、契約のせいで指先一つ出すことも叶わなかった。

舌打ちだけを残し、今度こそ俺はその場を去る。適当な廃墟《はいきょ》を選んでそこを今晩の仮住まいにした。

その日は早朝から騎士団と国に帰った上、あのバケモンや石投げのガキ共と色々あったせいで疲れていた俺は泥のように眠った。そして翌朝、……目が覚めると、仮住まいの横にガキが座っていた。膝には更に小せぇガキまで抱えた女のガキだ。

「よく寝てたわね」

目が合ったガキの第一声がそれだった。一瞬、どこの誰かも思い出せず口を開けたまま考え込んだが、すぐに昨日会ったガキだったことを思い出す。

「何故……テメェがここにいやがる」

昨日の住処はどうした、と続けて言えばガキは膝の上に抱きしめていたもう一人のガキを更に自分の方へと抱き寄せた。

「私達の住処がここになったから」

意味がわからねぇ。寝起きから最悪の気分なまま頭を掻き、思いつくままにガキへいくつもの問いを重ねる。本当なら理由も聞かずこのまま蹴り飛ばしてやりたかった。

「どの住処より、あなたみたいな人の傍が一番安全だってわかったから」

いくら尋ねても、意味のわからねぇ答えだけだった。俺が明らかに殺意を向けて睨み、舌打ちをしてもガキは平然としたままだ。

「……なんだその小せぇのは」

浴びせてやりたい言葉は山のようにあったが、まずはさっきから視界にチラつくガキを問う。こっちは大体三つといったところか。目を丸くしたまま珍しいものを見るかのように俺を見上げてやがる。

「……私の、弟になった子」

なった、ということは元は他人か。ガキ同士の集落も下級層じゃ珍しくはなかった。

「こんな掃き溜めでテメェのことでも精一杯なのに、ンな荷物抱えてどうする」

「荷物じゃないわ、私にとって唯一の家族。……それに、私がいないとこの子殺されちゃうもの」

俯き答えるガキが、弟を抱きしめる手をまた強めた。よく見ればガキの腕や、弟の顔面には大量の痣《あざ》がある。昨日の石を投げた連中か、または他にもいるのか。確かに女のガキや……特にまだ三つのガキなんざ格好の的だ。俺だって異質な褐色肌のせいでよく狙われた。

「それで守れてるつもりかよ」

痣から見るにコイツが弟の盾になっているってところか。くだらねぇ、石を投げるような連中はそういうのも込みで楽しんでいるに決まってる。

「次からは守れるわ。だって貴方の傍にいれば良いんだもの」

「ハァ?!」

まるでもう決まったことのように言うガキに俺は思わず声を上げる。俺の存在を他の連中除けに使うってことだ。冗談じゃねぇ、蹴り飛ばしてやりたかったが寸前のところで足が止まる。ぶっ殺されてぇのかと叫ぼうとしたが声が出ない。契約のせいで暴力どころか脅迫行為すらできやしねぇ。

「ふざけんなッ!!　俺がテメェらみてぇなクソガキ連れ歩いて堪るか！」

「私達のことは気にしないで良いの。ただ私達が勝手に貴方の背後にいるだけだから、空気と思ってくれて構わないわ」

今の俺には威嚇か罵声《ばせい》を浴びせることぐらいしかできやしねぇ。そしてどれだけ俺が睨もうが唸ろうが舌打ちしようが怒鳴ろうがガキ共は必ずついてきた。

……最初は取り敢えず逃げ続けた。数日前まであれぐらいのガキを何人も摘んで売って蹴って刺して殺していた、この俺が。たかが十にも満たねぇクソガキ二人相手にだ。何度か足や能力を使って撒《ま》きもしたが、翌日かそのまた翌日には必ず見つかった。いつだったか、何故毎回見つけやがるのかを聞けば、下級層中歩き回ったと言う。俺の見かけや図体は見つけやすいともほざいていた。一週間経っても状況は変わらず、本当にガキ共は俺がどこに行こうとただ黙ってついてきた。仕方なく背後さえ振り返らなけりゃあいねぇのと同じだと思うことにした。

契約のせいで真っ当な仕事でしか稼げねぇ俺は、取り敢えず規模のでかい土木の瓦礫拾い業にありつけた。その日食うだけならそれで凌《しの》げる。稼いだ金で食い物と水を買い、ガキ共は俺が稼いでいる間に拾ってきた食いかけや腐りかけのゴミを食っていた。一度も羨《うらや》む目で見られたことも、分け前を強請《ねだ》られたこともなかった。本当に、ただ傍にいるだけの存在だ。

一ヶ月経ち、二ヶ月経ち……三ヶ月経った頃。いい加減にガキ共の存在にも慣れた。

「おい、ガキ。テメェらいつまで俺にくっついていやがるつもりだ」

ふと気がついて寝床に転がりながらガキ共にそう尋ねた。俺に話しかけられるのも三ヶ月ぶりだったガキ二人は、驚いたように目を丸くさせた。

「…………えと、……。……ずっと？」

ガキがぽかんと口を開いたまま硬まり、頸を捻った。その答えに俺はうんざりと息を吐く。

「本気かよ……」

勘弁してくれ。下手すれば本当にコイツらに何年も付き纏われるのか。

「……。……お兄さんは、……ヴァルって、名前なの……ですか……？」

弟の方が初めて俺に口を利いた。姉の方とは時々話していたが、俺に話しかけてくることは今まで一度もなかった。あれから顔の痣も大分引き、まともに見れるようにもなってきた。

「あー？　……それがどうした」

顔を顰めて睨んで返す。どうせ瓦礫拾い中に呼ばれたのでも聞いたんだろう。弟は俺の返事に俯き、また姉の背後に隠れた。めんどくせぇ。ガキも弟の言葉を聞くと小さな声で「ヴァル……」と俺の名を呟いた。それから初めて、俺は今まで一度もコイツらが名を呼び合っているのを聞いたことがないと気がついた。

俺の寝床の向こうで、ボロ布に包まるガキ共を見やる。最初の時は一度も俺の住処に入ってこようとはせず外で布に包まっていた。だが俺が脅しも暴力も振るわないことに調子に乗ったのか、いつからか俺の住処の中にじわじわと入ってくるようになっていた。今じゃ俺の住処の隅に二人揃って丸くなっている。うざってぇ。

「……テメエらの名は」

単なる気紛《きまぐ》れだ。名を知らねぇから聞いた、それだけだった。ガキ共は二人とも俺の問いに顔を見合わせ、言葉を詰まらせる。そして暫く経ってから返ってきた答えは。

「…………ゴミ？　…………クズ？」

「カス……？　……ゴミ？　……あ、オトウト」

ガキと弟の答えに俺は更に呻く。どうやらガキ共は名前がないらしい。周りに呼ばれた名を羅列してきやがった。勘弁してくれ、俺はこれから先ずっとゴミだのカスだのと生活しねぇといけねぇのか。

溜息を長々と吐き、ボロボロの天井を見上げるように視線を逸らす。少し考え、「めんどくせぇ」と漏らしながら俺はガキと弟を順番に指し示した。

「…………セフェク。ケメト。次からはそれで呼び合え」

俺の言葉にガキ共は目を見開き、俺とそして互いを見合わせた。

「……セフェク、……ケメト」

「……ケメト。……セフェク……」

自分を指さし、そして相手を指す。本当にうざってぇ、名前ぐらい一度で覚えろ。

「……あの、……なんでセフェクがセフェクで、僕がケメトなんですか……？」

恐る恐るといった様子で俺へ尋ねるケメトにいい加減うんざりし、背中を向けて寝転がる。

「……異国の言葉だ。セフェクが数字の七、ケメトが三、今のテメェらの大体の年齢と同じだ」

ガキの頃に親父から学んだ言葉。六歳までの間に結局今でも覚えていられたのは簡単な言葉と数字だけだった。「嫌ならテメェらでまともな名を考えろ」と言い捨て、今度こそ目を瞑る。ガキ共は俺に返事をすることもなく「七歳……」「三歳……」とただの数字なのが不満なのか、俺が寝付くまでひたすらぶつぶつと呟き続けていた。

……この翌日から、ガキ共は自分から俺へ話しかけてくるようになった。出会ってからの三ヶ月間とは比べ物にならねぇほどの煩《わずら》わしい日々に、何度も殺してやりたくなった。

一年経った頃にはゴミ拾いでしか食い繋がねぇガキ共に〝金〟について教えてやることになった。稼ぐどころか、金の使い方すら知らなかったのだとその時に初めて知った。その日からガキ共は物乞いをしてその日の飯代を稼ぐようになった。

更に一年経てば、ガキ共は物乞いではなく水を売って稼ぐようになった。セフェクが水の特殊能力者だと知ったのもこの頃だ。ケメトが何らかの特殊能力者だということも、セフェクが中級階級のろくでもねぇ家から逃げ出したことも、ケメトが物心つくまえに捨てられたことを聞いたのも、……全部この頃からだ。

興味もねぇ話を聞かされ、俺も気がつけば返していた。うざってぇだけのガキ共に何度も何度もだ。そして寄生されて三年も経てば。

「……おいケメト。裾を掴むんじゃねぇ、邪魔だ」

「！　あ、はい！」

「服伸びるのが嫌なら手を掴ませてくれれば良いじゃない！」

ガキ共は俺に引っ付いてくることが余計に増えた。ふざけんな誰がテメェらなんざと返しながら、手を離したケメトと繋ぐセフェクを上から睨む。揃って昔より図々しくなりやがって。特にケメトは言えば離すが、絶対翌日にはまた俺の下衣を掴んできやがる。晩飯の調達を終えて住処へ帰る俺にガキ共は当然のように付いてくる。

「ヴァルは！　今日は何を買ったんですか？」

「見てわかんねぇのか」

睨まれた後だってのに気にせず話しかけてくるケメトに右手の肉を掲げて見せる。いつもの肉屋で丸一匹分買えた久々の大肉だ。獲って捌《さば》いたは良いが、この国では滅多に食わねぇ肉だからと誰にも売れなかったらしい。お陰で腐る前にと捨て値で買えた。何の肉かとしつこく尋ねてくるガキ共に仕方なく一言で答えれば首を捻られた。そういう獣がいること自体知らねぇらしい。俺も食うようになったのは、前職で崖地帯に住み始めてからだ。

「……食ってみろ」

焼き上がったそれを適当に骨ごとちぎって投げ渡す。テメェらで買った果物《くだもの》やパンを食い終わったガキ共は、目を皿にしながら慌ててそれを両手で受け取った。「熱っ!!」と叫んだセフェクが服越しに膝の上へ肉を置いた後、手を水で冷やした。

「僕らも食べて良いんですか……?!」

同じようにセフェクの能力の水で手を冷やされながらケメトが言う。手が火傷したことなんざどうでも良いように丸い目を俺に向けやがる。分け前を貰えるとは思っていなかったらしい。

「水代だ。ガキに施されっぱなしは趣味じゃねぇ」

適当に答え、残りの大肉にかぶり付く。ガキ共の信じられねぇものを見るような目に苛つき、身体ごと逸らして視界から二人を消した。まだ腐るにはわりと時間があったみてぇだと咀嚼《そしゃく》しながら確かめる。隷属の契約さえなけりゃあ、国外に出て狩って食うこともできるんだが。

そう考えている内に、ガキ共の方から「美味しい！」「お肉なんて初めて食べました！」と聞いてもいねぇ感想が次々と飛び出した。うざってぇ。

どうせセフェクの特殊能力で浮いた水代だ。運良く良い買い物ができたからくれてやっただけの話だ。礼でも情でもなけりゃあ、……〝食わしてみてぇと思った〟訳でもねぇ。野良犬に餌を投げるのと同じだ。

ふと無意識に横目で見れば、安肉に満面の笑みで齧りついているセフェクとケメトがまた視界に入る。口や服を汚すのも気にせずに目をきらきら輝かせている姿は動物だ。……いや、違うか。

「…………ガキか」

今更になってわかっていたはずの事実が口から零れる。三年も付き纏われて顔を突き合わせちゃいたが、同じ飯を食ったのはこの時が初めてだった。


そうしてセフェクとケメトと暮らしてとうとう四年。ガキ共は完全に俺の生活に浸透しやがった。


「ヴァル！　ヴァル‼」

土木作業中に声がして振り向けば、セフェクとケメトが二人で何かを抱えながら俺のところへ駆け込んできた。

「アァ？　どうした」

久々にまた金でも奪われたのか、そう思いながら瓦礫の詰まった袋を肩にガキ共へと向き直る。

「魚貰った！　魚‼　水代の代わりに魚‼」

「売れ残りだからって一匹丸々くれたんです！」

ケメトの頭以上あるでかい魚だ。二人はそれを俺に見せると「日向《ひなた》じゃ悪くなるって聞いたから先に帰ってるから！」「今日は早く帰ってきて下さいっ！」と一方的に捲《まく》し立てやがった。それは俺の分け前もあるって意味なのか。わからねぇまま生返事だけすると、不意に背後で同業者の声がした。

「なんだヴァル、今日は家族揃ってご馳走《ちそう》か？」

「へぇ～、羨ましいな」

最初の頃は仕事以外で話しかけてくることもなかったってのに、最近は顔を突き合わすことが多いせいか馴《な》れ馴《な》れしく声を掛けられることも増えてきた。ガキ共が毎回俺のところに来るせいで、舐められているのもあるだろう。

「あー？　……別に家族じゃねぇ」

逐一相手にするのもめんどくせぇ。休息時間もセフェクとケメトの話題が出ると余計面倒に絡まれる。適当に話を切って危ねぇからさっさと帰れと二人を追い払う。

「……うん」

「……あ。……はい！」

何故かさっきまで興奮していた姿が嘘のように立ち尽くした二人は、俺から逸らすように視線を泳がせ、一歩引いた。何だってんだ。

「……行くわよケメト」

「えと……ヴァル、待ってますね！」

セフェクに魚ごと引っ張られるようにしてケメトが最後に俺へ言葉を投げかけていった。目で二人を見届けてからさっさと瓦礫拾いに戻る。同業者が「あ～あ……」「悪いことしたな」とぶつぶつ言ったが無視をする。どいつもこいつもめんどくせぇ。

……家族じゃねぇ。飯を食って同じ寝床で寝るだけだ。アイツらも俺を利用して纏わり付いている。一年前からは寝床とボロ布まで共有するようになり、寒くもねぇ日も俺にひっついてくる。毎日セフェクが寝ぼけてボロ布を奪いやがるから、そろそろいい加減にもう一枚でけぇ布を用意しねぇとと考える。今日で夕飯と明日の朝飯代が浮くならそれで買うか。俺の分か、それとも寝相の悪りぃセフェクの分だけ買う方が安くつくか。

そんなくだらねぇことを考えながら今日の分の仕事を終え、金を受け取り、取り敢えずは市場に寄らず住処へ向かう。ボロ布は今日の飯代が本当に浮いてから考えることにした。そのままいつもの下級層の道を歩み、気がつけば四年間住んでいる住処へ辿り着いたら、

……そこは、瓦礫の山だった。

もともと壁と屋根だけのボロ屋が、完全にその形を成していねぇ。瓦礫の前には男三人と鎖に縛られたガキが二人。ケメトとセフェクが転がされていた。

「テメェら何してやがるッ?!」

気づけば、考えるより先に声を荒らげていた。

──俺は、何をしている?

人身売買の連中なのは一目でわかる。商品補充で下級層の連中を攫うなんざ基本中の基本だ。俺やセフェク達が特殊能力を隠し続けたのだって連中に狙われねぇようにする為だ。

──なら、何故わざわざコイツらに関わる?

俺の声に男達が振り向き、ケメトとセフェクが俺の名を呼ぶ。ヴァル、ヴァルと。今の俺がコイツらを奪い返せる訳がねぇことは、誰より俺がよくわかっている。

──鬱陶《うっとう》しいコイツらを回収してくれるなら願ったり叶ったりじゃねぇか。

鎖を両肩に掛けた大男が笑う。次の瞬間俺の足に何かが絡まり、見れば鎖が巻き付いていた。そこでやっと思い出す。界隈《かいわい》でそれなりに名の知れた、鎖を使う特殊能力を持つ〝同業者〟がいたことを。

思わず目を見張れば最後、大男が首から肩に掛けていた鎖を直接振るってきた。足元をとられ、避けることもできず真っ正面から受けた俺はそのまま壁に叩きつけられる。息をつく暇もなく何度も何

度も鞭《むち》のように大男の馬鹿力で鎖が振られ、頭に、腹に、腕にと激痛が走り、次第に意識が遠退いた。

「おい、あまり商品を痛めるな」

「そろそろ戻るぞ。最近は下級層でも慎重にしねぇとすぐ足がついちまう」

ガキ共がまた俺の名を呼んで悲鳴を上げる。セフェクが鎖に縛られたまま暴れれば、男の一人にうるせぇと踏みつけられて甲高い悲鳴を上げた。

――このままただ黙って見てりゃあ良い。そうすりゃあ俺は自由だ。

「コッ……の!!」

頭に血が上り、目の前の大男に掴みかかろうとしたが、身体が思うように動かず不自然に途中で止まった。その瞬間、更に鎖を頭に叩きつけられた。

「……？　待て、その男の肌の色を見ろ、この国の人間じゃねぇぞ」

「ハズレか。なら、このまま殺すか？」

男二人の言葉に鎖の大男がニヤニヤ笑う。この目はよく知っている。何でもいいから殺したくて堪らねぇってツラだ。前の同業者にもこういう奴は何人もいた。

ふざけるな俺はこの国の人間だと、言おうともしたがそれより先に鎖で口を塞がれた。見ればセフェクとケメトも騒がれねぇように口を鎖で巻かれ始めている。

「……いや、こういうのは有効活用した方が良い」

男の合図で鎖を振るう大男の手が止まる。俺の腹を一発蹴り上げ、高い位置から見下ろしながら言い聞かせるように語りかけてくる。

「二日後の夕暮れ、この場所に五人だ。この国の人間を五人用意しろ。そうすればガキ二人は返してやる」

口元を隠したままでもニヤニヤと不快な笑みを浮かべているのが声だけでわかる。ふざけるなと叫びたかったが、口元を塞がれて呻き声にしかならなかった。最後に「せいぜい頑張れよ」と吐き捨てられ、頭を小石のように蹴り飛ばされた。

大男達に鎖ごと担がれ連れていかれるセフェクとケメトが、俺に向かって声を上げる。んー、んー、と何を言っているのかもわかりゃあしねぇ。ただひたすら必死に叫びながら、セフェクもケメトもボロボロ涙を流してやがる。うざってぇ、胸糞悪りぃ。何故、何故俺が、こんな。

――ふざけるな、返せ。

歯を食い縛りせめてと自由な手で瓦礫を掴み、男達へ投げようと振りかぶる。が、途中で不自然に腕が止まり、それを投げることは叶わなかった。さっき大男に掴みかかろうとした時と同じだ。身体が言うことを聞かねぇ。……隷属の契約だ。

ふいに、去っていく男達とガキ共を見ながら、四年前の言葉が頭の中を駆け巡る。

『たとえ不条理な目に遭ったとしても貴方は己が力で報復することはできません』

あの、バケモンの言葉だ。

『いくら殴られても』

追いかけようとしても足が鎖に縛られたまま動かねぇ。這いずろうとしたがさっき痛めつけられたせいか、もう上手く動かねぇ。

『大事な物を奪われても』

ケメトとセフェクが、まだ何かを叫んでいる。ガキの甲高い声だけが、未だに薄く耳に届く。途中、男の「うるせぇ！」という怒鳴り声と重い音を最後に片方の声が途切れた。殴って意識を奪ったのだとすぐにわかった。

『貴方の拳が相手に届くことはありません』

掴んでいた瓦礫を手から零し、奴らが去っていった方へ意味もなく手を伸ばす。届く訳がねぇことはわかってるはずだってのに。

それでも、頭より先に身体が動く。

『生き方によっては死よりも辛い地獄が貴方を待っていることでしょう』

——返せ。

手を何度も何度も地面に叩きつけ、齧り付き、地を握り土を掴む。鎖で塞がれた口の中で歯を食い縛り、声にならねぇ声を叫ぶ。胸底から沸き上がる憎悪が、殺意が止まらず声が溢れ出す。

「グゥッ、ガ、ァアアアアアアアアアアアアアアアアアアッッ‼‼」

——返せ、返せ、返せ‼

自分でも訳がわからねぇ、未だ一度も感じたことのねぇほどの怒りと欲求が入り混じる。鎖の特殊能力が解けるまでずっと吐き気と熱と胸の鈍痛が身体を支配し続けた。

『貴方がもし己ではどうしようもない事態に直面し、心から誰かの助けを望む時は私の元へ来なさい』

隷属の契約が……始動した。

「取り敢えず俺がいた救護馬車の傍に移動しました。洞穴の方は今どうなっているかわからないので、ここからは人目につかないように短い瞬間移動で洞穴へ向かいましょう」

大量の馬車と馬が並ぶその影に俺と王女は瞬間移動された。フリージア王国騎士団のものだ。だが、王女は自分の手を取る王子を「待って」と止めると、自分からその手を離した。

「さっきの爆撃の被害がここはなかったのか確認させて」

そう言って馬車の陰から顔を覗かせる。十一歳の小せぇ身体ではよく見えねぇらしく、背伸びをしながら顔をキョロキョロさせやがる。俺も見渡すが、壊れたり倒れた馬車はいくつか見られるが、怪我人は殆どいない。恐らくさっきの爆撃は俺達がいた洞穴を中心に投下されたんだろう。人身売買の連中か、それとも騎士団を狙ってかは知らねぇが。

「あっ……あそこにいる人達、私と同じ檻にいた人達だわ」

良かった皆無事みたい、と王女が息をつく。こんな時にまで他人の心配なんざどんだけ人が良いんだこの女は。

王子が王女の横に並び、俺もつられるように見れば保護されたのであろう連中が馬車の中やその傍に座り込んでいた。更にその周りを複数の騎士共が囲い、守るように配置されている。保護した奴らを一箇所に集めて守っているらしい。王子がそろそろ移動しましょうかと声を掛け、王女が頷き横にいる俺の手を掴んだ。……その時だった。

「あ……あぁぁ……」

騒めきに紛れて甲高い声が聞こえる。ガキの泣き声だ。思わず王女の手を振り払い、その声に耳を澄ませる。「保護された子どもの誰かかしら」と、声に気がついた王女も呟いた。

……違う、この声は。

気がつけば、足が動く。身体中が瓦礫に揉《も》まれ、鎖に痛めつけられ、一歩すら無駄に動きたくねぇってのに引きつけられるように身体が動く。一歩一歩が遅れて身体に響き、腕の傷からは血が更に溢れ出した。

保護された連中が座り込む馬車、その……反対側だ。騎士が俺の姿に構えるが、王女と王子がすぐ傍に付いて何やら言うと警戒も解かれた。そのまま騎士を横切り、馬車の裏側まで身体を引き摺っていく。

ガキ共の泣き声が更に劈くように響き、耳が痛くなる。馬車の裏側に回ればそこにも人集《だか》りができていた。二人のガキ共が他の保護された連中や騎士に背中を向け、ぎゃあぎゃあと泣き喚いている。あまりに酷く泣く姿に騎士すら近づくことができねぇ状態だ。……いや、むしろ近づいて暴れたのかもしれねぇ。

アイツならやるだろう。昔から俺やケメト以外の……特に大人相手には警戒心が強かった。瓦礫拾いの俺の同業者とも自分から話をしようとはせず、俺の背中越しでしか受け答えもしなかった。物乞いから水売りにすぐ変えたのだってどうせテメェから大人に関わるのが怖かったからだ。アイツはアイツで、ケメトが絡まねぇと自分からは何もできやしねぇ。

……俺と初めて会った時も、どうせない勇気全部振り絞って纏わり付いてきたんだろう。ケメトをガキ共から投げられる石から守る為に。過去に親からとんでもねぇ扱いを受けたせいかと……それに気づいたのは何年前だったたか。

「もしかして、いるの……？　そこに……」

王女が俺を見上げ、問う。俺の背丈と違って背の低い王女と王子にはこの人集りじゃケメトとセフェクの姿は見えねぇんだろう。契約の主からの問いに一言答え、一歩ずつ人混みを手分けして退かし、前へと進む。全員さっさと押し退けたかったが、暴力も叶わず何より身体中が悲鳴を上げて力が殆ど入らなかった。

近づけば近づくほど、その背中はケメトとセフェクだった。

動物が空へ吼《ほ》えるみてぇに、嗚咽を混じえながら声を上げ泣いていた。言葉ですらねぇ吼え声に、何度もヴァル、ヴァル、と俺の名が聞こえた。馬鹿みてぇに俺の名を繰り返し、また吼え、泣きじゃくる。

涙を垂れ流す目を擦ることもなく上を見上げ、ひたすら顔を、服を、地面を濡らし続けていた。嗚咽と泣き声が混ざり合い、「ああああ!!」とまた二人揃った吼え声が耳を劈く。

なんで、そんなに泣いてやがる。

むず痒《がゆ》さと胸の痛みで吐き気がする。今までコイツらがこんなに泣くことなんざ四年間一度もなかった。奴らに攫われた時だって、こんなに枯れちまうような泣き方はしなかった。意味がわからねぇ、せっかく五体満足で助けたってのに。

ふらつき、傍にいた騎士に倒れそうなところを支えられる。屈辱だ、騎士だの王族だのに世話になるなんざ。俺の上手く回った人生を滅茶苦茶にしやがった連中に。

……それでも、身体は叫んだ。

アイツらを目の前で掻っ攫われたあの時に。失いたくないと、手放したくないと。うざくてうざくて堪らねぇ、あのガキ共を取り戻したいと。

俺の意思なんざ関係なくひたすらに叫び続けた。

〝誰か〟と。

頭じゃ嫌だと、あんな連中に頼るぐれぇなら死ぬ方がマシだと。そう訴え続けたのに、心臓がそれを許さねぇ。

藻掻き、暴れ、のたうち回り、それでもアイツらを取り戻したいと願っちまった。

この、胸の痛みはなんだ。この、吐き気にも似たムカつきは。苛つきは。息苦しさは。この、胸糞悪りぃ気持ちの正体は。

〝大事〟だと。〝心配〟だと。あの王女は俺の感情に名前をつけた。

俺の〝大事〟はもっと軽かった。テメェのことだけ考えて生きれば良かった、あの時までは。

俺の〝心配〟はもっと楽だった。どれほど考えようと、結局は俺みてぇな人間は堕ちるところまで堕ちるのだと、それさえわかっていりゃあたとえどうなっちまおうと気楽だった。

こんなに重く苦しい感情を……俺は知らねぇ。死んだ方がマシだと、そう思うほどに感情が暴れ回り、身体が言うことをきかねぇ。アイツらのことを考えると、……苦しくて、苦しくて、仕方がなかった。

騎士の手を借り、再び立て直す。また一歩、一歩とアイツらの背中に近づいていく。俺に気づいた周りの連中が、避けるように道を開けていく。

未だに泣き喚き、俺に気づきもせず空へと吼えるガキ共二人の背中を、目の前に見据えた。声を掛けるか躊躇い、ガキ共の背中を前に立ち尽くす。このまま死んだことにして身を隠せば一生コイツらに纏わり付かれることもなくなると、過去の俺が囁いた。

近くで見れば、ケメトもセフェクも耳まで真っ赤にしてやがる。垂れ流した涙が顔を、服を、地面を何度も濡らす。喉が震え過ぎて「あっ、あっ、あっ！」と発作みてぇな声を漏らした。

……俺は、記憶の中じゃ泣いたことなんざ一度もなかった。

親に捨てられようと、嬲られようと、隷属の契約を命じられようと、目の前のことが現実だとただ受け入れるだけだった。……あの、夜以外は。

頭の中で、王女から放たれたあの言葉が何度も蘇る。うざってぇあの言葉が、鮮明に。

膝をつき、腕を広げる。それだけで全身が悲鳴を上げ、歯を食い縛る。そのまま倒れ込むようにガキ共の背中へ覆い被さり、腕でそれぞれケメトと、そしてセフェクの肩を抱く。

ビクリと二人の肩が跳ね、セフェクが真っ赤にした目で振り向きざまに一撃食らわせようと手を構えた。ケメトもセフェクの手を握り、怯えた目で振り返る。そして……。

目を、見開いた。

馬鹿みてぇに口を開け、目を丸くして絶句する。ここまで間抜けなツラ見るのも初めてだと、思わず鼻で笑ってやる。

……次の瞬間、二人同時に俺へ抱きついた。

直前に俺の名を呼んだようにも聞こえたが、涙声と嗚咽で言葉になっていなかった。馬鹿力で首に腕をまわされたせいで息が詰まった。情けねぇことにまるでガキ二人に支えられるようにしてなんとか地べたに突っ伏すことなく、膝をついたままで持ち堪《こた》える。

セフェクが俺の耳元で大声で泣き喚きやがるから耳が痛ぇ。甲高い泣き声に頭まで痛くなる。

ケメトが俺の身体に顔を埋め、服を濡らす。涙が傷に染みて更に身体が痛んだ。

……変わらねぇ、死ぬほどうざってぇガキ共だ。

なのに今はもう手離せねぇ。

口が、動く。唸るように声が漏れる。言わずにはいられねぇ、この言葉を。

できるもんなら誰の耳にも届かず、ガキ共のこの喚き声で塗り潰されてくれと願いながら。


「………………本当に……うざってぇ、家族だ……」

闇夜の月が、俺達を薄く照らした。

ガチャ……ガチャ……ガチャ……

「はーい注目～！　これから我が国に撤収ー！　俺達が来た時にはもうフリージアが攻め込み終わってました－！　爆弾は馬鹿な誰かが全部間違って使っちゃいました－！」

そう言いながら、彼は一番手近な男の鎖を引っ張った。鎖に繋がった手が上がり、男は悲鳴を上げながらも引き寄せられた。嫌だ嫌だと首を振る男に無慈悲に笑いかけながら彼は問う。

「俺の特殊能力で最悪な死に方するのと、国に帰ってから普通に処分されるのどっちが良い？」

彼の言葉に男がその場で震えて崩れ落ちると、彼は全く気にしない様子で「大丈夫大丈夫ーあくまで念の為だって。誤魔化せなかったら代わりに死んでもらうけど」と軽い様子で背中を向けた。そのまま周りの男達に帰国の準備をしろと命令をする。ガチャガチャ……と、彼らの手足の鎖が動くたびに音を立てた。

「忘れるなよ？　お前ら奴隷なんか俺達にとっては商品でしかないんだ」

そして、と。彼は言葉を続けて改めて地上を見下ろした。目下ではフリージアの騎士達が未だ蠢き続けている。その様子に彼は気球の縁へ足を掛け、騎士達を嘲笑う。

「待っていろ、フリージア。お前達もいつか全員我が国の商品棚に陳列してやる」

殺意と狂気をもって彼は笑う。騎士が、フリージアの民が地面に這いつくばり、鎖に繋がれる姿を目に浮かべながら。

「このアダム様率いる、ラジヤ帝国がな」

彼……アダムの口を裂いたような笑みと共に、気球は闇夜に溶けていった。

第五章　隠滅王女と提案

騎士団の活躍の下、終わりを迎えた殲滅《せんめつ》戦の翌日。

私達は奴隷被害者と共に騎士団に保護されたヴァル達へと会いに行くことにした。馬車で保護所へ着いてすぐ、騎士を通して個室の用意と共にヴァル達を呼んでもらう。

暫《しばら》くすれば、騎士に連れられてヴァル、そしてその背後にケメトとセフェクが続いて現れた。一応初対面ということにしたい私達はケメトとセフェクに目を向け、初めましてと挨拶《あいさつ》をする。二人共挨拶は慣れていないらしく、目を皿にしたままヴァルの背中越しに頭を下げてくれた。良かった、私達と昨日の子どもが同一人物とは気づいていないらしい。

目をパチパチしながら訳もわからない様子で私達を見上げる二人を見て、ヴァルがおかしそうに笑った。そのまま「この国の第一王女と第二王女、あと第一王子だ」と説明すると、急激に二人とも顔が真っ赤になった。「え?!　うそ、え?!」とセフェクの方は半ば興奮気味に私達三人を何度も順番に見つめ、ケメトはヴァルの背後に完全に隠れてしまった。

「ちょっとヴァル！　なん、なん、なんでアンタがこんな王、王子、王女様と……」

ヴァルの下衣の裾《すそ》を掴《つか》み、説明を求めようとするセフェクが途中ではっとした表情になり「もしかしてヴァルが処刑されるの？」と叫んだ。するとケメトもヴァルを庇《かば》おうと前に出てセフェクと手を繋《つな》ぎ、私達へ構えながら「ヴァルが人攫《さら》いしたのは理由がっ……」と叫び出した。ヴァル本人は二人の背後でその慌てようにニヤニヤと笑っている。どうやらフォローする気はないようだ。

「大丈夫よ、そんなことしないわ。自己紹介が遅れてごめんなさい。私はプライド・ロイヤル・アイビー。この子はティアラ、そしてステイル。こちらが騎士のアーサー。ヴァルとは――……」

そこで、言葉に詰まる。どうしよう、この関係をどう言い表せば。思わず笑顔のまま硬まってしまい、助けを求めようとステイルへ振り返ろうとした時だった。

「ヴァルとはお友達になりました。道端で倒れていたヴァルをお姉様が助けて私達もお知り合いになったのですよ」

ティアラだ。すごい！　堂々とお友達発言！　流石《さすが》この世界の主人公だ。しかも嘘《うそ》なく説明してくれたのがすごくありがたい。私とステイル、アーサー、そしてヴァルが驚いている中でティアラはにっこりと笑って「ヴァルから話を聞いて騎士を皆様のところに派遣することもできました。とても感謝しています」と言うと、チラリと目だけでヴァルの方を覗《のぞ》き込んだ。その視線に気づき、ヴァルも「……そうだ」と低い声で同意する。

そのままティアラはケメト、セフェクとそれぞれとすんなり握手をすると「これからもよろしくお願いしますね」と早速二人とも距離を縮めてしまった。あのふんわりとした優しい笑顔を受けて、二人もかなり緊張が解《ほぐ》れたのか「はい……」と小さく答えて笑ってくれた。お陰で今回は〝ヴァルに友達なんていない〟発言もなかった。

「全部、プライドお姉様がヴァルやお二人の為《ため》に頑張って下さったのですよ」

そう言ってティアラが私へ微笑《ほほえ》みかけてくれると、釣られるように二人も私の顔をまじまじと見上げてくれた。ケメトが小さな声で「ありがとうございます」と呟《つぶや》き、セフェクは顔を真っ赤にしちゃうものだから二人とも可愛《かわい》くて思わず笑ってしまう。すると、

「……アーサー……？」

は、と。ケメトがアーサーを改めて見直して首を傾《かし》げた。セフェクもそれに気づき、アーサーを見上げた途端「あっ！」と声を上げる。

「貴方《あなた》！　ヴァルのせいで捕まった人!!」

すごい覚えられ方だ。セフェクに指をさされたアーサーは渋々片手を挙げて彼女に返した。

「アーサーは騎士としてヴァルに協力し、先に本拠地へ潜入をしていた。君達が知り合ったというジャンヌやジルも無事だ」

言葉に惑うアーサーに変わってステイルが説明すると、二人とも驚きながらもほっと胸を撫《な》で下ろしてくれた。そのまま「なら、皆ヴァルに捕まったんじゃなかったんですね。」とケメトが笑う。

「……おい、もう良いか？　コイツらに挨拶終わったんなら、これで用はねぇだろ」

ヴァルがどこか居心地悪そうに頭を掻《か》く。確かに三人の無事も確認できたし、用がないといえばそうなのだけれど……。

「貴方達はこれからどうするの？」

今にも去ろうとするヴァルにふと疑問が湧《わ》いて投げかける。すると彼は少しだけこちらに目線ごと首を傾けてくれた。アァ？　と声を漏らし、当然のように言い放った言葉はどうしようもない彼らの〝現実〟だった。

「帰るだけだ。下級層の掃き溜《だ》めにな」

ヴァルの言葉にセフェクとケメトも悲観する様子もなく頷《うなず》いていた。「家壊されたからまた探さないとですね」とケメトがヴァルを見上げるのにセフェクも同意の声を上げる。

下級層の状況は私もそれなりに話に聞いたりはするけれど、詳しくは知らない。危険な地域だから視察でも行けたことなんてないし、昨日のヴァルと鎖の男との取引で行ったのが初めてだった。

瓦礫《がれき》やゴミが溜まり、家屋も殆《ほとん》どがボロボロで、屋根さえあればそこで人が眠っているような状況だ。下級層の改善……以前からジルベール宰相が取り組んでいることの一つだ。ヴァルみたいに仕事のできる身体《からだ》の大人《おとな》はともかく、せめてケメトやセフェクみたいな子どもが大きくなるまでの最低限の暮らしとかを提供できれば良いのだけれど。孤児院みたいなのでも作るべきか、……いやそれでは根本的解決にはならない。ちゃんと大人になってからでも自分で稼いで生活できる術《すべ》を身につけないと……あれ？　そういえばジルベール宰相が提案していた法案に……。

そこまで考えると、私はあることを思い付いたままがっつり考え込んでしまう。ぶつぶつと呟く私に、ステイルとティアラ、アーサーが声を掛けてくれるけれど極悪優秀なプライドの頭の中が高速処理で回り出していて返事をする暇がなくなった。

そうだ、あの法案なら……それをあっちにも応用して……うん、それにちょうどキミヒカのゲームでも——……いや、だけどそれだと当初の問題が……ん？　待って、それなら……、

「ヴァル。……ケメト、セフェク」

顔を突然上げた私にヴァル達が訝《いぶか》しむ。セフェクが少し引いてヴァルの下衣に掴まり、ケメトとヴァルは同時に首を捻《ひね》った。

「私の下で働く気はありませんか」

ハァ？　とヴァル、そしてステイルとアーサーが声を上げ、ケメトとセフェク、ティアラが何度も瞬きを繰り返した。驚愕《きょうがく》を露《あら》わにする彼らに私は、最近母上から任されるようになった〝同盟共同政策〟について話を始めた。

最近近隣諸国の同盟を結んだ国々で、共同で一つの政策を立ち上げようという案が出て、私がその案を任されていた。そこで今私が考えたのは我が国の独自機関、そして同盟共同政策として前世と同じ〝学校〟という機関を作ることだ。

以前、ジルベール宰相が立案していた数多くの法案に〝発達途上児童無償教育機関設立案〟というものがあった。この法案を使って、我が国と同盟近隣諸国で一つの大きな学校を作る。

もともと我が国が近隣諸国に声を掛けて結ばれた同盟関係だったから全《すべ》ての国の丁度真ん中に我が国がある。なら、大国として敷地もたくさんある我が国へ同盟諸国の王族貴族が通える学園を作る。そうすれば他国から我が国への理解も深まる。そして我が国の独自機関としても、全ての子どもが無料で通って教育を受けられる〝学校〟という機関を作る。小さい子どもは無償で衣食住を提供する機関を。そうすれば下級層の子どもも皆が等しく一定水準の生活を得られるし、中学くらいの年まで生きられたらきっと仕事も見つかるはずだ。中学高校は流石に衣食住は無理でも、教育くらいは無料のものを国から提供できれば我が国の教育水準もかなり上がるし、きっと将来的にも意味があるものになる。キミヒカシリーズでも学園ものはあるし、この世界でも不可能ではないはずだ。

その為に、ヴァル達には国と国を結ぶ配達を。

我が国……というか、この世界では最速でも書状の交換だけですごく時間が掛かる。一番近い隣国でも王族の馬車で七、八時間は掛かるし、一番遠い同盟国ならば直線距離でも数日は掛かる。

一度見た、ケメトとの融合技の足場ごとのジェットコースター移動は凄《すさ》まじかった。速度も規模もまず桁《けた》外れだし、国同士の繋がりは殆どが地続きだ。岩場や崖《がけ》地帯が多いからヴァルが能力を使うのに困ることはまずない。彼なら元々の持ち合わせた特殊能力の土壁やドームなど身を守る技にも長《た》けているから自分達の身も守れるし、隷属の契約で自分から暴力を振るえないヴァルの代わりにセフェクもきっと彼を守ってくれる。彼らの協力さえ得られれば同盟共同政策について国同士の相談も円滑に進むし、そうすれば国内の学校制度も不可能ではない。そしてゆくゆくは実績をつけて国を跨《また》ぐ国際郵便大国みたいにし、郵便機関を学校と共に我が国の二大勢力機関にできれば良い。実力のある戦士や機動力のある特殊能力者を集めれば、きっと世界に誇れる機関にできるはずだ。

「……で？　その突飛な王女サマの考えの為に俺《おれ》やケメトとセフェクにも手伝って欲しいってことか？」

説明を全て聞き終わったヴァルが私を睨《にら》む。若干呆《あき》れも混ざっている気がする。突然こんな誘いを受ければ当然の反応だ。ステイルは私の言葉を一つ一つ落ち度がないか吟味《ぎんみ》してくれているように口元へ手を置き、アーサーは驚きで口が開いたまま塞《ふさ》がらず、ティアラは目をきらきらさせている。

「ええ、そうです。まだ現段階では私の思い付きですし、これからジルベール宰相や母上へ相談してからの話ですが」

私が頷くと、ヴァルは何やら考えているようだった。腕を組んで眉間《みけん》に皺《しわ》を寄せ、最後にセフェクとケメトを見比べた。

「私は良いわよ？　国からの仕事ってことはお金を沢山稼げるし、将来のケメトの為にもなるもの」

「僕も良いです。ヴァルとセフェクと一緒だったらどこにでも行きます。僕もプライド様の考えたことがすごく良いと思うから」

二人からの同意を聞くと、ヴァルが溜息《ためいき》をついた。そのまま仰ぐように頭を後ろに傾け、額に手を当てる。

「だからってよりによって俺みてぇな前科者使う王女サマがいるかよ……。……おい、良いのか、王子サマはそれで」

ヴァルに声を掛けられたステイルが「よりによって前科者を、という部分は同意するが」と呟き、そのままヴァルではなく私に答えた。

「母上からの許可が通るかはまだわかりませんが、まぁある意味ヴァルは一番都合の良い人間とも言えるでしょう。姉君が命じれば背くことはまずありませんし」

ステイルが肯定とも取れる言葉を返してくれる。反対意見を求めていたのか、ヴァルが余計にぐったりと息を吐き、今度は下へと項垂《うなだ》れた。

「別にこれは命令ではありません。貴方が拒むのならばこの話はなかったことに」

「やってやる」

え、と思うほど私の言葉を遮ったヴァルが応じる。そのわりには未《いま》だ項垂れた様子ではあるけれど。

「……やりゃァ良いんだろ、その仕事を。……瓦礫拾いよりは金になる」

額に当てた手を下ろし、ゆっくりと私を見据える。ティアラが嬉《うれ》しそうに「良かったですね、お姉様っ！」と声を上げ、アーサーが小さな声で「マジか……」と呟いた。

「良いの……？」

思わず、今度は私が聞き返してしまう。正直今さっき思い付いたことだし、断られても仕方がないと思っていた。良くても数日考える時間を求められるかと。

「アァ？　おいおいテメェからの提案だろうが。……ハッ、今更怖気《おじけ》づいたか？　王女サマ」

私の驚く反応が愉快だったらしく、ニヤニヤと笑いながらヴァルが近づいてくる。もう大分この圧の掛け方にも慣れた私はそのまま背の高いヴァルを見上げる形で向かい、受けた。アーサーとステイルが剣は構えたけれど最初の頃《ころ》よりは威嚇《いかく》もしていないようだった。

「アンタは好きに命令すりゃァ良い」

一緒にヴァルに並ぼうとするケメトとセフェクを彼はバッと手で振って留《とど》め、私の前で突然跪《ひざまず》いた。……あれ？　これって……。

何やらすごい既視感がしてぽかんとしていると、ヴァルは私の足を掬《すく》い上げ靴を雑に脱がした。え?!　ちょっ……。

「何せ俺はアンタの奴隷だからな」

次の瞬間。ヴァルは私の足の甲に口付けを落とした。……〝隷属〟の、誓いだ。

「全てはプライド第一王女の〝欲〟のままに」

そう言って口角を吊《つ》り上げるヴァルからは、若干の色気のようなものが感じられた。一年以上前、ジルベール宰相からも受けた誓いだ。でもまさかヴァルにまでっ……!!　大体彼とは隷属の契約をしているし誓いなんて必要ないのに!!

思わず目を逸《そ》らせないまま唇を引き絞って硬まる私に、ヴァルが再び唇を付けたまま上目で覗き込んできた。そして何やら私の方を見てニヤリと笑ったような表情を浮かべた途端、レロッ……。

「！　〜〜〜〜っっ!!!!　ひゃ……あああああああああああ!!」

とうとう悲鳴が上がってしまった。ヴァルが！　私の！　足を！　足を舐《な》めっ……!!

生温かい、ねっとりとした何とも言えない感触に口を押さえることもできず身体中が震え上がる。後ろに下がろうとして尻餅《しりもち》をつき、その場にドサッと勢いよく座り込んでしまった。

「ヒャッハッハッハッハッ!!」

ヴァルが唇も手も離し、情けなく尻餅をついた私に大爆笑する。ヴァルの背後でセフェクとケメトは首を捻っていたけれど、ティアラは両手で口元を覆って顔が真っ赤だ。ステイルも大丈夫ですかと私の手を取ってくれながらも顔が少し赤い。そのままギロリとヴァルを睨みつけた。

「おおっと？　怒るなよ、王子サマ。〝そういう〟つもりや危害を加える真似《まね》は契約で俺にはできねぇはずだぜ？」

怒ったステイルを心から楽しそうにヴァルが笑う。私はステイルのお陰でなんとか立ち、靴を履かせてもらいながらもあまりのことに心臓がバクバクいって言葉が出ない状態だった。未だにあの舌の感触が足に残って疼《うず》いている。顔が熱くて火が出そうだ。

隷属の契約でヴァルは私でなくとも他者に乱暴や無理やりな行為を犯すことはできない。色事や己の色欲によっての行為は合意の上でのみだ。いや、私より軽く七つは上であろうヴァルが子ども相手にそんな気を起こすとは全く思っていないけれど。

「ま、ちょっとした挨拶ってとこだ」

ニヤニヤと小馬鹿《こばか》にするような笑みと言動を重ね、私達をからかってきた彼は、……出会った時とは別人のように生き生きとして見えた。そしてステイルに怒鳴られアーサーを真っ赤に卒倒させた前科者は、その後母上によって新たな肩書きを許された。

王族専属〝配達人〟

配達人業務の為、特例として彼には私からいくつかの許可を与えることになった。配達の為による国外への出入り許可。悪人に遭遇した際に捕らえる為の能力使用許可。あと、今の話し方が聞き慣れてしまった私達王族三人には引き続き礼を尽くさなくて良いという不敬の許可も与えた。そしてヴァル本人が仕事を受ける際に唯一の条件として提示してきた許可は、

ケメトとセフェクを守る為の、正当防衛許可。

彼ら家族三人と私達との新たな関係が、成立した。

「もう、戻ってきたのですか……？　ヴァル」

ぽかん、と。目の前に佇《たたず》む三人に私もステイルも開いた口が塞がらない。一緒に馬車を降りたティアラと近衛《このえ》騎士のアーサーも驚きのあまり言葉が出ないようだった。

「アァ？　〝早ければ早いほど良い〟って言ったのはテメェだろ」

私達の反応に不快そうに顔を歪《ゆが》めたヴァルは、砂を積めた荷袋を肩に担いだまま「おらよ」と二本の指で挟んだ書状を私へ差し出した。配達物の受け渡しは契約の主《あるじ》である私の役割だ。

茫然《ぼうぜん》としたまま彼から両手で書状を受け取れば、それは間違いなく昨日彼に配達人初任務として依頼したサンザシ王国へ送った書状だった。……我が国から王族の馬車でも往復で五日は掛かる、サンザシ王国の。

「確か、貴方達が出発したのは昨日でしたよね……？」

「そうだ。昨日届けて今朝受け取って戻ってきた。文句あるか？」

いえありません……と返しながらそれ以上は言い淀《よど》む。苛々《いらいら》とした様子のヴァルに上手《うま》く言葉が出ない。ステイルも眉《まゆ》を寄せながら本物かどうか疑うように書状を覗き込んできた。

まさかあのジェットコースター移動がここまで速達可能だとは思わなかった。少なくとも今日戻ってくるとは思わなかったから今の内に城下の視察を済ませておこうと馬車に乗ったのに。まさか今日、城門前で彼らと鉢合わせになるとは思いもしなかった。

「御苦労……様でした。これから母上に報告します。きっと驚かれることでしょう」

現実味がなくて気の抜けた声で彼らを労《ねぎら》えば、ヴァルから舌打ちが返された。アーサーが思い出したように小さく「すげぇ」と呟いたのが聞こえたけれど、それに関してヴァルからの感想はない。代わりにケメトとセフェクが声を跳ねさせた。

「すごかったです！　国門を出てあっという間にサンザシ王国に着きました!!」

「いきなりあんな速さ出すんだもの！　せっかくの景色《けしき》を全然楽しめなかったわ！」

初めての国外だったのに!!　と最後には不満いっぱいにセフェクがヴァルを叩《たた》けば「テメェらがとっ捕まっていた場所も国外だ」と面倒そうに彼は言い返した。

「……本当に素晴らしい特殊能力だな。〝制限があることだけが〟残念だが」

やっと口が動いたステイルがそう言い含みながら眼鏡《めがね》の黒縁を押さえて彼を睨む。ステイルが言わんとしている言葉にヴァルは「ハッ！」と鼻で笑うと、ニヤリと悪い笑みを返してきた。

私達で色々試してみた結果、ケメトはまだ自分の意思で特殊能力を制御できないことがわかった。

相手によって振れ幅も激しくて、ほぼ初対面のステイルには殆ど能力の上がりがなかったのに対し、セフェクは蛇口レベルから放水車以上の威力で水が放てるし、ヴァルは土壁とドームだけから岩や砂が元の物なら殆どを触れるだけで大規模且《か》つ自在に操ることができる。更には単純な瓦礫や砂なら周囲にあるだけで触れなくても命令通り操ることまでできるようになっていた。つまり、ケメトのブースト能力は完全にヴァルとセフェク限定ということだ。

「テメェ、セフェク達に危ねぇ真似させセンじゃねぇぞ？」

「残念。俺よりセフェクの方が手が早ぇ」

蒼《あお》色の眼光で睨むアーサーに即答でヴァルがケメトと手を繋ぐセフェクを指した。その途端、セフェクに「なによ！」とヴァルが放水を受けることになる。ちゃんと加減されているとはいえ、ビシャンとスープ皿一杯分の水がヴァルの顔面に掛かった。……うん、まぁ確かに手は早い。

「……おい主《あるじ》、さっさと報酬を寄越せ」

濡れた顔を袖《そで》で雑に拭《ぬぐ》いながら、ヴァルが私に右手を出した。手の平を上向きにして見せる彼に私は「いま王居に取りに行きますから」と断る。配達の報酬は毎回私からの都度払いになっている。

……あの〝誓い〟の後から、ヴァルは私のことを「王女サマ」ではなく「主《あるじ》」と呼ぶようになった。ティアラへの「王女サマ」呼びと聞き分けはついて助かるけれど、お陰でセフェクやケメトまで真似をして私を「主」呼びだ。

「姉君。わざわざ今取りに行く必要はありません。視察から帰るまで待たせれば良いだけです」

「あいにくこっちは一文なしだ。酒が飲めねぇなら、テメェと宰相の使いも後回しだぜ」

支払いより視察を優先しようとするステイルにヴァルが噛《か》み付く。それを受けたステイルは眉間をぐっと寄せた後に、顎《あご》を上げてヴァルを睨んだ。そのまま「俺にも命令権はあるのを忘れるな」と釘《くぎ》を刺すけれど、ヴァルもそこで態度は変えはしない。

配達人の仕事とは別にヴァルはジルベール宰相からも個人的に定期的な仕事の依頼を受けていた。なんでも、裏通りの情報屋が定期的に提供してくれる城下の情報等とかで、ヴァルに依頼したのはその情報屋からジルベール宰相への受け渡しらしい。正確にはヴァルがステイルに渡し、そしてステイルが目を通してから瞬間移動でジルベール宰相にお届けという流れだけれども。今回の人身売買の組織を突き止めるのに一役買ってくれた優秀な業者でもあるらしい。

「良いのよステイル。どちらにしても書状のことは早く母上達に報告したいもの」

ヴァルを鋭く睨むステイルを落ち着かせるように私はゆっくり声を掛ける。合わせるようにティアラもステイルの腕を引っ張って宥《なだ》めてくれた。アーサーが促すように「すぐ終わンだろ」と馬車の扉を開けてみせれば、やっと「プライド第一王女が仰《おっしゃ》るならば」と息を吐いて了承してくれた。

ステイルが折れてくれたことにほっと胸を撫で下ろした私は、再び王居へ戻るべく馬車へと踵《きびす》を返す。……と、また懲りないヴァルから余計な発言が放たれた。

「なんだぁ？　随分と主の〝王子様〟ってのは手が掛かるみてぇだなぁ？」

バッッ‼　と、風を切る速さでステイルが振り返る。唇を結び、眼鏡の奥から目を見開いたステイルの顔がじわじわと紅潮していった。それを見てニヤニヤと嘲《あざけ》るように笑みを浮かべるヴァルに、今度はステイルも言葉も出ない。わからないように首を捻るティアラ達の横で、私は「あ」とあの時のことを思い出す。

崖に落ちたヴァルと私を瞬間移動でステイルが助けてくれた直後のことだ。

光の特殊能力者を助けた後に気を失ってしまっていたというステイルは、私の指笛で目を覚ましてからすぐ状況を確認する間もなく助けに来てくれていた。

ただ、駆けつけた先が崖下だったからすっごく怒られた。『もし俺が合図に気づかなかったらどうするつもりだったのですか』と叱《しか》られて最終的には項垂れられてしまったけれど、あの時はステイルなら絶対に来てくれるってそう思えてしまった。……だから。

『ステイルは私の王子様ね！』

そう言って、懲りもせず抱きついてしまった。いつもずっと傍にいて、時には一瞬で駆けつけて手を差し伸べてくれるステイルだから。甘えかもしれないけれど絵本で読む王子様のようだと本気で思えてしまった。……一国の第一王子には逆に失礼だったかしらとすぐに反省したけれど。今もああしてヴァルから「手が掛かる」発言を受けてぷるぷると唇を震わせて硬まってしまっているのを見ると、当時の私の発言も結構屈辱的だったのかもしれない。あの時も顔が真っ赤だったもの。

「なぁ主。こんなガキ共よりもどうだ？　俺様ならイロイロ教えてやれるぜ。ガキ共が知らねぇようなコトを一から百まで。何なら今夜からでも」

「テ、メェはプライド様に何言ってやがるッッ?!」

ふざけんな!!　と別方向から怒鳴り声が鋭く上がる。顔を真っ赤にしたアーサーが駆け込んだ勢いのままヴァルと私の間に入った。そのまま殴るぞと言わんばかりに固く握った拳《こぶし》をヴァルへと構えて見せる。アーサーの怒りに圧《お》されるようにセフェクまでヴァルを護《まも》ろうと手を構え出した。ケメトが慌てて止めてくれたけれど、アーサーの方は肩で息を荒らげたままじっとヴァルを睨み続けていた。

鋭い眼差《まなざ》しにわざとらしく顎を反らしたヴァルは、怒りで真っ赤に茹《ゆ》だったアーサーを見るとニヤァ、と不快な笑みに顔を緩ませた。「若いねぇ」と嘲るように嗤《わら》いながら、今度はアーサーに言葉を投げる。

「何ならテメェも混ぜてやろうか？　騎士のガキがどこまで主を悦《よろこ》ばせられるか見物だな」

「ツアーサーに変なことを吹き込まないで下さい!!」

とうとう私が怒鳴ることになる。その途端にゲラゲラとヴァルが声を上げて笑い出した。鼻の穴を膨らませて怒ってみせても彼の笑いは強まるばかりだ。もう彼がこうしてセクハラ発言で私をからかってくるのも少しは慣れたけど、よりによって純粋なアーサーまで巻き込まないで欲しい。

「アーサーは真面目《まじめ》で優しく強くて誇り高い最高の騎士なんです!!　アーサーが傍にいてくれるだけで私は充分嬉しいですし喜んでいますから結構です!!」

今！　この時も!!　と力一杯叫び、アーサーの右腕に両腕でしがみついてみせる。それでもヴァルのニヤつきは収まらない。むしろにやにやにやにやと音に聞こえそうなほど笑ってくるヴァルは私とアーサー、ステイルを何度も見比べては更に笑みを吊り上げる。一体何がそんなに楽しいのかと私も彼の視線を追えば、ステイルはまだ屈辱で顔真っ赤だしアーサーは……あれ。アーサーまで全身が真っ赤だ。目の焦点も合ってないように虚《うつ》ろな上、若干頭がふらふらと揺れているようにも見える。

「どうしたの?!」としがみつく腕に力を込めながら呼びかけるけれど、ビッと背筋が急激に伸び直しただけで返事はなかった。失言震源地のヴァルだけが変わらず悪い笑みを浮かべている。

「こんなガキ共よりも俺様の方が百倍愉《たの》しませてやれるがな」

「私は充分今を楽しんでいます!!」

余計なお世話です!!　とお腹《なか》に力を込めて叫んで返せば「そりゃあ何よりだ」と鼻で笑い飛ばされ

た。さっさと王居に戻りましょうとステイルとアーサーをティアラと協力して馬車に押し込めば、衛兵に扉を閉められる前に「主」とまた呼びかけられた。思わず私も息を巻き、喧嘩《けんか》腰に眉間へ皺を寄せながら振り返れば、……セフェクと繋ぐケメトの手を握った、彼がいた。

「楽しみにしているぜ。〝学校〟ってのができたらウチのガキ共も入れてくれ」

悪巧みを語るような笑みを浮かべながらも、小さなケメトに合わせて手を繋ぐ彼は少しだけ背中を丸めていた。「ウチの」と言われたことにセフェクとケメトも嬉しそうに笑って顔を見合わせた。多分もうこの人は、二人を自分から掴むことに躊躇《ためら》いはしないのだろう。

「ええ。………勿論《もちろん》よ」

そう言って私からも笑んでみせる。今度は力の抜けた心からの笑みを彼へ返せた。

学校はきっと我が民の為になる。ステイルだって光の特殊能力者が十八歳になる前に叶《かな》えたいと言っていた。きっと下級層の民だけじゃない、中級層までの多くの民の未来を学校は開いてくれる。


国際郵便機関と独自機関の学校、そして同盟共同政策。


全ては民の為に。

私にはまだやるべきことが山積みだ。

毒にも薬にも

「すんません！　今のもう一回！　お願いします!!」

威勢の良い声が青空の下で気持ちよく響き渡った。

その声に耳を傾けたプライドは、ティアラと共に椅子《いす》に腰かけながら笑い合う。二人の視線の先では白の団服をはためかせたアーサーが地面を蹴《け》った。凄《すさ》まじい脚力が地を鳴らし、あっという間に相手の懐へと飛び込む。今度こそ一本取れるかとプライドが息を飲んだ直後、一瞬でアーサーは背中を打ち付けることになった。勢いを逆に利用され、大きく背負い投げられたアーサーからズダンッという鈍い音が彼女達の足下まで振動になって届いた。きゃあっ！　とティアラが口を両手で覆う中、アーサーを投げ飛ばした人物は涼しげな笑顔を浮かべてみせた。

「流石《さすが》はアーサー殿。何度見ても見事な受け身です」

パチパチパチ、と優雅に胸の前で短い拍手を鳴らすジルベールに、アーサーはぐったりと仰向けのまま息を吐いた。空をぐんなり見上げ、口だけが「ありがとうございます……」と力なく彼へ返した。既に今日だけで十回目の敗北だ。

「アーサー、そろそろ決めろ。ジルベールを地に伏せさせろ」

ムスッと明らかに不機嫌な声を放つステイルは、ティアラとは反対のプライドの隣に腰かけていた。腕と足をそれぞれ組み、顎《あご》を高くしてジルベールを睨《にら》みつける。

「……すんませんジルベール宰相。もう一回、お願いします……！」

「ええ、何度でも」

ステイルの野次に触発されるように地面から一気に起き上がったアーサーは、団服の土だけを払ってまた身構えた。次で十一回目になる手合わせに、ジルベールも快く手を広げて見せる。

一年半ほど前、ジルベールに招かれたパーティーでアーサーに何かマリアンヌの件の礼をしたいと申し出たジルベールへアーサーが望んだのは褒賞金ではなく、手合わせの相手だった。

それから互いに合う時間を見つけては、人目につかない場所で手合わせをするようになった二人だが、ステイルだけはそれが未《いま》だに不服だった。今までは自分だけの手合わせ相手だった親友のアーサーがよりによってジルベールを頼ることが何度見ても腹立たしい。大人《おとな》げないと、子どもだとわかっていてもどうしても制御が利かない。ジルベールに教えを請うアーサーの姿に、自分ではまさか力不足ということかという想いが頭に過《よ》ぎれば余計に苛々《いらいら》と彼の胃を煮えさせた。

今もこうしてプライドが見に行く時だけは付いていくが、そうでなければ二人の手合わせを見に行くことなどあり得ない。自分の親友と天敵が仲良く手合わせをしているだけでも腹立たしいが、アーサーが常にジルベールに負けていることもステイルの機嫌を傾けさせる要因の一つだった。さっさとジルベールを地に膝《ひざ》をつけさせろ！　とステイルは心の中で何度も野次を飛ばし続けた。

「よりによってジルベールと……」

ぼそっ、と憎々しげに呟《つぶや》く声は隣にいるプライドの耳にも届いた。

既に手合わせから一年半は経《た》っているにも関わらず、未だにふくれているステイルをプライドは慰めるように頭を撫《な》でた。その感触に気付いたら最後、ステイルは唇を固く結んだまま何も言えなくなる。ジルベールの前でやめて下さいと言いたいが、それ以上にプライドからの優しさを拒みたくなかった。

「ステイル様もいかがでしょう？　よろしければ模擬戦でも。私を殴るには良い機会かと」

「魅力的だが断る。お前と手合わせなど死んでもごめんだ」

フンッ！　といつもの彼からは考えられないほど大人げない姿を見せるステイルは、首ごとジルベールから顔を背けた。どんな形であれ、ジルベールから教えを請うなど絶対に嫌だった。

おや残念、と予想通りの反応にジルベールはいつものように軽く肩を竦《すく》めた。今までも同じように誘ってはその度に頑として断られている。

それからゆっくりとアーサーの方へと向き直れば、一度倒したはずの彼がまた「もう一度お願いします！」と声を張る姿がそこにあった。既に何度か単なる手合わせだけではなく、ジルベールから手《て》解《ほど》きも受けたアーサーは彼の体術もいくつか身につけていた。剣さえ持てば自分の方が苦戦するだろうと思えるほどにアーサーの戦闘技術はジルベールの目から見ても舌を巻くものがあった。しかしそれでも満足も慢心もせず、今もこうして勝てるまで何度でも挑み続けるアーサーの勤勉さにはジルベールも感心する。

しかしいくら本人の望みとはいえ、妻の命の恩人でもあるアーサーを何度もただただ投げ続けるのも彼にとっては忍びない。そろそろ手合わせではなく手解きに移るべきかと考えたところで、ジルベールはあることを思いつく。

「……一つ、勝負でも致しましょうか」

パンッ、と提案の合図を叩《たた》けば、アーサーだけでなくプライドやティアラもその場からジルベールへと前のめる。ステイルもまた何を企《たくら》んだんだと言わんばかりに眉《まゆ》を寄せる中、ジルベールはにこやかに思いついたばかりの提案をアーサーへと投げかけた。

「次は模擬戦にしましょう。もし私へ一撃でも与えることができたならば、その時は少し早いですがアーサー殿には以前お見せした〝アレ〟を伝授致しましょう」

「ツマジっすか?!」

ぐわっ!!　とジルベールの言葉にアーサーから意図せず大声が放たれる。「ええ、勿論《もちろん》」と笑顔で一言肯定されれば、アーサーは拳《こぶし》を握ったまま目を期待に輝かせた。ステイルもこれにはさっきまで背もたれに預けていた背中を浮かせる程度には興味を持った。

ジルベールの〝アレ〟。それは以前手合わせでアーサーがジルベールから受けた掌打《しょうだ》の一つだった。元々座学から護身術を身につけたジルベールは、王族でも騎士団でも教わらない珍しい体術をいくつも習得していた。その掌打に関しても同様だ。誰《だれ》もが初めて目にしたその技は、外傷もなく一撃でアーサーの意識を奪った。これには受けたアーサーだけでなくプライドやステイルも驚かされた。目を覚ました直後、「教えて下さい!!」と望むアーサーにジルベールは他《ほか》の体術を習得してからと後回しにしていたが、本人としては今すぐにでも習得したかった。そしてステイルとしても折角のアーサーの技術向上の機会は、

「模擬戦ということは、どんな手を使っても良いんだな……？」

絶対に見逃《みのが》せない。

地の底に響くような低い声がステイルから放たれる。同時にぶわりと黒い覇気が彼から噴き出すのをプライドは肌で感じ取った。突然のステイルの発言にティアラもぽかりと口が開いてしまう。さっきまで膨れていたはずのステイルが組んだ足を下ろして地面を踏み、真っ直《す》ぐにジルベールを見据えていた。

予想外の展開にジルベールも一瞬だけ目を見開き、そしてにっこりと微笑《ほほえ》んだ。もともとはアーサーの意欲を少しでも刺激できればと思っての提案だったが、思わぬ嬉《うれ》しい展開に手を開いて見せる。「武器と特殊能力なしであれば御自由に」と返してみればとうとうステイルが重い腰を上げ、立ち上がる。「良いだろう」と一言返しながら、上着のボタンを外して一枚脱いだ。バサリ、と椅子の上に脱ぎ捨てる間もステイルの鋭い眼差《まなざ》しはジルベールから離れない。愛用の黒縁眼鏡《めがね》を上着の上へ置いた後、その場から瞬間移動でアーサーの隣へ並ぶ。

「共闘だアーサー。二人でジルベールを叩きのめすぞ」

「いやそれずりぃだろ！　っつーか一撃だけで良いのに叩きのめす必要なんか……」

「俺《おれ》が許す」

物騒なことを言う第一王子にアーサーの顔が僅《わず》かに痙攣《けいれん》する。当然ジルベールに一本取って掌打を習いたいアーサーだが、二対一では卑怯《ひきょう》ではないかとも思う。しかし、尋ねるようにジルベールへ目を向ければ、本人からはにこやかな笑顔だけが返ってきた。事前に決めたルール以外は何でもありの模擬戦とはいっても、一対一が暗黙の了解だ。しかし、折角のステイルがやる気になってくれた千載《せんざい》一遇《いちぐう》のチャンスを無碍《むげ》にする方がジルベールには勿体《もったい》なかった。そして何より彼自身がたとえ二対一であろうと負けるつもりが毛頭ない。

「頑張って下さい三人ともっ！」

「けっ……怪我《けが》だけはしないでね?!」

ティアラとプライドが声を掛ける中、とうとう三人は身構える。

沈黙から互いの呼吸が合わさった直後、弾《はじ》けるようにステイルとアーサーはジルベールへと駆け出した。二人それぞれの動きを読んだジルベールは、最初に足の速いアーサーから彼の突進力を利用して放《ほう》り投げる。更に死角を狙《ねら》うステイルの蹴りを肘《ひじ》で防ぐと、彼の体勢が崩れるように敢《あ》えて重心を落とし、一瞬で足を払った。二人を悠然と捌《さば》き続けるジルベールの姿はプライドの目にはさながら闘牛士のようだった。

「……おい、主《あるじ》。こりゃあ一体何の遊びだ？」

そんな彼らを応援していると、突然横から別の声が掛けられる。振り向けばヴァルだ。

王居の建物の陰から姿を現した彼は、荷袋を肩に担ぎ直しながらセフェクとケメトを連れていた。ガシガシと頭を掻《か》いて近づいてくるヴァルにプライドは彼の名を呼ぶ。ティアラも嬉しそうに声を弾ませる中、セフェクとケメトはジルベール達の乱闘戦に目が釘付《くぎづ》けになっていた。

「もう配達が終わったのですか？　今回は三ヶ国も頼んでいたはずですが……」

「二国目の途中で人身売買の連中に絡まれてな。騎士団に放り込むついでに済んだ書状だけ届けに来た」

上着の中から一枚の書状を取り出し、手渡す。受け取りながらプライドは「またですか……」と若干呆《あき》れたように溜息《ためいき》を漏らした。ヴァルは配達人を担うようになってから、かなりの確率で裏家業の人間に襲われていた。その度に一味ごとを捕らえて連行するのもまた、プライドに命じられた彼らの仕事の一つだった。

「それよりもなんだありゃあ。とうとうバケモノ同士が主の奪い合いでも始めたか？」

そんなわけないでしょう。とプライドが一言で切るが、確かに彼らからの覇気は尋常ではなかった。口では「プライド！　その男に不用意に近づかないで下さい！」と怒鳴るステイルと「配達ご苦労様です」と穏やかな声を掛けるジルベールだが、その間も激戦は止まらない。ジルベールが余所見《よそ》をしている間にアーサーが背後から奇襲を掛けるが、それすらも気配に気づいて避《よ》けてしまう。その場でジルベールが飛び上がり、次の瞬間には正面からステイルとアーサーが味方同士ぶつかった。

「ヴァル！　折角ですし、次の配達へ行く前にセフェクとケメトと遊んでもよろしいですかっ？」

兄達の衝突事故が目に入らなかったティアラは、きらきらと輝かせた視線をヴァルへと向ける。三ヶ月ほど前から、セフェクとケメト、そして付き添いのヴァル三人を時々自分の部屋へ招き入れているティアラは、彼が城に訪れる度に声を掛けていた。

プライドやステイルすら「お姉さんぶっているのが恥ずかしいんですっ！」とセフェクとケメトを招いている間は入れてもらえない秘密の花園に招かれたヴァルは「あー？」と面倒そうに顔を顰《しか》めた。配達途中で人身売買の男達に絡まれ、彼らの連行の為にフリージア王国へ引き返さなければならなくなった彼はさっさと残りの配達も終わらせたい。しかし、

「ちょうど今日のおやつはセフェクの大好きな苺《いちご》のケーキなんですっ！」

そう言って胸の前で手を合わせて声を跳ねさせるティアラに、セフェクも「ケーキ……?!」と目を輝かせてしまう。部屋で共に時間を過ごすことになってから、敬語なしでも語らう仲となったティアラの誘いにセフェクとケメトもついつい釣られてしまう。そのままセフェクの手を優しく引いて自分の部屋へと招くティアラに、ヴァルはうんざりと息を吐いてから諦《あきら》めた。めんどくせぇ、とぼやきながらティアラに連れられるセフェクへと目を向ける。「ヴァル！　ケメトも早く来て!!」と彼らと離れることが不安なセフェクが怒鳴れば、仕方なくヴァルは彼女達を追おうと傍《そば》にいるケメトの手を、

「え？」

「アァ？」

……間違えた。

反射的に彼が握ったその手は、ケメトではなくプライドのものだった。

自分でも予想外の間違いにヴァルは唇を結び、無言のまま目だけを見開いた。いつも自分の手を掴《つか》んでくるケメトが伸ばす位置にプライドの手があった為、余所見をしていた彼は全く気づかなかった。おもむろに握った瞬間、いつものケメトとは違う細い手の感触に違和感を覚えたが、振り向けば既にきょとんとした顔でプライドが自分を見返してきた後だった。

本物のケメトは反対隣で彼の裾《すそ》を掴み、じっとその様子を見上げていた。ヴァルは自分が間違えた事実を目の当たりにしながらも握ってしまった白い手を凝視する。自分と違い、小さく細い腕は随分と貧弱なものだと暢気《のんき》に思う。だが、同時にその腕に自分が何度抗《あらが》えなかったかと思い出せば、

「…………………………………」

パッ、と。大きく指を開くようにしてヴァルはプライドを手放した。

時間でいえば五秒程度の間だった。間違って掴んだことに関して謝罪も嫌みもなく、何事もなかったかのように反対の手でヴァルはケメトの手を掴んだ。一瞬だけ不快そうに顔を顰めてプライドを一《いち》瞥《べつ》すると、ガシガシと頭を掻きながら彼女に背中を向けた。そのまま最後まで何も言わないまま、ティアラとセフェクに続いた。

大股《おおまた》で彼女達の元へと歩く後ろ姿にプライドは首を捻《ひね》る。間違えたのはそっちの方なのに何故《なぜ》自分が睨まれたのだろうかと、少しだけ不満だった。すると、突然思考を割るようにティアラがセフェクから振り返りざまに鈴の音のような声をプライドへ放ち出す。

「ではお先に失礼しますっ。お姉様は私の分も兄様とアーサーを応援してあげて下さいね！」

えっ、と突然のティアラからの丸投げにプライドは短く声を漏らした。単純に応援ならば自分にもできるが、可愛《かわい》いティアラの分もという課題はプライドにとっては荷が重過ぎた。自分の応援効果などティアラの何分の一だろうかとまで考えてしまえば正直に狼狽《うろた》えてしまう。せめてティアラから何か二人に伝言でも預かっておいてあげるべきかと彼女を追いかける。しかしその途端に「お姉様はそこにいてあげて下さいっ」と待ったを掛けられれば、それ以上動けなくなった。

「お姉様の気持ちを言ってあげて下さいっ！　そうすれば兄様もアーサーもきっとすっごく頑張れちゃうと思います！」

そう言って手を振った直後、とうとうティアラは自分の部屋へと去ってしまった。ティアラの分の応援という責任重大任務を預けられたプライドは思わず立ち尽くす。ジルベールからの掌打伝授という賞品までかかっている今、下手《へた》な応援はできないと思えば両肩がずっしりと重くなった。

「おやおや、集中力が乱れてますねぇ」

ヴァル達がティアラと共に去っていくのを視界の隅で眺めながらジルベールは微笑んだ。

目の前ではヴァル達が現れてから急激に動きが鈍り、わかりやすく単調になった二人がいた。更にはプライドの手をヴァルが誤って掴んだことすら無言且《か》つ遠目にも関わらず二人は気づいていた。彼が去った後も目の前のジルベールよりほんの五秒間のことを悶々《もんもん》と繰り返し考えてしまう二人は、集中力が完全に途絶えていた。その様子にやれやれと思いながら、ジルベールはやはり掌打をアーサーに教えるのはもう少し先になりそうだと考える。たかがヴァルがプライドに触れただけでああなる二人が、彼女から応援なんて受ければどうなるかは目に見えていた。

「頑張って！　ステイル、アーサー！」

早速プライドは声を張る。ティアラの分という使命の元、せめて声だけでも倍は出そうと腹に力を入れて彼らを呼んだ。その途端、ただでさえプライドのことで思考が征服されていた二人は両肩が急激に上がり、強《こわ》ばった。今の二人の攻撃ならば、片手でも余裕で捌けそうだとジルベールは思う。

「ステイルはティアラにとっては自慢のお兄ちゃんだし私にとっては自慢の弟だから！　すっごく頭も良くて格好良いステイルならきっと何でもできるわ！」

ピシッ……とステイルの動きが急激に鈍る。そのせいで死角を狙おうとしていたところをジルベールに気づかれる。

ここに来ていきなり褒め殺しにされると思わなかったステイルは思わず顔が火照《ほて》った。引きずられるように殲滅《せんめつ》戦でプライドに「私の王子様ね」と言われて抱きしめられた時のことを思い出せば、目までもぐるりと回った。ジルベールに投げ飛ばされる前から焦点が合わなくなる。

「アーサーはあんなに大活躍した騎士だもの！　強くて格好良くて私を沢山守ってくれたアーサーならきっと誰にだって勝てるわ！」

ピキンッ‼　と今度はアーサーが硬くなる。ジルベールの前で拳を突き出し、それを片手で受け止められたままの状態で硬直した。戦場であれば即死といえるほどのわかりやすい隙《すき》だった。「あんなに」というのが以前の殲滅戦のことを言っているのだとわかってしまえば〝大活躍〟も〝守ってくれた〟もその時のことだと思い出す。そんなことをプライドの口から言われれば、嬉しくて舞い上がるほどに耳まで熱くなる。ぐわわっ、と聞き間違いじゃないよな？　と何度聞いても嬉しくなるプライドからの賞賛に心臓が煩《うるさ》く鳴り出した。

二人のその様子に、これはもう自分が引導を渡すまでもなく撃墜《げきつい》だろうかとジルベールは肩の力を抜いた。今ならば本を読みながらでも二人に勝てるだろうと。

「二人なら勝てるって信じてるものっ！」


その、瞬間。

ぶわりと大波のような闘志が二人から湧《わ》き上がった。

これは……、と身体の筋肉が自然と引き締まるほどの集中力に、流石のジルベールも息を止めた。最初のステイルからの覇気すら生ぬるい。ピリピリと針で突き刺すような集中力は刃《やいば》のように研ぎ澄まされていた。闘志が殺気を優に上回り、一瞬ここは戦場だっただろうかとジルベールは錯覚する。

さっきまで集中力が途切れ途切れだったのが嘘《うそ》のように自分を見据える二人の顔からは、火照りも消えていた。しんと真冬の空気のように冷えた頭を得た二人は何も言わずに呼吸を合わせる。二人から漲《みなぎ》る覇気に今一瞬でも気を抜いたらまずいとジルベールは汗を一筋滴らせた。そして同時にさっきまでの自分の考えを改める。二人の集中力を乱すのがプライドであれば、二人の実力を限界まで引き上げるのもまたプライドなのだと今この場で思い知る。

ステイルとアーサーが同時に駆け出してきた瞬間、剣も特殊能力もなしにしておいて良かったとジルベールは心から思った。そして同時に今自分は誰に負けたのかと思えばそれは間違いなく、

……流石はプライド様。

二人の着火剤となった第一王女を思い、ジルベールは心の中で賞賛の拍手を送った。

「瞬間移動で送るか？」

頼む、とステイルからの提案をアーサーが受け入れる。

気がつけば休息時間の終わりに近づいていた。自分の足なら走れば間に合わないこともないが、全力疾走するには既にアーサーは体力を消耗し過ぎていた。

団服の汚れを払いながら立ち上がるステイルへと顔を向けたアーサーは、次の瞬間ブハッと笑ってしまう。騎士の自分はまだしも、いつも綺麗《きれい》に整えられているステイルまでもがボサボサと髪を乱し、顔を拭《ぬぐ》った後にも土汚れをつけている姿は珍しかった。しかも、いつもの稽古《けいこ》用の格好ではなく上着一枚脱いだだけの王族の格好だ。汗で湿り、透けている部分まである。

「ボッロボロだな」

「お互い様だ」

そう言ってステイルは一度拭ったはずの頬《ほお》をもう一度拳で擦った。ステイルから見ればアーサーだって充分に汚れている。白の団服どころか全身がジルベールに投げ飛ばされ過ぎて土まみれだ。一本に括《くく》った長い髪からは何束も髪が零《こぼ》れて顔面や肩に掛かり、小石がいくつか髪に絡まったままだった。それを指摘されれば、アーサーは髪を纏《まと》め直すべく束ねていた髪紐《ひも》を一度ほどいた。長い髪がバラリと落ち、前に落ちた分を掻き上げながら絡まった小石を手で払う。そして、

「…………その内、俺一人でも絶対勝てるようになっから」

ぼそり、と独《ひと》り言のような声で呟いた。

脈略のない発言に、一体どういう意味かとステイルは眉の間を狭めた。尋ねるように無言で待てば、アーサーは再び髪を括り直しながら言葉を続けた。

「ジルベール宰相に素手でも勝てるようになりゃァ、少しはお前も安心できンだろ？」

任せとけ、と軽い口調で言うアーサーにステイルは唇を結んだまま目を剥《む》いた。頭の中では二年近く前にアーサーと交わした時の言葉が思い出される。

『その為の俺だろォが!!』

ジルベールが強かった、自分では勝てなかった、プライドを守れなかったかもしれないと泣いた自分にアーサーがくれた言葉だ。

一年半ほど前からずっとステイルは不満で、疑問だった。何故アーサーがジルベールと手合わせするようになったのか。彼が強いと話したのは自分だが、だからといってそこで手解きを頼むかと腹立たしくすら思っていた。しかし、今やっとそれが他の誰でもない〝自分達〟の為だったと思い知る。

「まだ二対一でやっとだけどよ、これでまた新技教えてもらえるし……、……どうした？」

話の途中でアーサーは首を捻る。眼鏡があった位置を手で押さえたまま顔を俯《うつむ》けたステイルの表情は全く読めない。アーサーの反応に、きっと彼にとっては隠しているつもりすらなく本当に当然のこととしてやってくれていたのだとステイルは理解した。そして、そんな彼に対して今の今まで一人不貞腐れていた自分を思い返せば気恥ずかしさすら込み上げた。

なんでもない、と返しながらやっと顔を上げるステイルは下ろした拳を握りしめながらモゴモゴと口を動かした。殆どが口の中で終わってしまい、目の前にいるアーサーにすら聞こえない。「なんだ？」とアーサーに耳を傾けられたステイルは、今度こそはっきりとそれを口にした。

「……ジルベールから教わった体術。次から俺にも教えろ。…………お前からなら、教わってやっても良い」

拳を解いて腕を組み、むすっとした表情で言うステイルに今度はアーサーが目を丸くした。今までもお互いに手合わせで技術を教えあっていた二人だが、ジルベールからの技術だけはステイルは頑としてアーサーからも学ぼうとしなかった。「あの男と揃《そろ》いの体術など使いたくもない」と言い張っていたステイルが突然考えを変えたことに驚く。だが、それ以上に彼もまたプライドを守る為に強くなろうとしていることが嬉しくなった。「よっしゃ」と腕を組んだままの背を叩き、歯を見せて親友へと笑いかける。

「ンじゃ、明日からな」

「頼む」

今度は素直に望むステイルに、アーサーはまた一言返した。飲み込みの良いステイルならもしかすると自分よりも早くジルベールの体術を習得してしまうんじゃないかと頭の隅で思い、それはそれで良いとも思う。

「ステイル！　アーサー！」

不意に聞き慣れた声を掛けられ、二人は同時に振り向いた。見ればプライドが輝く笑顔で自分達の元へと駆け寄ってくるところだった。その背後ではジルベールが彼女の専属侍女に手渡されたタオルで汗を拭っている。既にこれから起こることを予見しているかのように楽しそうな笑みをプライドと彼女が向かうステイルとアーサーの方へと向けていた。

プライド、プライド様と二人が声を合わせれば、彼女は二人の前で立ち止まり、手を伸ばす。

「お疲れ様二人とも。最後すごかったわね」

侍女が濡《ぬ》らしてきたハンカチを手に、最初にアーサーの額を拭った。土汚れだけではなくジルベールに何度も挑戦を望んだ結晶とも言える汗も一緒に拭《ふ》き取った。心の準備もなくプライドに至近距離で拭われ、アーサーは思わず息を止めてしまった。胸の中では「あまり近づくとプライド様が汚れます」「自分で拭けます」と、畏《おそ》れ多さも相まって言いたいことはいくつもあったが、ひんやりとした心地良さと眼前に溢《あふ》れる笑顔を前に思考が全て持っていかれてしまう。

「格好良かったわ、アーサー。ジルベール宰相から一本取れちゃうなんて本当にすごいことよ。思わず見惚《みと》れちゃった」

ふふっ、と照れるように微笑むプライドに急激に心臓が爆発した。ありがとうございますの一言すら喉《のど》の奥がひっついて返せない。血の流れだけが速まるのを自覚しながら唇を結んでいると、最後にするりと束ねた長い銀髪の先を撫でられた。ドクンッ、と大きな心音にアーサーは一瞬本気で発作で死ぬんじゃないかと思った。

そしてもう一枚の濡れハンカチを持ち直したプライドは、ステイルへも手を伸ばす。最初に鼻の頭の土汚れを拭われたステイルはぎゅっと目を瞑《つむ》ってしまう。するとその内にと言わんばかりにプライドは流れるようにステイルの目の周りも拭い出す。最後にトントン、と顔の周りを拭ってから乱れた彼の黒髪を撫でるようにして整えた。その間ずっと目を合わせられず閉じて凌《しの》いでいたステイルに、プライドは「はい、良いわよ」と声を掛けた。さらり、さらりと髪を撫でる手だけは止めてくれないプライドに困らされながら、ステイルは心地よく目を開く。その途端、目の前でにこにこと嬉しそうに自分に笑んでくれているプライドが視界に広がり、撫でられている気恥ずかしさすらも気にならなくなった。むしろ、プライドが褒めてくれているような仕草に思わずはにかめば、そこで緩やかに彼女の手が止まる。

「やっぱりステイルはそういう顔をしている方が好きだわ。……本当に、素敵な男の子になったわね」

そう言って笑み、最後にステイルの黒い横髪を優しく耳へと掛けた。

彼女の指先が耳に触れ、濡らしたハンカチに冷やされた指先に思わずステイルは肩を強ばらせた。口の中を噛《か》んで堪《こら》えながら、折角プライドが褒めてくれたのに緩んだ顔を引き締めてしまう。彼女の細い指が、つー……と頬をなぞる感覚にステイルはじわじわと熱がこもった。ぴしりと両手を気をつけの状態で下ろし、動けなくなる。

「ぷ……ライドの応援のお陰です。……ありがとうございました」

なんとか口だけを動かしたステイルに、アーサーも気がついたかのように何度も頷いた。遅れてやっと「ありがとうございました」の言葉を言えたことにアーサーも肩の荷が下りた。

プライドは二人からの感謝に照れたように笑みで返すと、更に織り込んだハンカチを握ったままそっと二人へと手を伸ばした。

ちょこんっと二本の指で彼らの指先を纏めて摘まめば、二人は電流が走ったように肩を上下させてしまう。これ以上は心臓が保《も》たないと思う二人に、プライドは静かな声だけを優しく掛けた。

「……民を、ティアラを守ってね。二人ならきっとそれができるわ」

こんなに頑張っているもの、と自分より明らかに大きく、そして鍛えられた手を見てプライドは呟いた。随分前からステイルの手が、そして出逢《であ》った時からアーサーの手が自分より大きく逞《たくま》しいことは知っていた。そして日に日に更に男らしくなるその手が本当に頼もしいものだと心から彼女は思う。

くっと手を摘まむ手に軽く力を込めてプライドが彼らの手へと視線を落とす中、ステイルとアーサーは俯き気味のまま微笑む彼女の長い睫《まつげ》と愁《うれ》いを帯びた眼差しから目が離せなくなる。プライドの望みと期待とあらばと「勿論です」と声を合わせたくなった二人だが、その前に彼女の言葉が少しだけ足りなかった。気がつけば自分の手を摘まむ彼女の指を今度は自分の方からそっと掴み返してしまう。

突然二人に指先を掴まれ、きょとんとした表情でプライドは顔を上げた。見れば二人が真っ直ぐに蒼《あお》の眼差しと漆黒の眼差しを自分へと注いでいた。あまりに熱のこもった視線に、何か悪いことでも言ってしまっただろうかと視線を泳がせながら謝る言葉を探し出す。今更自分にそんなことを言われなくても二人なら間違いなくティアラや民を守ってくれるつもりに決まっている。それなのに今の言い方では、まるで自分が二人を疑っているか信じていないかのように聞こえてしまったのではないかと思ったプライドは……。

「「貴方のことも護《まも》ります」」

ふわり、と揺らめく深紅《しんく》の髪を流すほどの風が吹く。その音に掻き消されないほど、二人の声ははっきりと揃って彼女の耳に届いた。

その言葉にプライドが驚くように見返すと、二人は返事の代わりに自分の指先を握る手をきゅっと強めた。意図せず互いに言葉が被《かぶ》り重なってしまったことに唇を強く絞ってしまうが、撤回する気にもなれない。ステイルとアーサーは互いに目配せをしあってから今度こそ順番に口を開く。

「俺は貴方の補佐で次期摂政ですから。もっと頼って下さい。ティアラも、民も、そして貴方のことも護ります」

「俺は、……一生変わりません。あの日の誓いを絶ッ対に守り通します。近衛《このえ》騎士になれたからには名実ともに正真正銘《しょうしんしょうめい》貴方の騎士です」

顔を真っ赤に火照らせながら自分を護ると宣言してくれた二人の言葉がプライドにはただただ嬉しかった。二人が怒っていたのではなかったということに安堵《あんど》し、そして護ろうと思ってくれている人間に自分までもが含まれていたことに胸が温かくなる。わざわざそう言い直してくれた二人の優しさに、羽で撫でられるようなくすぐったさまで感じてしまう。

風が、吹く。柔らかに季節の変わり目を告げるように彼らを撫でる。深紅の髪を揺らし、整えられた漆黒の髪を跳ねさせ、束ねられた銀髪をなびかせる。先ほどより更に強くなった風の音に、プライドは負けないくらいはっきりと凛《りん》とした声を届かせた。

「二人とも、格好良過ぎよ」

照れを隠しきれないまま笑い、そして彼女からも握り返す。温かな彼らの指をその手全体で包み込む。

願いを込め、祈りを込め、これ以上ない幸福を胸に。

あとがき

こんにちは、天壱です。この度は「悲劇の元凶となる最強外道ラスボス女王は民の為に尽くします。2」をお手にとって頂き、誠にありがとうございます。

前巻で皆様に応援頂いたお陰で、こうしてラス為も続巻を出させて頂くことができました。本当に、本当にありがとうございます。

一巻では十一歳まで描かれた主人公が、今巻ではとうとう十五歳にまで成長致しました。お陰で成長したプライド達を鈴ノ助先生に描いて頂くことができました。

今回の物語では、前回の話でチラリと登場した人物が主軸として描かれております。その為、前巻の一巻を読み直すとまた違った見え方を楽しんで頂けるのではないかと思います。〝ヤメルヒト〟と〝罪人〟編、合わせて〝大罪人編〟をお楽しみ頂けるように収録させて頂きました。書籍をご購入して下さった方に読みやすくなるように再編集しつつ、ウェブ版をご存じの方にも必ず楽しんで頂けるように内容は変えずに追加エピソードや書き下ろしをふんだんに入れさせて頂きました。

もし今巻までを読み、お気に召したりご興味を持って頂けたエピソードや登場人物が居りましたら、是非「小説家になろう」様掲載のWeb版にもいらっしゃってみて下さい。書籍とは別の視点や様々な登場人物の場面エピソードも掲載されております。

鈴ノ助先生、今回も素敵な絵をありがとうございました。成長したプライドやジルベール、ヴァル達を鈴ノ助先生の神がかった腕で描いて頂けて本当に光栄です。特にヴァルと子ども二人の場面は、画力の無い作者が連載当初からずっと絵で見てみたかった思い入れの強い場面だったので、鈴ノ助様が描いて下さったと知った時は本当に嬉しくて堪りませんでした。本当にありがとうございます。

今巻が出ている頃には、コミカライズについても情報が解禁されている頃だと思います。コミカライズを担当して下さる方も本当に可憐で魅力的な絵と演出をして下さる素晴らしい御方です。是非とも期待してご覧下さい!!

コミカライズのお話を頂いた時は本気で耳を疑いました。これも全て応援して下さった皆様のお陰に他ありません。本当にありがとうございます。

最後に、この本を手に取って下さった皆様。Web版を見守って下さっている読者の方々、鈴ノ助先生、一迅社の方々、出版・書籍関係者の皆様。本作を販売し、店頭に置いて下さった営業様、書店の方々、そしてサポートして下さった担当様、支えてくれる家族、友人、全ての方々に心からの感謝を。お陰でここまで来ることが出来ました。心優しい皆様に、また再びお会いできる機会がありますように。

悲劇《ひげき》の元凶《げんきょう》となる最強外道《さいきょうげどう》ラスボス女王《じょおう》は民《たみ》の為《ため》に尽《つ》くします。2

2020年３月５日　初版発行
2023年６月12日　第５刷発行

初出……「悲劇の元凶となる最強外道ラスボス女王は民の為に尽くします。～ラスボスチートと王女の権威で救える人は救いたい～」小説投稿サイト「小説家になろう」で掲載

著者　天壱

イラスト　鈴ノ助

発行者　野内雅宏

発行所　株式会社一迅社
〒160-0022 東京都新宿区新宿3-1-13 京王新宿追分ビル5F
電話　03-5312-7432（編集）
電話　03-5312-6150（販売）
発売元：株式会社講談社（講談社・一迅社）

印刷所・製本　大日本印刷株式会社
ＤＴＰ　株式会社三協美術

装幀　AFTERGLOW

ISBN978-4-7580-9242-5

おたよりの宛て先
〒160-0022 東京都新宿区新宿3-1-13 京王新宿追分ビル5F
株式会社一迅社　ノベル編集部
天壱《てんいち》 先生・鈴ノ助《すずのすけ》 先生